96634

D1391934

Les Voisins de l'horizon

Pour recevoir notre catalogue
et son bon de commande
à chaque nouvelle parution,
écrire aux :

Éditions Corps 16
3 rue Lhomond 75005 Paris
Tél. 01 44 32 05 90
Fax 01 44 32 05 91

Vous pouvez également consulter
et vous procurer nos ouvrages
à l'adresse ci-dessus, du lundi au
vendredi de 9 h à 18 h.

© Éditions Albin Michel, 2001
© Éditions Corps 16, 2002
ISBN 2-84057-423-3

DIDIER CORNAILLE

Les Voisins de l'horizon

Roman

terroirs
CORPS 16

À mon cheval…
(comme on dit « à mon ami »),
complice de tant d'années sur les chemins.

Il y avait quelque chose de changé.

Il ne savait pas encore quoi. C'était probablement un rien, un détail infime.

Mais il n'en démordait pas : depuis ce matin, depuis qu'il avait quitté les Granges de Gamet pour s'enfoncer dans les bois où il avait passé la journée, il y avait par là quelque chose qui n'était plus comme avant. Par une étonnante prescience, il sentait confusément que c'était là la minuscule première manifestation d'événements considérables qui allaient, tôt ou tard, bouleverser son existence.

La tronçonneuse, au bout de son bras, paraissait toute petite. Elle ne l'était pourtant pas plus qu'une autre. C'était lui qui était énorme. Rien à dire, rien à faire : il donnait immanquablement l'impression de ne pas être totalement fini. Comme si, appelé ailleurs, le sculpteur avait posé son maillet et son ciseau à côté d'une ébauche.

Il était là. C'était lui, indéniablement. Nul autre ne pouvait lui être comparé. Mais la sensation demeurait tout de même que les finitions restaient à faire.

Pour l'heure, il était trop tard. Il fallait bien l'accepter tel qu'il était. Et lui-même, somme toute, avait pris sans trop de difficultés l'habitude de se supporter ainsi. Sa tête mal équarrie de coureur des bois, c'était à se demander s'il ne prenait pas un malin plaisir à la dissimuler, à la rendre plus inquiétante encore derrière une barbe de huit jours et sous une tignasse rousse et hirsute, à jamais en délicatesse avec son peigne.

Et il vous roulait là-dessous, comme à plaisir, un regard noir acéré que seuls les habitués savaient, derrière la broussaille de ses épais sourcils, bien plus rieur que rugueux.

Mais Lazare était comme ça. Pourquoi aurait-il changé? Quel intérêt y aurait-il eu? Son aspect n'avait rien d'autre à faire, dans sa vie d'ours coureur de bois, qu'à l'aider à ce qu'on lui fiche la paix. Ceux qui le connaissaient savaient qu'ils n'avaient rien à redouter de ses épaules trop larges, de ses mains en battoirs, épaisses et calleuses, de sa démarche chaloupée et de la perpétuelle colère qu'il semblait traîner dans son regard trop sombre que noircissait encore une casquette informe et crasseuse toujours rivée sur sa tignasse et rabattue sur son front épais.

La tronçonneuse dans une main, le merlin dans l'autre, il se tenait debout et très raide à l'orée du bois. Devant lui, le chemin plongeait entre les haies, vers le vallon et vers les Granges de Gamet dont le long toit d'ardoises aux reflets bleutés étirait paisiblement ses lignes droites entre les rondeurs des feuillages de mai aux verts encore tendres.

Il eut beau chercher, tout au long du chemin qui serpentait doucement, à flanc de coteau, jusqu'à la vieille ferme, et qui devenait route, par la grâce d'un peu de bitume, dès qu'il l'avait dépassée : dans les prés alentour, en lisière des bois couvrant toutes les crêtes, de part et d'autre de la vallée, il ne put rien identifier qu'on ait ajouté ou qu'on ait soustrait au paysage de sa vie.

Pourtant, il en était sûr. Là, dans le fond de cette vallée étroite où ne subsistait plus que la ferme dite des Granges de Gamet, dans ce désert que seule sa haute carcasse de coureur des bois animait encore de temps à autre, quelque chose avait changé depuis ce matin. Et ce quelque chose-là n'avait pas fini de chambouler son existence.

Curieusement, cet ours, pour qui descendre jusqu'au bourg était une expédition, ne ressentait aucune crainte. La conviction était en lui, inébranlable, que dès l'instant où il saurait, sa vie ne serait plus comme avant. Et pourtant, il ne redoutait rien. Bien au contraire, la curiosité le poussait.

En grognant et en maugréant comme il le faisait toujours par principe, légèrement voûté, il reprit sa marche et se laissa entraîner par la pente du chemin vers les Granges de Gamet.

Il s'en fallut de peu qu'il ne vît rien. C'était si peu. Et comment s'y attendre ? Il venait de dépasser le carrefour du chemin de la Boline. Et il allait toujours du même pas pressé que rythmait le balancement régulier de la tronçonneuse à droite et du merlin à gauche.

Tout à coup il s'arrêta. Un instant, redressé, le regard plus noir que jamais et le sourcil si froncé qu'il ne formait plus qu'une seule et unique barre noire le surlignant, il resta immobile, laissant le temps à l'étonnante vision de choisir, en cheminant vers son cerveau, entre le mirage et la réalité.

Il y avait quelques sérieuses chances pour que soit retenue cette dernière hypothèse. Encore fallait-il la confirmer. Pour ça, il fallait regarder. Il consentit donc à entreprendre un lent demi-tour vers la gauche. Le long étui de bois, dont il avait habillé la lame de la tronçonneuse, fut devant lui l'aiguille affolée d'un baromètre en chute libre. D'un prudent « variable », il passait quasiment sans transition à un apocalyptique « tempête » qui ne lui disait rien de bon.

C'était pourtant vrai. À n'y pas croire ! Là, sur le tronc d'un chêne un peu tordu, un peu trop noueux, un chêne de hasard poussé à la diable dans une bouchure où un corbeau, voici bien longtemps, avait déféqué le gland originel ; un chêne que, pour sa part, il avait toujours vu là, dominant la haie de son allure de bancroche ; là où ce matin, il en aurait mis sa tête à couper, il n'y avait rien que les rudes rugosités de l'écorce, il y avait maintenant deux traits ; un rouge, un blanc, éclatant de toute la vivacité de leurs couleurs pas encore sèches, comme une injure au soir qui venait.

Lazare, estomaqué, s'approcha. Il y mit, pourtant, beaucoup de prudence. Est-ce qu'on savait ce qui pouvait arriver ? Mais il dut vite convenir qu'il n'y avait là rien qu'il ne puisse comprendre. On avait gratté l'écorce du chêne. On avait ainsi délimité une surface à peu près plate sur laquelle, de deux coups de pinceau bien appliqués, sans bavure, on avait tracé un trait blanc, puis un trait rouge – à moins que ce ne soit un trait rouge puis un trait blanc… allez donc savoir !

Mais quelle importance ?

Tout ce qui restait, c'était ces deux traits-là, bêtement parallèles, couchés là, en travers de ce tronc, et qui lui faisaient la nique. Parce qu'ils lui faisaient la nique, ces deux traits-là, sûr. Et même que ça ne lui plaisait pas du tout, à Lazare, qu'ils lui fassent la nique, ces deux traits-là, sur son chêne, au bord du chemin, qui avait poussé sans trop qu'on sache comment, au travers de cette bouchure-là.

Ben oui, mais quoi ? Est-ce que c'est des façons, de gratter l'écorce d'un chêne un peu tordu, un peu bancroche, et d'y tracer deux traits, comme ça, sans demander l'avis à l'un ou à l'autre ? Ça voulait dire quoi, ça ? C'était quoi, ça ?

À dire vrai, Lazare se fichait de ces traits comme de sa première chemise. Une autre suggestion serait venue là, à ce moment précis, se mettre en travers de son esprit qu'il aurait eu tôt fait de les oublier et de les laisser tranquillement entrer dans le paysage.

Mais il se trouva que rien d'autre n'eut l'idée de capter son attention, ce soir-là. Et comme les occasions de décider de ce qui est bon ou ne l'est pas sont aussi rares que le reste, Lazare, une fois pour toutes, décida que ces deux traits-là, le rouge et le blanc, étaient une intolérable atteinte à l'intégrité de son domaine.

Il se promit de s'armer, dès le lendemain matin, du grattoir, de la lame, de la râpe ou de n'importe quel outil pourvu qu'il soit de nature à le débarrasser de cette insulte. Et il l'aurait fait, pour sûr, si…

Qui peut se prétendre maître de son destin ?

Le temps de la traverser, le chemin montant du bourg se confondait avec la cour des Granges de Gamet.

Un beau nom, dont le pluriel ne rassemblait guère, en fait, qu'un seul et unique bâtiment long et bas aux murs épais de granit. Au soleil levant, son vieux crépi d'arène et de chaux, écaillé par places, était d'une belle couleur de miel. Sous les ardoises bleutées du toit, dont seule la lucarne du fenil rompait l'extrême simplicité des lignes, de part et d'autre des deux lourds vantaux de la grange, l'étable ouvrait sa porte basse et l'habitation, emmitouflée de glycine, osait un perron de trois marches usées.

À droite de la porte, une petite croisée tentait d'établir le redoutable équilibre entre la lumière qu'il fallait pour que ne brûle pas la chandelle à longueur de journée, et le froid dont on devait bien se défendre. À gauche des trois marches, un rustique banc de pierre gardait, au grain doux de sa surface polie au contact de tant de fonds de culotte et d'amples robes noires, le souvenir attendri de tous les soleils couchants aux caresses desquels s'étaient abandonnées d'innombrables générations d'hommes et de femmes pour qui se trouvait là le centre du monde.

Il est vrai qu'il était, pour l'heure, encombré de vieux seaux, d'une pelle rouillée, du fer d'une pioche et de quelques ustensiles peu identifiables et mangés de rouille. Des orties l'ombrageaient en gerbes souples. Et, dans l'interstice, le long du mur, une ronce, depuis le printemps, avait réussi à se faufiler.

Déjà, Lazare n'y prenait plus garde. Du temps du grand-père, du père et même du frère, la plante parasite n'aurait guère eu le loisir de profiter du soleil.

Seulement, voilà, plus aucun d'eux n'était là. Cela faisait bientôt trente ans que le grand-père avait disparu. Quand le père était mort, à une dizaine d'années de là, le frère était déjà envolé depuis longtemps pour la ville, où il exerçait la belle fonction de préposé des postes. Avec la sœur, secrétaire dans une administration, ils étaient réapparus pour l'enterrement, accompagnés de beau-frère, belle-sœur, marmaille et voitures rutilantes. Juste le temps de la cérémonie, du gueuleton qui l'avait suivie, de quelques jérémiades hypocrites sur le sort de la mère qui allait rester toute seule, et tout ce beau monde, pressé de quitter la crasse des Granges de Gamet, s'était empressé d'aller retrouver celle de ses villes.

« Bon débarras », avait grommelé Lazare dont personne ne s'était soucié, même pas pour constater que lui, au moins, demeurait auprès de la mère. L'Amélie n'avait rien dit. Mais à la main qu'elle avait posée sur le bras de son fils, lorsque, sur le chemin nouvellement bitumé, s'était éloignée la dernière voiture, Lazare avait compris qu'elle, au moins, savait apprécier sa présence à sa juste valeur. Il lui en avait été profondément reconnaissant.

Somme toute, vaille que vaille, ensemble, ils avaient

vécu encore quelques années de bonheur. Oh ! bien sûr, avec l'âge le tempérament de la vieille ne s'était pas amélioré. Il fallait toujours qu'elle aille et qu'elle vienne, chargée de toutes les inquiétudes du monde et sans cesse à la recherche de ce qui pouvait bien ne pas aller.

Et lui, Lazare, savait-il seulement ce que l'on doit à une mère rendue à un tel âge ? Il était bien un peu rude, un peu rustre, toujours à crier, comme s'il ne savait pas parler autrement, toujours à prendre les devants, comme s'il ne voulait pas lui laisser l'initiative des fautes, réelles ou imaginaires, dont elle le querellait à longueur de journée.

Mais tout cela, au fond, n'était que leur façon à eux de s'entendre et de se prouver mutuellement, à chaque heure de la vie, qu'ils existaient encore. Puisque personne d'autre au monde ne le leur signifiait…

Du frère et de la sœur, les nouvelles étaient si rares que, pour ainsi dire… Du pays, si Lazare n'y était pas descendu, chaque dimanche, sous prétexte de messe, mais plus encore pour les quelques chopines partagées avec d'autres vieux gars, perdus comme lui dans leurs hameaux sombrés dans un océan de verdure, ils auraient pu croire qu'il n'existait plus. Qui donc allait se donner la peine de monter jusqu'aux Granges de Gamet, depuis que le père était mort et qu'il n'y avait plus rien, là-haut, à commercer ?

Une fois l'an, Lazare descendait à la foire les quelques broutards qu'il s'obstinait à produire. Il en récoltait trois sous qui complétaient les primes et aides diverses que le maire, sans même le lui dire, se débrouillait pour lui faire obtenir. Là-dessus, la pension de réversion de la mère

17

apparaissait presque comme un luxe dont on arrivait encore, chaque mois, à soustraire quelques billets que l'on glissait sous la pile de draps, dans la grande armoire, au fond de la pièce.

Pour le reste, le grand silence du désert… Jour après jour, surtout sans réfléchir, Lazare accomplissait les tâches de toujours. Les foins au printemps, un peu de seigle à l'août, les patates pour la Saint-Michel. Et revenait l'automne puis l'hiver où le temps se partageait entre le bois à couper et à fendre, le pansage des bêtes et le coin du feu.

Heureux, ma foi. Heureux tout de même. Jusqu'à ce jour de février dernier…

Si seulement il avait voulu franchement neiger… Mais non, rien qu'un mélange poisseux et glacé de neige fondue et de pluie qui, tristement, dans une grisaille épaisse, persistait depuis le matin.

Sous son vieux ciré, Lazare avait enfilé un sac-poubelle dans le fond duquel il avait ouvert un trou pour la tête et un pour chaque bras. Ainsi protégé, il avait tout de même réussi à rester au sec durant presque toute la journée. Et le travail de la tronçonneuse, de la hache et du rangement du bois coupé, en longs empilements bien réguliers, avait amplement suffi à empêcher le froid de le saisir.

L'humidité, pourtant, avait fini par être la plus forte. Et Lazare, bien avant que la nuit se fasse, dans le demi-jour glauque d'un après-midi d'hiver sans espoir, avait tout à coup décidé de renoncer.

Du moins crut-il d'abord que c'était ce froid insidieux le pénétrant petit à petit qui le poussait à rentrer. Il ramassa ses outils, siffla le chien qui grelottait en dormant, roulé en boule à l'abri illusoire du tas de bois. Et, balançant la tronçonneuse au bout de son bras, il reprit le chemin des Granges de Gamet.

Le layon qu'il suivait était boueux. Les profondes ornières qu'y avaient laissées quelques charrois de bois, à l'automne dernier, débordaient d'une eau aux reflets mordorés à la surface de laquelle s'allongeaient de grandes traînées vaguement huileuses.

Il pataugeait consciencieusement, extrayant l'une après l'autre de la fange glacée ses bottes de caoutchouc, dans un lourd balancement au rythme lent.

Et le jour à peine gris sombrait doucement dans le gouffre d'une nuit dont il semblait que montait déjà du sol l'obscurité qui allait être totale.

Lazare fut tout à coup saisi d'un long frisson. Il se figea au milieu du chemin, très droit, massif, le regard planté dans le néant. Malgré sa morsure insidieuse, ce n'était pas le froid qui le faisait ainsi trembler. Il en était persuadé. Il en avait vu d'autres.

Soucieux, le front barré de profondes rides, il reprit sa marche. Après tout, il aurait bien pu finir sa journée au bois. À force, malgré son sac-poubelle et son ciré, il en serait rentré trempé jusqu'aux os. Mais cela n'aurait pas été la première fois.

Quelque chose le menait. Quelque chose, qu'il ne soupçonnait même pas, avait été plus fort que sa placide obstination à aller jusqu'au bout de son travail, et l'avait jeté sur les chemins. Il s'en persuadait et, petit à petit, s'efforçait d'accélérer le pas, malgré la boue et la pluie, comme si un cri s'était élevé, comme un appel, au fond de la nuit épaisse qui l'engluait de plus en plus.

Lorsqu'il atteignit enfin l'orée du bois, l'obscurité avait déjà mangé la vallée et avec elle les Granges de Gamet. Lazare ne marqua qu'un très bref arrêt.

Tout de suite, il sut.

Rien, dans l'ombre devenue hostile, n'indiquait le long bâtiment bas vers lequel il allait, pas même le minuscule point lumineux auquel il lui semblait avoir toujours réchauffé son cœur, au retour de tant de journées d'hiver passées à bûcheronner dans les bois.

Cette absence fut pour Lazare comme une atroce douleur. Déjà, il savait. Et en dévalant le chemin empierré aussi vite qu'il le pouvait, il gesticulait, brandissant parfois sa lourde tronçonneuse comme une masse énorme dont il aurait voulu se défendre de l'effondrement de son monde qu'il pressentait.

Pour l'enterrement d'Amélie, on revit une fois encore la sœur et le frère, le beau-frère et la belle-sœur, la marmaille et les belles voitures. On bâcla un repas rapide, à la sortie du cimetière, à l'auberge du pays. On parla un peu du notaire, de l'héritage et du partage qu'il faudrait bien faire ; « mais ne t'inquiète pas, rien ne presse », ajouta-t-on d'un ton conciliant avant de s'engouffrer à nouveau dans les belles voitures qui eurent tôt fait de reprendre le chemin de la ville.

« Bon débarras », grogna une fois encore Lazare avant de reprendre en sens inverse et à pied le chemin suivi le matin même derrière la camionnette de l'épicier qui faisait fonction de corbillard. Aucune main posée sur son bras ne vint, cette fois, le réconforter.

Pendant des jours et des jours, il tourna en rond dans les Granges de Gamet, à ne plus savoir que faire ni où aller. C'était tout juste si, par habitude, il avait, ponctuellement, chaque matin et chaque soir, les gestes qu'il fallait pour soigner ses quelques bêtes. Mais, pour lui-même, il ne savait pas. Franchir la porte de la maison et trouver la grande salle vide, glacée, le terrorisait. S'approcher du fourneau, l'alimenter, décider de ce qu'il y avait à faire pour que vive cette cuisine dont il ne s'était jamais soucié, domaine exclusif et jalousement protégé de la seule Amélie, était au-dessus de ses forces.

Il y avait renoncé. Malgré le froid humide qui persistait, il n'avait même pas cherché à réchauffer la grande pièce morte. Au soir de l'enterrement, après avoir déambulé des heures entières dans la maison, à la recherche des gestes jusque-là instinctifs, après avoir soigné ses bêtes, il était allé se rouler en boule dans le foin, plus vaincu par le désarroi que par la fatigue.

21

Les jours suivants, seule la faim avait pu lui faire franchir le seuil de la maison. Il avait grignoté tout ce qu'il avait pu trouver. Du pain d'abord, jusqu'à ce que les derniers quignons subsistants soient devenus aussi durs que de la pierre. Il s'était alors résolu à fouiller dans les placards d'Amélie. Il y avait découvert quelques bouts de fromage, puis des conserves qu'il avait eu toutes les peines du monde à ouvrir et qu'il avait mangées à même la boîte, froides, dans le fenil où il s'obstinait à vivre.

Il avait fallu qu'on s'inquiétât, au village, de son absence, depuis l'enterrement de sa mère, aux habituelles réunions dominicales autour d'une chopine, pour qu'un autre vieux gars de son espèce, déjà rompu à l'épreuve de la solitude, décide un jour de faire un crochet par les Granges de Gamet.

La pluie s'acharnait, toujours aussi glacée. Lorsqu'il arrêta son vélomoteur au milieu de la cour, il put croire un instant que la ferme était déserte. La maison close, la cheminée veuve de sa fumée et un lourd silence pesant de tout son poids sur le long bâtiment noyé de pluie lui firent craindre le pire.

La gorge serrée, il se résolut pourtant à appeler.

– Lazare ! Oh, Lazare ! T'es où ? Montre-toi donc. C'est Gaston. J'suis venu aux nouvelles, comme ça, en passant.

D'abord, rien ne bougea. Gaston, pas trop rassuré, fit trois pas en avant, tourna une fois ou deux sur lui-même, à la recherche d'un signe de vie, si minime soit-il.

– Oh ! Lazare ! tenta-t-il encore. Ce serait-y que tu serais parti ? Réponds, Lazare.

Indécis, il revint vers son vélomoteur.

– Lazare, si tu réponds pas, j'vais m'en aller.

Il avait déjà la main sur le guidon de sa machine.

– Lazare, vingt dieux d'ours ! Vas-tu répondre, oui ou non ?

À hurler ainsi au milieu de la cour, il avait dû finir par réveiller une vache. En se levant, elle fit tinter sa chaîne sur le bord de l'auge de pierre. Ce fut comme si le silence volait en éclats. Gaston bondit sur place et faillit renverser son vélomoteur.

– Lazare, bougre de salaud, hurla-t-il comme pour conjurer sa peur. Tu te fous de moi, ou quoi ?

Avec juste en plus cette preuve qu'existait encore une once de vie quelque part, le silence s'était refait, toujours aussi lourd. Gaston se décida. Magnifiant sa colère, pour mieux cacher sa peur, il partit à grands pas vers l'étable. Dans un coin d'ombre, trois vaches et deux taurillons ruminaient paisiblement. Ils tournèrent un regard étonné vers l'intrus et le suivirent des yeux pendant qu'il inspectait les lieux.

– Peut pas être bien loin, maugréait-il. Faut bien qu'il s'en occupe, de ses carnes.

Mais Lazare n'était décidément pas dans l'étable. Gaston, s'en étant convaincu, revenait vers la porte lorsqu'une silhouette fauve s'inscrivit brutalement dans le rectangle de lumière grise qu'elle dessinait. C'était un chien, un grand chien roux qui grondait doucement en parvenant à faire scintiller, dans le jour triste, une double rangée de crocs de nature à dissuader toute tentative de conciliation.

Estimant que son élan l'avait emporté trop près du molosse, Gaston, libéré de ses premières craintes mais livré, dans le même instant, à une peur qui, pour être différente, n'en était pas moins intense, recula prudemment jusqu'au fond de l'étable, sans pouvoir détacher son regard de l'exposition de ses arguments à laquelle se livrait complaisamment l'animal.

Bon, se dit-il en se trouvant une étrange sécheresse de la gorge. Qu'est-ce que je fais là, moi ? On m'y reprendra à vouloir rendre service. Foutu Lazare, où c'est qu'il a bien pu passer ?

– Lazare ! voulut-il encore appeler.

Mais le triste filet de voix qui lui restait fut instantanément couvert par le grognement féroce de son interlocuteur qui n'entendait manifestement pas qu'on puisse faire quoi que ce soit avec plus de force que lui.

Gaston se vit piégé. Déjà, du regard, il cherchait autour de lui le moindre détail qui puisse lui apparaître comme un élément de survie, lorsqu'il y eut simultanément un lourd bruit de bottes pataugeant dans les flaques de la cour, et un grommellement dont seul le chien, apparemment, put saisir le sens. Il s'éclipsa avec agilité à l'instant même où se profilait dans la lumière grise de la porte la plus invraisemblable silhouette que Gaston ait jamais vue.

À juste raison, sa peur du chien aurait pu se muer sur l'instant en terreur panique si n'était resté, dans cette apparition apocalyptique, quelque chose d'assez monstrueux pour établir une ressemblance suffisante avec l'aspect tout à fait ordinaire de Lazare. Mais, dans le contre-jour de la porte, il lui parut que son ami s'était tout à la fois complètement affaissé en même temps qu'il gagnait en largeur et en épaisseur ce qu'il semblait avoir perdu en hauteur.

– Oh ! Lazare, gémit-il dans un soupir. Mais qu'est-ce qui t'est arrivé ?

L'autre ne répondit pas. Il se contenta de faire demi-tour et de tanguer vers la maison, à pas imprécis. Gaston entreprit de le suivre. Mais, prudent, il marqua un temps d'arrêt à la porte de l'étable. Inutilement. Le chien, comme s'il n'existait pas, suivait paisiblement son maître. Il n'en réitéra pas moins ses précautions avant de suivre Lazare dans la maison. L'animal était déjà roulé en boule sur un vieux sac qui lui faisait office de tapis, derrière la cuisinière.

– Finis donc d'entrer, grommela Lazare. Ça fait longtemps que tu es là ? J'étais parti nourrir la mule.

Il avait du savoir-vivre. Et, même s'il ne savait pas trop comment s'y prendre, il farfouillait déjà dans un placard à la recherche de la bouteille et des verres que la mère posait toujours sur la table, sans qu'on ait à le lui demander, dès qu'entrait un visiteur.

Gaston se glissa sur le banc et s'accouda à la table. Il n'en revenait pas. Il faisait aussi froid dedans que dehors et, malgré cela, une épouvantable odeur de moisi et de rance empestait l'atmosphère.

Enfin, Lazare dénicha sa bouteille et deux verres à la transparence douteuse. Il vint poser tout cela sur la table et se laissa tomber sur le banc en face de Gaston. Il avait le visage hâve, mangé de barbe et marbré de crasse. Il semblait porter sur lui tous les vêtements qu'il avait pu trouver et n'avait même pas pensé, en entrant, à ôter le cache-col épais qu'il s'était noué autour de la tête et par-dessus lequel il avait enfoncé sa casquette.

La gorge serrée, Gaston ne le quittait pas des yeux. Il savait trop les raisons de la perdition dans laquelle semblait errer son ami.

– Bois donc, fit Lazare en reposant brutalement la bouteille sur la table.

Gaston voulut obtempérer. Sa main fut immédiatement trempée de vin. Lazare en avait versé autant à côté que dans le verre.

– Depuis quand t'as pas mangé ?

Il n'obtint pour toute réponse qu'un haussement d'épaules.

– Oh, vieux gars, faudrait voir à réagir. Tu peux pas rester comme ça.

Nouveau haussement d'épaules.

Alors Gaston se leva et, laissant Lazare à la contemplation de son verre qu'il tenait à deux mains tremblantes, il se mit au ménage et à la cuisine.

Gaston s'organisa. Ses trois poules, son chien et son chat apprirent à se passer de lui tout le temps qu'il lui fallut pour inculquer à Lazare les rudiments indispensables à l'art de vivre en solitaire. L'autre commença par faire celui qui refusait. Mais Gaston ne s'y laissa pas prendre. Il s'obstina, s'incrusta aux Granges de Gamet où le chien ne tarda pas à se précipiter et à lui faire fête dès qu'il arrivait.

Lazare observait son chien. Il lui parut que la confiance et l'amitié qu'il manifestait à Gaston devaient être méritées. Il finit, par petites concessions successives, par agir de même. Mais il lui fallut bien du temps et des grognements pour admettre qu'il devait manipuler casseroles et fourneau comme il l'avait toujours vu faire à sa mère. Malgré l'évident et urgent besoin qu'il en avait, il ne parvenait pas à admettre que ce n'était pas déchoir que d'occuper ses énormes battoirs d'homme des bois à ces tâches domestiques.

Enfin, Gaston estima que le moment était venu d'aller à nouveau se consacrer à sa basse-cour et à son potager dont les prémices du printemps réclamaient qu'il soit bêché. Il espaça ses visites et Lazare, comme les autres, prit peu à peu ses habitudes de vieux gars solitaire que n'encombraient pas trop les soucis de ménage et de lessive. Il parvenait tout de même, vaille que vaille, à ce qu'un fricot mijote toujours sur le coin du fourneau, compensant par sa rustique épaisseur une variété des menus devenue le moindre de ses soucis.

Le fil interminable de son existence monotone aurait pu continuer à se dévider ainsi paisiblement si n'était pas apparu, un beau soir, sur ce vieux chêne un peu tors qui dominait la haie de ses prés, cet étrange signe fait d'un trait rouge et d'un trait blanc.

Le chien, ce jour-là, avait préféré rester à la ferme plutôt que d'aller courir les bois. Il l'attendait au milieu de la cour. Lazare s'arrêta à deux pas de lui.

– Toi, lui dit-il, t'aurais pas pu… T'aurais pas pu… Je ne sais pas, moi. Pas les mordre, tout de même. T'es pas assez méchant pour ça. T'aurais pas su. Mais, quoi… aboyer, faire du bruit, te remuer. Peut-être, peut-être qu'ils auraient eu peur.

Le chien daigna enfin lever son regard jusqu'à celui de Lazare. Il y avait dans ses yeux comme de l'ironie.

– Non, évidemment, reprit celui-ci. Tu devais dormir dans un coin. Tu ne pouvais pas leur faire peur. Alors, voilà le résultat. Qu'est-ce qu'on va en faire, maintenant qu'on les a, de ces deux traits-là ?

Le chien s'assit sur son cul sans quitter Lazare des yeux.

– Tu t'en fous, hein ?

Le chien ne bougea pas. Mais Lazare aurait juré qu'il avait eu, de la babine gauche, un imperceptible rictus.

– Et en plus de ça, tu te fous de moi.

Le chien s'étira, longuement, nonchalamment, tourna le dos à Lazare, et partit vers les prés.

– Ouais, admit l'homme. Je viens.

Il alla jeter quelques poignées d'orge macérée dans un vieux seau cabossé et emboîta le pas au chien. Il avait pris le chemin côté montagne, là où il n'était pas bitumé, l'avait suivi sur une bonne trentaine de mètres et attendait, assis dans l'herbe, à l'entrée d'un pré, nez à nez ou presque, de part et d'autre de la barrière, avec Delphine.

C'était une mule. Et, pour une mule, c'était une belle mule ! Elle était grande, solide sans lourdeur et possédait la démarche souple, presque féminine, de l'amble qui a fait de ses ancêtres la monture des évêques et des cardinaux. D'un beau gris cendré, plus clair sous le ventre, virant au noir sur l'encolure et le chanfrein, pour l'heure, elle posait un regard tendre sur le chien. Et lui, imperturbablement grave, avait dans le regard beaucoup de sereine approbation.

Lazare, à qui n'échappa pas le spectacle attendrissant des retrouvailles des deux animaux, s'en voulut presque de perturber leur tête-à-tête. Delphine, pourtant, très terre à terre, attendait visiblement le seau. Et le chien, dans sa sagesse, ne se formalisa pas lorsque, sans la moindre élégance, elle lui montra ses fesses avant de plonger énergiquement les naseaux dans son picotin, dont Lazare avait déposé le récipient dans l'herbe.

Quelques instants, dans le calme du soir tombant, l'homme et le chien s'abandonnèrent à la contemplation de la mule qui mangeait en s'agitant et en grattant la terre alternativement de son pied droit puis de son pied gauche.

– Allons, dit enfin Lazare. C'est l'heure.

Les mains au fond des poches, décontracté et même oublieux, pour un moment, des deux traits sur le tronc du chêne rouvre, il redescendait vers les Granges de Gamet.

Ce fut le chien qui lui montra. Il trottinait à trois pas devant lui, très droit, la queue en panache, veillant indéniablement à ce qu'on le prenne au sérieux, lorsque, tout à coup, il s'arrêta net et, le nez en l'air, resta là si bien planté au milieu du chemin que Lazare faillit buter sur lui.

– Bougre d'âne, maugréa-t-il. Peux pas faire attention ? Mais qu'est-ce que…

Lazare, machinalement, avait suivi le regard du chien. Il était braqué très exactement sur l'angle du pignon de la maison des Granges de Gamet, à l'endroit précis où les électriciens avaient trouvé judicieux de planter un énorme poteau en béton fort disgracieux. Il y avait dix ou quinze ans de ça, lorsqu'ils avaient daigné tirer jusqu'à la ferme isolée la ligne qui devait la faire sortir de l'exception que constituaient encore ses lampes à pétrole et le journal de la paroisse dont il fallait se contenter pour savoir qu'un monde extérieur existait, au-delà de l'horizon étroit des collines et des forêts.

Et là, sur le poteau en béton, à hauteur d'homme, Lazare ébahi, effondré, stupéfait, découvrit deux traits, un rouge et un blanc superposés, dont la peinture neuve et pas encore totalement sèche scintillait doucement dans la pénombre du soir qui gagnait.

Souffle coupé, il en eut un mouvement de recul. Pourquoi ne l'avait-il pas vu en descendant des bois ? Était-il seulement là, lorsqu'il était passé, sa tronçonneuse dans une main, son merlin dans l'autre ? Allaient-ils peu à peu le cerner, ces signes étranges qui naissaient ainsi de nulle part, tout autour de lui ?

Lentement, avec dans les yeux une folle lueur d'inquiétude, il tourna sur lui-même, fouillant l'ombre qui semblait monter du sol et, progressivement, tout effacer. Il eut beau chercher, il ne vit rien.

Demain, je reviendrai voir ça au jour, se promit-il.

Il siffla le chien. Et, en jetant autour de lui des regards méfiants, il se replia vers la maison où le fricot mijotait doucement sur le coin du fourneau.

Une longue griffe en main, Lazare allait tranquillement en long et en large sur le pré des Cheintres. Des pointes de son outil, il écartait consciencieusement toutes les taupinières. Puis, le retournant vivement, il étendait la terre sur l'herbe de printemps qui aurait tôt fait d'effacer jusqu'au souvenir de cette offense.

Il avait plu dans la nuit. Quelques ondées sans méchanceté qui avaient détrempé le sol, juste ce qu'il fallait pour que les petites éminences de terre brune bâties par les taupes s'éparpillent sous le premier coup de son outil sans former une masse informe de boue dont il aurait été bien embarrassé.

Et le ciel, en s'ouvrant aux premières heures du jour, lui offrait l'enchantement d'une de ces journées bénies où éclatent tout à la fois, dès le réveil, les couleurs, les senteurs et toutes les rumeurs de la vie.

C'est peu de dire que Lazare était heureux. Le lui suggérer aurait été, à n'en pas douter, l'étonner grandement et déjà remettre en question ce bien-être dont la perfection venait essentiellement de la question de son existence qu'il ne se posait pas.

Il était heureux, un point, c'est tout. Et c'était bien comme ça. Il était heureux comme le temps, heureux comme la nature autour de lui, heureux comme le chien roulé en boule au pied du grand hêtre et qui le surveillait du coin de l'œil, heureux de ce regard attaché à lui comme à la vie.

Le chien ! Peut-être, un jour, s'était-il appelé « Black » ou quelque chose d'approchant. Lazare avait le don de faire naître autour de ses plus mauvais souvenirs les voiles épais et commodes de ce qui ressemblait fort à la brume de l'amnésie.

« Ah bon ? Il s'appelait Black, mon chien ? Peut-être, puisque vous le dites… Mais, moi, c'est le chien que je le nomme. Il comprend et ça suffit… »

Ils l'avaient tant fait marcher, ils s'étaient tant moqués de lui, ils avaient tellement ri à ses dépens, le dimanche matin, au café du pays, avec ce « Black » dont ils disaient et répétaient à l'en embrouiller, à lui en faire perdre raison, qu'il n'aurait pas dû être jaune, puisqu'il était « black », ou qu'il n'aurait pas dû être « black », puisqu'il était jaune…

À n'y rien comprendre. Il riait avec eux, très fort, très gras, pour ne pas leur déplaire, mais savait-il, lui, Lazare, ce qu'il en était ? Il en avait peu à peu oublié ce « Black », dont on ne le laissait pas en repos, et les autres, au café, avaient vite trouvé de nouvelles raisons de rire et de se moquer.

Restait « le chien ». Est-ce que ce n'était pas aussi bien comme ça ? Est-ce que ça l'empêchait, cette brave bête, d'avoir fait de Lazare le centre de son monde et surtout de lui redire inlassablement, à longueur de journée, par la force de son seul regard, que rien n'était plus beau, pour un chien comme lui, un grand bâtard au poil un peu jaune, que de vivre près de ce centre-là ?

Or, le chien, tout à coup, se mit à aboyer furieusement.

Depuis le coteau des Cheintres au flanc duquel il éclatait consciencieusement les taupinières à gestes lents, Lazare le vit brusquement bondir de l'ombre du fayard à laquelle il était venu abriter son somme de la mi-journée. Il longea rapidement la haie jusqu'à la porte du pré qu'il franchit pour s'ériger en barrage au milieu du chemin. De loin, à chacun de ses furieux aboiements, Lazare le voyait tressauter sur ses pattes avant légèrement écartées et très raides. Les babines retroussées et les crocs scintillant doucement dans l'ombre vaguement écumante de la gueule complétaient un tableau qui parvint à tirer un sourire un peu sadique au vieux gars.

– Vrai, grogna-t-il en se redressant, j'aimerais pas me trouver devant un bestiau pareil.

Mais il ne fit rien pour calmer la fureur du chien. Il prit encore le temps de poser son outil à même le sol, de se masser copieusement le dos à deux mains et d'extraire sa blague à tabac de la poche de sa veste. Il en sortit un paquet de feuilles, en détacha soigneusement une et hésita : rappellerait-il le chien avant ou après l'avoir roulée ? Prendrait-il le temps de l'allumer au son somme toute réjouissant de l'attachement que l'animal lui manifestait ainsi ? Car, après tout, pourquoi hurlait-il si fort si ce n'était pour interdire à qui que ce soit de s'approcher de son maître ?

Lazare en ressentait comme une petite jouissance. Et il serait bien allé jusqu'à battre le briquet avant de rappeler son chien si quelque chose n'avait pas attiré son attention. C'était bleu et arrondi. Et ça se balançait doucement au-dessus de la haie, dans le chemin, juste dans la direction que désignaient sans doute possible les crocs de l'animal.

La feuille de papier à cigarettes collée au bout de son gros doigt boudiné, il s'immobilisa et, fronçant les sourcils, il chercha à comprendre. C'est à ce moment qu'il vit un second objet apparemment similaire à celui qui avait attiré son regard. C'était quoi, ça ? Celui-là était orange et venait de rejoindre le bleu. Ensemble, ils semblaient effectuer une étrange valse-hésitation à quelques mètres du chien qui ne cédait pas un pouce de terrain.

– Ça va ! cria simplement Lazare en se mettant tout à coup en mouvement.

Il fallait voir. Le chien s'était tu instantanément. Mais, sûr de son rôle, il ne bougeait toujours pas. Dressé au milieu du chemin, il n'eut qu'un bref regard pour son maître qui venait vers lui à grandes enjambées. Et, apparemment rasséréné par cette relève imminente, il s'assit sans pour autant quitter des yeux ce point du chemin où continuaient à se balancer les deux étranges formes, la bleue et l'orange.

– Viens là, grogna encore Lazare en atteignant la porte du pré.

Le chien, avec la conscience paisible du devoir accompli, se leva sans rechigner, abandonnant sa position stratégique, et vint frétiller aux pieds de son maître, réclamant sans ambages une récompense qu'il savait méritée. Lazare lui accorda une caresse rapide sur le haut du crâne, entre les oreilles, tout en glissant un regard curieux au-delà de la haie.

Il en resta bouche bée. D'où ils sortaient, ceux-là ? C'était des hommes ou des martiens ?

Ils venaient vers lui à pas encore comptés, surveillant prudemment le chien dont ils n'avaient pas encore compris que, mission accomplie, il ne nourrissait plus à leur égard la moindre animosité. Vêtus de maillots et de shorts de couleurs vives, chaussés d'étranges bottines en toile et en caoutchouc, coiffés de casquettes plus voyantes encore que leurs tenues, ils portaient deux énormes sacs, l'un bleu, l'autre orange, si hauts qu'ils les avaient trahis, au-dessus de la haie.

– Bonjour, tenta l'un en arrivant à la hauteur de Lazare.

– Bonjour, fit l'autre en écho.

Les martiens parlent donc le français, pensa Lazare pas encore revenu de sa stupéfaction.

– Bonjour, hasarda-t-il tout de même, par habitude.

– Beau temps, pas vrai ? fit le premier en s'enhardissant.

Instinctivement, Lazare leva les yeux vers le ciel. L'azur irréprochable des premières heures du jour s'était peu à peu laissé manger par un triste voile laiteux. Et, déjà, à l'ouest, ce dernier s'épaississait en se marbrant de reflets grisâtres.

– Ça ne va pas durer, jugea-t-il.

La réflexion eut pour effet immédiat d'éveiller l'intérêt des deux étranges personnages.

– Vous croyez ? émit le sac orange avec un rien d'inquiétude dans la voix.

– C'est la pluie avant ce soir, confirma Lazare.

– Alors, faut pas qu'on chôme, estima le sac bleu.

Il faisait déjà le geste de reprendre son chemin. Lazare ne s'estimait pourtant pas satisfait pour autant.

– Parce qu'elle vous fait peur, la pluie ? demanda-t-il.

Des fois que l'eau du ciel soit toxique pour les martiens…

– Ben, c'est pas pour dire, mais on n'aime pas trop, expliqua le sac bleu.

– Bof… Elle n'est pas encore là. Vous allez loin comme ça ?

– Saint-Jacques-de-Compostelle.

– Connais pas.

En même temps, le sourcil s'était froncé. À mesure d'une journée de marche, il n'était pas un pays dont on pouvait révéler l'existence à Lazare. Alors, qu'est-ce qu'ils allaient lui chanter, ces drôles de pèlerins, avec ce Saint-Jacques-là dont il n'avait jamais entendu parler ? Le ton se fit plus sarcastique.

– Et il vous faut tout ce saint-frusquin, pour aller jusqu'à votre Saint-Jacques… je ne sais quoi ?

Du menton, il avait désigné les sacs que les autres ne

semblaient pas décidés à poser. Le bleu eut un petit rire de gorge aigrelet pendant que l'orange se contentait d'un sourire entendu.

– C'est qu'on n'y est pas encore, dit le bleu. On en a encore pour au moins deux mois.

Les yeux de Lazare s'arrondirent.

– Tout à pied ? s'alarma-t-il, incrédule.

– Tout à pied, répéta le sac bleu.

– Il n'y a pas de route qui y va, à votre Saint-Jacques… machinchose ?

– Bien sûr que si.

– Alors, pourquoi vous n'y allez pas en voiture ?

Il ne plut guère à Lazare qu'ils éclatent de rire tous les deux.

– Et alors ? gronda-t-il si fort que le chien, tout à coup alerté, se mit en devoir de l'imiter en aboyant furieusement. Qu'est-ce qu'il y a de drôle ? Quand je vais à la ville, je n'ai pas idée d'y aller à pied, moi. Ça me suffit de mes champs.

– C'est justement, fit le sac orange pour gagner du temps.

– Justement quoi ?

– Vous, vous marchez souvent. Donc, quand vous pouvez vous en passer, vous prenez votre voiture.

– J'ai pas de voiture.

Ils en restèrent sans voix.

– J'ai une mobylette.

Ils parurent soulagés.

– C'est la même chose, voulut transiger le sac orange.

– C'est vous qui le dites. Allez donc au marché en mobylette les jours de pluie, vous verrez si c'est la même chose.

Les deux marcheurs échangèrent un regard dans lequel commençait à percer un rien de consternation. Les choses, décidément, risquaient de ne pas être simples. Le sac bleu crut bon de reprendre l'initiative.

– Ce que veut dire mon ami, expliqua-t-il sur un ton très appliqué, c'est que vous, vous marchez toute l'année ou presque. Nous, on vit en ville. On travaille dans des bureaux. On ne marche plus, ou pratiquement plus. Alors, quand viennent les vacances, on abandonne les voitures et on marche.

Lazare avait l'air sidéré.

– Jusqu'à Saint-Jacques… quelque chose.

– Compostelle. Saint-Jacques-de-Compostelle. Oui, c'est ça. On marche pour le plaisir.

– Tu parles d'un plaisir ! Et vous transportez tout votre barda sur votre dos ?

– C'est ça.

– Montrez voir.

Lazare, malgré tout, restait sceptique. Il entreprit un lent mouvement tournant autour de ses deux interlocuteurs en détaillant soigneusement leur étrange équipement.

– Et c'est pas trop lourd pour vous ?

– Tenez, soupesez.

Le sac bleu avait laissé glisser sa charge au sol. D'un geste il engagea Lazare à soupeser. Celui-ci hésita un instant, ne sachant trop par quel bout la prendre. Il finit par aviser une boucle qui dépassait, sur le haut du sac. Il s'en saisit. Mais sa main énorme ne put s'y glisser. Il se contenta de la refermer sur la sangle, comme une serre.

– Je peux y aller ? s'inquiéta-t-il encore.

– Bien sûr.

Il souleva.

– Mince, alors, fit-il. J'aurais pas cru. Je croyais ça bien plus lourd.

Ils rirent encore, plus discrètement. Le sac orange, à son tour, s'était décidé à se débarrasser de son fardeau.

– Ça ne fait rien, fit Lazare qui continuait à contempler les deux sacs posés l'un contre l'autre, marcher comme ça, des jours et des jours… Et vous aimez ça ?

– Bien sûr qu'on aime ça. Sinon, on ne le ferait pas.

– Et comment vous vous y retrouvez, dans les chemins ?

– On a des cartes, dit le sac bleu en exhibant un drôle de chiffon de papier plié en accordéon. Et puis, on suit les GR.

– Les quoi ?

– Les GR, les chemins de grande randonnée.

– Connais pas, fit encore Lazare avec une moue dubitative.

C'était au tour des deux porteurs de sacs de marquer leur étonnement.

– Il y en a pourtant un qui passe devant votre porte.

Les sourcils, une fois encore, se froncèrent. Pour qui il le prenait, cet énergumène bariolé, pour prétendre lui indiquer ce qu'il y avait devant sa porte ?

– Ferait beau voir, gronda Lazare. Devant ma porte, je sais ce qui passe. Et ne passe pas qui veut.

L'autre, sans même prendre garde à l'avertissement, n'en démordait pas. Il se permettait même d'en rire doucement en insistant.

– On est même dessus. C'est celui qu'on suit. Vous le connaissez. C'est le GR 13. Il traverse tout le Morvan, de Vézelay à Autun.

Des noms connus, enfin, et juste à temps pour que n'éclate pas la colère qui montait. Ce n'était pourtant pas pour cela que Lazare comprenait mieux ce que l'autre racontait.

– Qu'est-ce que vous me racontez là ? grogna-t-il. Vézelay, Autun, pour sûr que je connais. Je sais même y aller. J'ai pas besoin de votre GR pour ça.

– Mais nous, le problème, c'est qu'on ne connaît pas. Et on ne sait même pas quels chemins choisir. Alors, on suit les balises du GR, c'est bien plus simple.

C'était là, à l'évidence, un point de vue que ne partageait pas du tout Lazare.

– Vous vous compliquez la vie, avec votre truc, trancha-t-il, moi je vous le dis.

Mais l'autre était têtu.

– Pas du tout, voulut-il polémiquer. Regardez. C'est tout simple. Il suffit de suivre les balises. Un trait rouge, un trait blanc. C'est comme ça à travers toute l'Europe. On a vu la dernière juste après chez vous, sur le poteau électrique. On sait qu'on est sur le bon chemin. Et ce serait bien le diable si on n'en trouvait pas une autre avant le sommet de la côte.

C'était donc ça ! Lazare, pour le coup, en restait figé de

stupeur et du retour en lui de cette vieille angoisse qui l'avait saisi, à quelque temps de là, lorsque étaient apparus les mystérieux traits rouge et blanc.

Comme rien ne s'était passé, il avait oublié sa première résolution de tous les effacer et avait même réussi à les oublier et à enterrer au plus profond de son être cette étrange inquiétude qu'ils y avaient fait naître.

Et voilà que tout s'expliquait.

– Attendez voir, dit-il en plissant le front sous la casquette, tant la réflexion lui pesait. Qu'est-ce que vous me racontez là? D'ici à votre Saint-Jacques-de-machin-chose, vous allez marcher deux mois rien qu'en suivant ces traits blancs et rouges?

– Exact.

Vivement, de la main, il rabattit sa casquette sur ses yeux pour mieux se gratter la nuque. Il y avait là, décidément, quelque chose qui dépassait son entendement.

– Faut être fou, finit-il par trancher.

À nouveau, ils éclatèrent de rire. Et il n'aima pas plus que la première fois.

– Vous êtes bien des fous de la ville, dit-il. Aller à pied, pendant deux mois, en suivant des traits blancs et rouges, faut vraiment pas avoir de sens commun pour faire ça.

Et ces dépendeurs d'andouilles qui riaient de plus belle!

– Attends voir, glapit Lazare qui, cette fois, estimait en avoir assez entendu. Je m'en vais te les effacer vite fait bien fait, vos machins gribouillés par chez moi. À quoi ça ressemble! J'veux pas de ça chez moi. Allez, ouste, passez votre chemin. Et allez donc vous faire pendre ailleurs.

Non mais, chez qui ? C'est qu'il était en colère, le Lazare, et pour de bon. Au point que les deux autres ne riaient plus. Ils avaient même l'air tout penaud.

– Attendez, fit le sac bleu. Il faut comprendre. C'est notre plaisir, à nous.

– C'est pas le mien.

– Et pourtant, si on était passés en voiture, on n'aurait pas pu discuter comme ça. On n'aurait même pas su que vous existiez. Et puis, plus loin, on va rencontrer d'autres personnes. On leur parlera de vous, de ce qu'on aura vu par ici. C'est un bon moyen de se connaître, de se comprendre. Vous ne trouvez pas ?

L'argument, contre toute attente, avait fait mouche. La colère s'était effacée des traits de Lazare plus vite encore qu'elle n'y était apparue. Et les plis de son front, ses épais sourcils froncés au point de ne plus former qu'une grosse barre noire au-dessus de son regard perplexe trahissaient l'intensité de sa réflexion.

– Comme ça, s'étonna-t-il, vous allez parler de moi avec d'autres hommes, plus loin, que je ne connais pas, qui ne me connaissent pas ?

Il s'assit sur la pierre levée, au coin de la porte du pré. Les deux hommes s'adossèrent à la barrière. Le chien leur fit brièvement fête avant d'aller se rouler en boule sous l'aubépine de la haie.

Et le reste n'eut plus grande importance.

Longtemps après que le sac bleu et le sac orange, en se dandinant au rythme régulier du pas de leurs porteurs, eurent disparu entre les haies, dans la côte, vers la lisière des bois, Lazare resta assis sur sa pierre levée, à l'entrée du pré.

Il rêvait. Les bras ballants, légèrement voûté, le regard sans expression, perdu dans le néant, il laissait tourner en lui, comme une toupie sans cesse relancée par la main diabolique de son imagination, l'idée incommensurable que d'autres hommes, là-bas, au-delà de l'horizon de collines et de forêts auquel s'était toujours limité son univers, pourraient, un jour, avoir conscience de son existence. Et cela par la grâce de ces deux hommes vêtus de si vives couleurs, qui parlaient si bien et qui, maintenant, allaient paisiblement, vers leur Saint-Jacques-machinchose, sous leurs grands sacs bleu et orange.

Il y avait donc, au-delà des monts du Morvan qui cernaient irrévocablement son univers, d'autres lieux, d'autres hommes, avec d'autres histoires, d'autres métiers, d'autres habitudes, d'autres langages peut-être, d'autres façons de faire et de travailler, de se distraire, de se reposer.

Il les connaissait, bien sûr, ces hommes-là. Il en voyait tous les ans à la foire. Il en avait même rencontré quelques-uns au temps déjà lointain de son service militaire. Mais… comment dire… ce n'était plus pareil. Ces deux-là, le bleu et l'orange, avec toutes leurs couleurs, ils devaient être un peu sorciers. Car Lazare sentait bien que quelque chose s'était allumé en lui qui le poussait vers tous ces hommes du lointain, d'au-delà de l'horizon, pour qui jusque-là il n'avait jamais professé autre chose que la plus grande des méfiances.

Et voilà que, tout à coup, l'envie lui prenait de les connaître, de les rencontrer. Puisque ces deux-là qui venaient de passer allaient leur parler de lui, pourquoi n'irait-il pas leur parler, lui ? Avec leur façon de s'arrêter, comme ça, sans façon, au bord du chemin, et d'engager la conversation, comme si on se connaissait de toujours, avec leur pas lent dont ils paraissaient arpenter paisiblement le monde, il lui semblait qu'en repartant, en le quittant, ils l'avaient abandonné dans un univers tout à coup trop étroit, comme étriqué.

D'abord, il leur en voulut. Car la pensée de ces contrées lointaines où ils allaient en parlant de lui ne le quitta plus. Pire encore, il n'y eut plus de matin où, en ouvrant la porte de la maison des Granges de Gamet, il ne portât pas un regard sur les crêtes enforestées qui les entouraient en ressentant comme une douloureuse oppression.

Le plantureux paysage de coteaux, de frondaisons, de haies et de prés alanguis au milieu duquel il avait toujours vécu ne le contentait plus. Les petits matins de brumes légères maraudant en voiles diaphanes, à la lisière des bois, éveillant l'illusion fugace de grands lacs mystérieux, au long des vallons, le laissaient indifférent. La grande lame d'argent qu'en prélude à sa quotidienne naissance, le soleil allumait parfois aux crêtes des collines et que ciselait le velours noir des sombres futaies ne retenait même plus son regard.

Puis il les aima. Comme on aime des souvenirs ou plus encore de lumineuses divinités prometteuses d'infinies félicités dans des mondes paradisiaques dont il se persuadait que seules les collines qui l'environnaient et les sombres frondaisons qui les couvraient l'empêchaient de les entrevoir.

Au moins pouvait-il les imaginer. Et dès lors, il n'eut plus d'autre rêve que ces lointains enchanteurs.

Ainsi passèrent le printemps puis l'été qui ne lui laissèrent que bien peu de temps pour nourrir son rêve. C'est à peine si, le soir, après de longues journées de labeur, dans les foins, puis le seigle, puis les pommes de terre qu'il s'acharnait à cultiver seul, exactement comme si Amélie était encore là, en se roulant une dernière cigarette, assis à la table, devant les restes de son frugal repas, il laissait son imagination prendre son envol.

De quelques photos entrevues dans des journaux, d'images illustrant le calendrier des postes, des gravures, bien plus suggestives, dont le garagiste ornait les murs crasseux de son atelier, ou de prospectus ramassés à la foire, il s'inventait des pays de cocagne aux lumières ocrées, peuplés de jolies filles à peine vêtues, que traversaient des chemins au sol doux comme de la mousse et que bordaient de longs traits rouges et blancs.

Souvent, la fatigue aidant, il s'endormait ainsi sur son banc, perdu dans son rêve. Et ce n'était qu'en piquant du nez dans son assiette qu'il se réveillait en sursaut. Alors, essuyant d'un revers de manche les traces des reliefs de son repas qu'il avait pu y glaner, il se levait pesamment et, rendu sans ménagement à la réalité, il allait s'effondrer sur son lit.

D'autres randonneurs passèrent. Avec les grosses chaleurs de juillet et d'août, leurs groupes se firent même de plus en plus nombreux. Lazare les surveillait. Et, du plus loin qu'il les voyait arriver, il se précipitait vers le chemin en criant et en agitant les bras. Le chien entra vite dans le jeu. Et, au lieu de les agresser, il gambadait vers eux, leur faisait fête et s'ingéniait à les conduire vers son maître.

– Vous allez à Saint-Jacques ? leur demandait-il invariablement.

Leurs réponses, toujours négatives, lui importaient peu. C'était une forme d'entrée en matière qui lui plaisait. Il se souciait peu, alors, des destinations fort variables qu'ils lui annonçaient.

– Vous suivez le GR, alors ? s'inquiétait-il d'un ton très assuré.

La réponse bien évidemment affirmative le remplissait d'aise.

– Vous allez rencontrer du monde, pronostiquait-il.

– Ah bon ? s'étonnaient les passagers.

– Sûr, confirmait-il. Et vous pourrez leur dire que vous

avez rencontré Lazare, Lazare des Granges de Gamet. Vous verrez. Ils connaissent. On leur a déjà parlé de moi.

Les sourires, en général, se faisaient discrets. Les sacs glissaient des épaules. On profitait de la rencontre avec cet étrange personnage pour souffler un peu. On s'asseyait dans l'herbe, Lazare se juchait sur sa pierre levée et on faisait connaissance.

Alors, et alors seulement, il s'inquiétait réellement de savoir d'où venaient ses visiteurs d'un moment et où ils allaient. Il ne se lassait pas, rencontre après rencontre, de se bâtir ainsi une étrange géographie à sa façon, strictement composée de trois cercles concentriques.

Il y avait le plus lointain, le plus vaste et le moins défini dans lequel se rangeaient en vrac toutes les provenances et les destinations qui ne lui disaient rien.

Il y avait celui du milieu s'emplissant peu à peu de l'évocation de pays où il n'était jamais allé mais dont il connaissait l'existence. Ainsi Paris ou Lyon y côtoyaient Vézelay et Autun, alors que Dole, dont il n'avait jamais entendu parler, se trouvait reléguée dans les mêmes lointains inaccessibles que Saint-Jacques-de-machinchose.

Enfin, le troisième et plus petit cercle était réservé à sa connaissance, celle qu'il pouvait se permettre d'imposer à ses interlocuteurs en discutant pour le plaisir du bien-fondé de leur itinéraire.

– Moi, si je n'étais que de vous, déclarait-il d'un ton péremptoire, je ne passerais pas par là. C'est pas bon et puis, d'abord, ça rallonge.

Ils avaient beau argumenter, expliquer le point de vue,

le château à ne pas manquer, les charmes plus ou moins cachés de la vallée qu'ils voulaient remonter, rien n'y faisait. Lazare n'en démordait pas : « C'est pas bon et puis, d'abord, ça rallonge. »

Bien sûr, ils finissaient par le laisser dire. Il pensait les avoir convaincus. Et l'on se quittait grands amis. Lazare lorgnait les cuisses des filles, pendant qu'elles se déhanchaient pour rajuster leur sac sur leurs frêles épaules, et l'on échangeait longuement de grands gestes du bras, pendant qu'ils s'éloignaient et qu'il restait là, planté, massif et un peu monstrueux, au milieu du chemin.

– Vous leur direz bien le bonjour de Lazare ! leur criait-il encore en réveillant tous les échos de la forêt voisine.

– Comptez sur nous, répondaient-ils sans rire.

Et leurs minces silhouettes se perdaient une à une entre les haies.

– T'as vu, disait alors Lazare au chien, ils vont leur parler de nous. C'est pas beau, ça ?

Et, le cœur léger, il s'en retournait vers son travail.

Bien avant la Saint-Michel, les groupes de randonneurs commencèrent à se faire rares. Mais, jusqu'à la Saint-Martin, il en passa encore suffisamment pour nourrir le rêve de Lazare.

Puis vint l'hiver, et le bois qu'il fallait aller couper en s'engageant dans la forêt, loin des chemins que ne fréquentaient plus que de très rares passagers emmitouflés dans des accoutrements étonnants.

Vrai, se dit Lazare, par un froid matin de novembre, alors que montaient vers lui deux silhouettes ainsi appareillées, l'été, ils étaient plus qu'à moitié nus. Les voilà mis comme des cosmonautes.

Et puis ceux-là étaient moins causants. Ils ne répondaient souvent aux appels du vieux gars que par quelques gestes aimables. Et, bien qu'il se précipitât au-devant d'eux, ils continuaient leur chemin en ne concédant guère à ses étranges questions que quelques reparties souriantes, mais sans le moindre rapport avec les propos qu'il aurait aimé leur voir tenir.

À croire que sans le soleil, c'est plus les mêmes, grommelait-il sans se douter qu'il était bien près de la vérité. Il fallait un cuir endurci comme le sien pour ne pas faire de différence entre une pause dans la douceur de l'été et une halte dans le gel d'un matin d'automne. Et l'indifférence totale qu'il marquait à la nuit tombant dès six heures du soir était bien loin d'être partagée par ces marcheurs attardés.

Il est vrai que c'était là des considérations que ne prenait pas encore en compte son rêve d'horizons idéaux. Ce n'était pourtant pas faute d'en peupler ses longues soirées de solitude.

Sa soif d'imagination l'avait même poussé à oser ouvrir, pour la première fois, le placard aux secrets d'Amélie.

Sous une fine couche de poussière un peu triste, s'était alors révélé à lui l'étrange univers où sa mère, toute une vie durant, avait serré tous les petits riens, toutes les babioles qu'un grand sentimentalisme sans cesse refoulé l'avait fait soustraire à la vue et aux commentaires des autres.

Il en fut ému jusqu'aux larmes. Et, durant de longues minutes, cette armoire à glace mal équarrie resta plantée devant le petit meuble grand ouvert, ses deux pattes épaisses et calleuses de coureur des bois tremblant légèrement et allant et venant à bonne distance de tous ces trésors qu'il n'osait pas toucher.

Il lui fallut longtemps pour s'y résoudre. Mais il n'eut pas à chercher. La petite vitrine, bien le plus précieux apporté par Amélie au jour de son mariage et dont jamais, de son vivant, elle ne s'était séparée de la clef, comportait quatre étagères. Sur la plus haute d'entre elles, elle avait rangé soigneusement quelques livres à la reliure fatiguée et à la tranche épaissie du contact de toutes les mains qui les avaient feuilletés.

Lazare se résolut enfin à tendre un gros index boudiné, marqué, comme un accent, d'un ongle noir et que coiffaient quelques poils hirsutes. Il l'approcha des livres, hésita encore quelques instants en faisant circuler son doigt de droite à gauche, puis osa le replier sur l'un des livres qu'il attira à lui.

Un colporteur, probablement, avait extrait de sa boîte, il y avait bien longtemps de cela, cette édition illustrée du *Voyage avec un âne dans les Cévennes* de Robert Louis Stevenson. Lazare, négligeant de refermer la vitrine, revint vers sa chaise en tenant le livre à plat dans ses deux mains jointes, comme le plus précieux et le plus fragile des trophées. Il s'installa au coin du fourneau qui dégageait encore une bonne chaleur et osa enfin ouvrir l'ouvrage.

La neige fut au rendez-vous du Jour de l'An. Il avait gelé avec suffisamment de ténacité, durant les dernières semaines, pour qu'elle puisse sans encombre s'installer sur un sol aussi dur que la pierre. Il neigea durant toute la nuit du réveillon et encore toute la journée du Premier de l'An et la nuit qui suivit.

Lazare, qui l'avait sentie venir, s'était empressé de rentrer une grosse provision de bois qu'il avait soigneusement rangée derrière le fourneau, repoussant sans ménagement le tapis du chien trop loin, au goût de ce dernier, de la bonne chaleur que dégageait le foyer.

Mais peu lui importait. Fébrilement, il alla encore soigner ses bêtes en leur comptant double ration. Puis, avec une sorte d'intense jubilation intérieure, il vint s'enfermer chez lui. Il chargea son fourneau jusqu'à la gueule, soulevant des gerbes d'étincelles qui illuminaient la pièce. Il tira sa chaise au point idéal où se rencontraient la plus grande chaleur et la meilleure lumière que pouvait délivrer l'unique ampoule à qui revenait la lourde charge de lutter contre l'ombre. Il s'installa confortablement et put enfin commencer son réveillon.

Ce fut le froid qui le réveilla, au petit matin. Le fourneau était mort depuis longtemps. Mais Lazare ne s'en était pas préoccupé, de toute sa longue veillée. Il avait bien lu trente pages du *Voyage avec un âne dans les Cévennes* et il avait rêvé, des heures durant, devant les illustrations naïves qui émaillaient l'ouvrage. Toutes ou presque, dans d'étonnants paysages de forêts et de montagnes, représentaient cet étrange voyageur d'un autre temps, en compagnie de cette ânesse chargée de porter son bagage et si joliment nommée Modestine.

Dehors, les monts et les forêts qui les couvraient avaient été comme effacés, gommés par l'épais voile cotonneux de la neige qui n'arrêtait pas de tomber. De fins flocons, faits pour tenir, qui naissaient de ce néant et descendaient en troupes serrées et continues, sans se presser, comme en planant, pour venir sans cesse renforcer l'épais manteau qui s'était constitué durant la nuit.

Pour se réchauffer, Lazare, à qui il plaisait de pouvoir faire durer son rêve sans qu'il se heurte à la barrière des monts enforestés, se mit en devoir de dégager un chemin jusqu'à son étable. Sans faiblir, à gestes amples et réguliers, des heures durant, il prit plaisir à pelleter. Mais pas un seul instant son esprit ne quitta les lointains enchanteurs qu'il avait bâtis de toutes pièces, tout au long de la nuit.

Toujours occupé de son songe, à gestes instinctifs, il ne lui fut pas de trop de toute la matinée pour s'occuper de ses bêtes, pour refaire sa provision de bois et pour préparer son repas. Mais il ne vit pas le temps passer. Seuls lui importaient les songes qui couraient et se croisaient dans sa tête et dont il n'avait pas encore l'idée qu'ils puissent un jour se muer en projets.

Après son café, il s'offrit exceptionnellement une petite goutte. D'un antique flacon qui datait du temps de son père, il versa dans sa tasse une lampée d'un vieux marc de Bourgogne dans lequel il prit soin de diluer le reste de sucre de son café. Puis il dégusta le breuvage à petites gorgées, perdu dans ses pensées.

Le chien s'agita sur son tapis. Comme s'il ne suffisait pas qu'un inopportun tas de bois le tînt trop éloigné du fourneau, il fallait encore que son maître le fixe d'un regard dont l'insistance le mettait mal à l'aise. Tout ça, d'ailleurs, ne lui inspirait que méfiance. Son instinct, infailliblement, lui soufflait qu'il ne sortirait rien de bon, pour ses habitudes, auxquelles il tenait comme à la prunelle de ses yeux, de ces interminables rêveries de Lazare. Prudent, il se manifestait le moins possible et s'efforçait d'échapper à l'attention de l'homme à qui, pourtant, était vouée toute sa vie.

Pour cette fois, pourtant, c'était manqué. Et la catastrophe était inévitable. Il eut beau se ratatiner autant qu'il le put sur son tapis, se faire le plus petit possible, il ne put s'empêcher de baisser la tête et de fermer les yeux, comme s'il attendait des coups, lorsque retentit tout à coup la voix puissante de Lazare.

– Tiens, dit-il, si on allait voir Delphine ? Hein, le chien, si on allait la voir ?

Le ci-devant Black aurait manifestement préféré être

transparent. Aller voir Delphine ? Et puis quoi encore ! On était allé l'affourager et lui apporter un énorme picotin d'orge et d'avoine macérées le matin même. Pourquoi y retourner par un temps pareil ? Mais quand un homme a une idée dans la tête, bien malin le chien qui peut lui en faire changer. Et si encore il avait consenti à y aller tout seul. Mais non, il fallait à tout prix qu'il se fasse accompagner.

– Allez le chien, on y va.

Il était déjà debout, il enfilait sa veste, il coiffait sa casquette.

– En route, le chien. On va voir Delphine.

S'il avait su ! Une fois encore, il tenta d'échapper à la corvée en allongeant un museau pitoyable et implorant sur son tapis. Mais rien n'y fit. Toute la misère de son regard de chien battu ne pouvait rien contre l'égoïste obstination d'un homme, fût-il son propre maître. À regret, et le plus lentement qu'il le put, il se leva, quittant la bonne chaleur de son tapis à l'instant précis où cette brute à deux pattes ouvrait grande la porte. Avec quelques flocons, un jet d'air glacé vint gifler le chien. C'était décidément plus qu'il n'en pouvait supporter. Avec un gémissement à fendre l'âme, il tourna le dos à l'épreuve et, tout bonnement, se recoucha.

– Tu te fous de moi ou quoi ? Attends que j'aille t'aider à te réveiller.

Rien n'y ferait. Il n'y échapperait pas. Et que valait le regard vengeur dont il gratifia malgré tout Lazare, pour le respect de la forme, en se résignant à le suivre ?

Dehors, les choses ne s'étaient pas arrangées, bien au contraire. Passé le chemin dégagé le matin même par Lazare, jusqu'à la porte de l'étable, et qu'une nouvelle couche de neige s'évertuait déjà à effacer, il fallait patauger dans tout ce froid qui lui venait jusqu'au ventre. Le chien, pourtant, fit contre mauvaise fortune bon cœur et se résolut à tenir son rôle en faisant la trace pour son maître.

Delphine, bien sûr, n'était pas à la barrière. Ils eurent beau l'appeler, prudente, elle se garda bien de quitter l'abri douillet de la cabane que Lazare lui avait bâtie au fond du pré. Il fallut y aller. Elle les attendait. Seule la tête émergeait de l'ombre de la cabane et ses oreilles pointées indiquaient à suffisance qu'elle savait qui venait.

– T'aurais pu te bouger, lui dit Lazare en lui tendant un quignon de pain sec.

Pendant que le chien se réfugiait au fond de l'abri, elle le prit délicatement et le croqua à belles dents sans s'étonner outre mesure de l'étonnant manège de Lazare. Il s'était à son tour faufilé dans la petite construction en se glissant le long du flanc de l'animal que rien, décidément, ne semblait disposer à bouger. Et, les mains bien à plat sur le dos de la bête, il paraissait réfléchir profondément.

– Delphine… Modestine… Modestine… Delphine…, grogna-t-il sans que les animaux, dans leur grande candeur, y voient à redire. Pourquoi pas ? ajouta-t-il.

Ni l'un ni l'autre n'en frémirent. À vrai dire, simplement occupés de leurs aises, ils n'avaient pas cru bon de relever, ignorants qu'ils étaient des mécanismes subtils pouvant, dans l'esprit d'un homme simple, transmuer, d'un instant à l'autre, les rêves les plus fous en projets les plus irréductibles.

– Vendues !

Grande ouverte, la main épaisse de Lazare avait claqué si violemment dans celle du marchand de bestiaux que l'autre avait pu à bon droit, durant quelques instants, se croire l'épaule démanchée.

– Ouf ! fit-il en se massant le haut du bras. Tu parles d'une vente. J'ai jamais fait la pareille.

– Eh ben, à partir d'aujourd'hui tu pourras plus le dire, commenta Lazare, hilare. Et les sous ? En liquide, s'il te plaît.

L'autre, un peu surpris, s'exécuta. D'un doigt expert préalablement mouillé, il compta les coupures et les tendit à Lazare qui estima avoir suivi l'opération d'assez près pour ne pas avoir à contrôler. Il enfouit négligemment le paquet au fond de la poche de sa veste.

– Et alors, tu peux nous le dire, maintenant, pourquoi tu vends toutes tes vaches ? tenta une dernière fois le maquignon.

– Ouais, fit Lazare.

– Et c'est pour quoi ?

– Pour les sous.

Ils étaient là quelques-uns qui contemplaient la négociation et qui crurent bon d'éclater de rire.

– Oh ! fit simplement Lazare, mais ça s'entendit de l'autre côté du foirail. On se calme. Pourquoi pas pour les sous ? C'est aussi bien, les sous. Et puis, pas besoin de les nourrir deux fois par jour, les sous.

– Et quand tu n'en auras plus, gros malin ? prétendit ironiser un des badauds.

Lazare se contenta de fixer le questionneur et de faire un pas, un seul, vers lui. L'autre, prudemment, recula et se fit un rempart du dos de ses acolytes.

– Tu sais ce qu'il te dit, le gros malin ?

Les têtes commençaient à se tourner, de l'autre côté du foirail qu'étonnait ce deuxième roulement de tambour. C'était plus qu'il n'en fallait pour réjouir Lazare et pour qu'il estime que l'affaire était close.

Sans un salut, sans un dernier regard pour son maigre troupeau dont il venait de se séparer, il fendit la foule droit devant lui et se mit en devoir de traverser toute l'immense foire de printemps dont la formidable rumeur animait la ville, comme chaque année à pareille époque.

À grands gestes méthodiques, comme un nageur appliqué, indifférent aux protestations de ceux qu'il écartait sans ménagement, de ses mains et de ses bras énormes, il se frayait un chemin dans la foule, ignorant les étals bigarrés encombrant les places et les avenues et devant lesquels baguenaudaient tous ces gens-là.

Lui savait où il allait. Et le reste lui importait peu. Sans la moindre hésitation, de larges boulevards en rues et de rues en ruelles, il gagna le haut quartier, celui que dominait la fine et élégante silhouette de la cathédrale. Il savait là, tout autour du saint édifice, quantité de petites échoppes d'un jour où l'on trouvait tout un bric-à-brac, le plus souvent étalé à même le trottoir.

Méprisant quelques brocanteurs, un bouquiniste et un chapelet de citoyens du Mali, de Côte-d'Ivoire ou du Bénin proposant leur pacotille en ébène de plastique, il alla droit à un tas informe dont seule la couleur dominante, à première analyse, indiquait la provenance. D'un beau kaki plus ou moins délavé selon l'état de vétusté de l'objet, on trouvait là à peu près toutes les épaves subsistant de ce qui, jadis, avait été un commerce florissant.

Sans le moindre égard pour les empilements approximatifs qui l'entouraient, Lazare plongea le bras entier dans cette étrange matière faite des restes de toutes les armées du monde. Il agrippa solidement l'objet de sa recherche et, d'un grand effort qui fit s'effondrer, loin alentour, l'étrange et monstrueux château de cartes, il parvint à l'en extraire.

– Combien ? glapit-il en brandissant à bout de bras ce que seuls les initiés pouvaient identifier comme ayant été, dans un lointain passé, un bât de l'armée suisse.

Éberlué, le marchand, jailli tout à coup d'on ne sait où pour venir au secours de son étalage ainsi mis à mal, en resta sans voix. Savait-il que son capharnaüm recelait une telle relique ? Et pouvait-il imaginer qu'elle puisse encore trouver preneur ?

– Tu vends ou tu vends pas ? s'impatienta Lazare.

– Je vends, s'empressa l'homme.

– Alors, ton prix ?

Il discuta pied à pied et finit par l'emporter pour la moitié de la somme initialement annoncée avec, en prime, deux grands sacs en toile forte et une gourde de l'armée belge.

Son retour au pays fit grand bruit. Au propre, d'abord, lorsqu'il prétendit faire entrer de force tout son fourniment dans le café du village déjà pris d'assaut par tous ceux qui, comme lui, s'en revenaient de la foire. C'est dire si l'ambiance était chaude.

Mais il fit plus de bruit encore au figuré lorsque, ignorant superbement les récriminations outrées de tous ceux qu'écrasaient ses encombrants colis, Lazare les lâcha sans ménagement sur les pieds des consommateurs en braillant :

– Ça y est, les gars, j'ai vendu toutes mes vaches !

Il y eut un bref moment de stupeur. Un à un, tous les regards se portèrent sur sa formidable stature qui dépassait d'une bonne tête toutes les autres.

Un tout petit moment de silence, immédiatement suivi par l'explosion foisonnante des commentaires et des exclamations. Lazare qui annonçait comme ça, d'un seul coup, qu'il avait vendu toutes ses vaches ! Alors ça, pour une nouvelle, c'était une nouvelle. A-t-on idée ! Vendre toutes ses vaches ! Et comment peut-on vivre sans toutes ses vaches ?

– C'est-y que tu serais devenu fou, Lazare ?

– Pas plus qu'avant. Et qu'on se le dise, ce n'est qu'un début. Je vends tout. S'il y en a que ça intéresse…

– Même les Granges de Gamet ?

– Holà, le Toine ! Je te vois venir. Faudrait pas me prendre pour une andouille. Ça fait assez longtemps que tu lorgnes mes prés, vieux drôle ! La maison et les terres, c'est de famille, on n'y touche pas. Mais tout le reste, les bêtes, les outils, le tracteur, la tronçonneuse, si ça vous dit…

– La Delphine ! Combien t'en demandes, de la Delphine ?

– Pour en faire du saucisson ? Tu m'as bien regardé ? Pas à vendre, la Delphine.

– Faudrait savoir ! Tu dis que tu vends tout. Et après tu nous dis que la Delphine n'est pas à vendre.

– Tout sauf les Granges de Gamet, la Delphine et le chien. Là. Ça vous va ? Vous êtes contents ?

À vrai dire, ils ne l'étaient que très moyennement. Ils se souciaient peu des bricoles que pouvait vendre Lazare. L'important n'était pas là. Et ils retenaient tous leur souffle dans l'attente de la question essentielle, la seule peut-être en mesure d'étancher leur énorme soif de savoir. Qui la poserait ? Les yeux, en douce, circulaient de droite à gauche, de table en table. Les regards s'accrochaient parfois et s'interrogeaient, vainement.

Ce fut Gaston, en fin de compte, qui s'y résolut, fort, peut-être, de la reconnaissance que lui devait Lazare.

– Et alors, vieux gars, dit-il alors que, si la saison s'y était prêtée, on aurait entendu voler les mouches. Quoi donc que tu vas faire, maintenant que t'as vendu tes vaches ? Te voilà plus avancé.

Lazare, très digne, tourna le dos au bar et s'y accouda. Il bomba le torse, ce qui le fit plus monstrueux encore qu'à l'accoutumée.

– T'aimerais bien le savoir, hein, Gaston, ce qu'il va faire, le vieux Lazare ? T'inquiète, collègue. J'ai tout prévu. C'est pas ce coup-ci que tu auras à venir le sortir de sa m…, le Lazare, je peux te le dire. Et vous autres, tous autant que vous êtes, écoutez bien ce que je vais vous dire : le Lazare des Granges de Gamet, eh ben, il est célèbre, le Lazare. Ça vous en bouche un coin, celle-là. Pas vrai ? Et même que je le serai bien plus encore, célèbre, avant la fin de l'été. C'est moi qui vous le dis. Vous verrez si j'ai tort.

Et, avant que n'éclate le charivari des commentaires prévisibles, il se retourna prestement vers le bar en hurlant :

– Tournée générale. C'est Lazare qui régale !

Dans la douceur d'un soir de printemps, ce fut d'abord comme une longue plainte, un doux gémissement, un peu hésitant, encore malhabile, mais déjà chargé de beaucoup d'émotions et de chaleur.

Il avait semblé à Lazare que l'hiver n'en finissait pas de mourir. Mais que connaissait-il de l'impatience dont il lui fallait faire l'apprentissage ?

La neige de décembre avait longtemps encombré les prés, les bois et les chemins. Il n'y avait pas si longtemps que cela, en somme, qu'à l'ombrée des vallons, ses ultimes retranchements en longues bandes sales avaient disparu.

Puis les pastels aux infinies nuances des feuillages naissants, des aubépines et des merisiers en fleurs s'étaient subrepticement substitués, matin après matin, aux fauves et aux mauves des futaies en tenue d'hiver. Un rossignol des murailles était arrivé. Puis un autre. Déjà planaient en lisière de forêt quelques couples de milans noirs.

Lazare avait accéléré les préparatifs.

Delphine avait fait preuve d'une grande patience tout au long des laborieux essais auxquels il lui avait fallu se soumettre. Malgré les efforts de Lazare, le bât de l'armée suisse et les deux gros sacs de toile forte s'obstinaient à ne pas vouloir respecter le rigoureux équilibre qu'il entendait leur faire tenir, de part et d'autre du dos de la mule. Inlassablement, des après-midi entières, il tentait un réglage, bricolait les sangles et les harnais dont il avait affublé la pauvre bête, et l'entraînait dans le chemin montant vers la forêt. Et, invariablement, avant même qu'ils aient dépassé la porte de son pré sur lequel elle lorgnait avec envie, le bât basculait et l'un ou l'autre des sacs se retrouvait sous le ventre de la mule. Tout était à recommencer.

Jamais pourtant elle ne se rebella. Et, à bien y réfléchir, le chien, qui suivait scrupuleusement toutes ces tentatives, manifesta plus d'impatience qu'elle, à devoir ainsi refaire sans cesse le même chemin et à subir les grognements exaspérés et la mauvaise humeur de Lazare.

Lorsqu'il parvint enfin à un résultat à peu près satisfaisant, les oiseaux, dans les feuillages encore clairs, pensaient déjà à s'aimer. Depuis plusieurs jours, le gazouillis d'une première hirondelle, certes encore passablement frigorifiée, avait égayé les fils électriques.

Lazare n'en avait cure. Renonçant sans le moindre remords à ses corvées de bois, au curage des rigoles et à l'éclatement des taupinières, qui occupaient naguère ces journées de printemps, il lui parut urgent d'envisager la préparation de son bagage.

Cette perspective, dans un premier temps, le laissa perplexe. Qu'emporte-t-on en voyage ? Il n'en avait pas la moindre idée et regrettait de ne pas avoir demandé à ses visiteurs de l'été passé ce que pouvaient bien contenir leurs gros sacs.

Dans le doute, il ouvrit toutes grandes les portes des armoires d'Amélie et se mit à fouiller. Le soir venu, la pile des vêtements et objets jugés indispensables, qu'il avait négligemment jetés sur une grande toile posée à même le sol de la salle, était si haute qu'il eut brièvement l'idée de renoncer au bât et de lui préférer le vieux tombereau que les acheteurs de son matériel avaient dédaigné.

Seule la pitié qu'il eut de Delphine attelée à une telle charge, des jours durant, lui fit renoncer à cette alternative. Il ne lui restait donc qu'à trier… Perplexité et douleur du choix ! Il s'en laissa choir sur le banc et, la tête dans les mains, se perdit longuement dans la vaine contemplation du désordre inénarrable qu'avait semé dans la maison cette soudaine rupture des habitudes.

C'est alors qu'un reflet attira son attention. C'était sur la plus haute étagère de l'armoire, tout au fond. Un beau reflet sur l'ambre d'un bois verni aux formes souples comme les hanches d'une femme. Intrigué, Lazare se leva, vint à l'armoire et tendit la main vers l'objet. À son seul contact, le souvenir lui revint.

Il l'attira doucement à lui. C'était la boîte d'un violon. Il la déposa religieusement sur la table et l'ouvrit. L'instrument reposait sur les capitons rouges de l'étui. Et Lazare laissa monter en lui le flot des souvenirs.

Pourquoi avait-il si longtemps oublié ? Pourquoi s'était ainsi éteint, sans qu'ils y prennent garde, le temps heureux où le père menait les noces ? Il n'en était pas une, il n'était pas un bal, loin alentour, qu'il ne réjouît pas de ses gigues, de ses bourrées, de ses valses, de ses mazurkas qu'il jouait des nuits entières sans se lasser et avec un tel entrain qu'il communiquait son plaisir à toutes les assemblées.

Lazare le suivait partout. Comment croyez-vous qu'il avait appris par cœur la géographie détaillée de tous les chemins du pays ? À l'école, avec les tables de multiplication ? Évidemment pas. Au même enseignement, il était fatal qu'il s'éprenne, lui aussi, de l'instrument. Son père n'avait pas rechigné à lui inculquer l'art de se le coincer sous le menton. Pour le reste, c'était venu quasiment tout seul, par plaisir, le sien et celui du père qui n'avait pas de plus grand bonheur que de céder fièrement sa place à sa progéniture.

Puis la mode était passée du violoneux précédant les noces. Allez arranger ça dans un cortège de voitures… Les phonographes avaient vaincu les ménétriers et le rock avait eu raison de la bourrée et de la mazurka.

En même temps que se dissolvait insidieusement une certaine joie de vivre à la campagne, le violon s'était peu à peu fait oublier. Remisé dans l'ombre du haut de l'armoire, il avait cédé la place à la TSF avant même que la télévision vienne achever de délabrer jusqu'au souvenir de tout cela.

Et voilà qu'il resurgissait, aussi intact que le violon, comme si, de tout ce temps d'oubli, il s'était réfugié là, discrètement, auprès de l'instrument.

Lazare en avait les larmes aux yeux. Il lui fallut long-temps avant d'oser se décider à saisir l'instrument par le manche. D'instinct, ses grosses mains calleuses avaient retrouvé toute la délicatesse qui convenait à sa manipu-lation. Il dégagea l'archet des petites potences qui le rete-naient dans le couvercle et, sans quitter des yeux son tré-sor ressuscité, il sortit.

Par-dessus le toit de la maison, le soleil couchant semait à foison sa poudre d'or et de vieux rose sur les prés, les haies et les forêts vers lesquels, depuis la vallée qu'il avait déjà engloutie, montait le bleu velouté de l'ombre.

Lazare alla s'asseoir sur la pierre, dans la glycine, près de la porte. Il se coinça la mentonnière sous le menton, juste comme il le fallait, et approcha l'archet. Longtemps il hésita. Il lui semblait qu'à l'instant précis où la mèche allait venir au contact des cordes, quelque chose d'énorme allait se briser en lui. Par-dessus tant d'années de renon-cement et de résignation, la terrible conscience s'impo-sait à lui d'un pont, un pont immensément long, immen-sément fort, que son geste allait jeter entre les temps si lointains où les noces allaient au son du violon et son irréductible décision de partir.

C'était comme un éclatement, la formidable explosion d'une coquille. Il allait se libérer pour reprendre la joie simple d'exister là où il l'avait laissée, lorsque le violon avait été oublié en haut de l'armoire.

Alors, il se décida. Ce fut d'abord comme une longue

plainte, un doux gémissement, un peu hésitant, encore malhabile, mais déjà chargé de beaucoup d'émotions et de chaleur. Puis les gestes revinrent. L'oreille s'éveilla, en même temps que le plaisir.

Et le soir, longtemps, vibra au son des valses, des bourrées et des mazurkas qui renaissaient sous l'archet de Lazare.

Lorsque Lazare ouvrit la porte, aucune étoile ne s'était encore éteinte. Il traversa la cour et alla pisser dans les orties, le nez en l'air, perdu dans la contemplation d'un des plus beaux ciels nocturnes qu'il lui eût été donné d'admirer.

Une chance, grogna-t-il. Un temps ! Il va faire bon marcher.

Ainsi naissait le grand jour.

Ni regret ni émotion. Déjà, il ne voyait plus que le chemin.

Delphine, beaucoup plus pragmatique, marqua quelque surprise à voir ainsi apparaître son maître dès potron-minet. Bonne fille, elle n'en accepta pas moins de le suivre et ne se formalisa pas, alors qu'il l'avait attachée à la balustrade du perron, devant la porte de la maison, qu'il profitât bassement de ce qu'elle avait le nez plongé dans son picotin pour l'affubler à nouveau de tout l'attirail qu'ils avaient eu tant de mal à mettre au point.

Elle commença tout de même à subodorer quelque chose de plus sérieux lorsqu'il entreprit de la charger des deux gros sacs de toile forte et de quelques autres menus bagages avec une telle détermination qu'il ne pouvait plus s'agir, à l'évidence, de simples essais. Le chien, le cul rivé à la marche médiane du perron, observait tout cela avec le détachement apparent de celui que l'événement dépasse mais qui ne veut à aucun prix en manquer le dénouement.

Il ne pouvait évidemment pas imaginer tous les trésors de patience qu'il lui faudrait déployer pour enfin l'entrevoir.

Car Lazare n'avait pas prévu de retour ! Il partait, voilà tout. Par les chemins, pour le « comment » ; à l'instant, pour le « quand » ; mais sans autre idée du « où » qu'un facile « Saint-Jacques-de-machinchose » qui restait irrévocablement, pour lui, une simple vue de l'esprit.

Et d'ailleurs, peu lui importait. Partir lui suffisait. Après… Quoi, après ? Il irait, voilà tout, dans les pas de tous ces martiens qui avaient défilé sur le chemin, « le GR », comme ils disaient, durant toute la saison dernière, et qui devaient bien savoir où ils allaient puisqu'ils y allaient avec tant d'assurance et d'enthousiasme.

Je serais trop bête pour en faire autant ? s'était crânement demandé Lazare. Et comme la réponse allait de soi, il allait partir, il allait marcher, comme eux. Mais comme il était plus malin qu'eux, il avait pris exemple sur Modestine, la petite ânesse de cet homme, cet Anglais, qui racontait si bien sa traversée des Cévennes.

Vrai, ça devait être un sacré pays, ça, les Cévennes. Lazare n'avait pas la moindre idée du coin du monde où il pouvait bien se nicher, mais il ne doutait pas qu'il finirait par y arriver, s'il marchait suffisamment.

– Pardon, rectifia-t-il en caressant la croupe de Delphine et en adressant un clin d'œil au chien. C'est pas si je

marche suffisamment, c'est si nous marchons suffisamment que nous y arriverons, tous les trois.

Comme le bagage était fait, la maison soigneusement
close et le violon bien arrimé entre les deux gros sacs de
toile forte :

– En route, mauvaise troupe ! dit-il.

Et il s'en fut.

Delphine suivit. Au bout de sa longe, avait-elle le
choix ? Mais dire que le chien se précipita serait mentir.
Au ton du dernier discours de son maître, il avait cru
comprendre que le pas qu'il allait devoir faire, en se levant
de la marche sur laquelle il siégeait toujours, ne serait
jamais que le premier d'une série étonnamment longue et,
en tout état de cause, de nature à décourager le chien le
plus courageux.

Or, tel n'était nullement son naturel.

Dans l'aube grise qui faisait pâlir le ciel et s'éteindre
une à une ses étoiles, alors que montait, dans les arbres
environnants, le crescendo du concert matinal des oiseaux,
il fallut que la croupe rebondie de Delphine commence à
se confondre avec l'ombre encore épaisse du chemin
pour que le chien, un peu vexé qu'on se soit si peu soucié de lui, consente à se lever et à rejoindre l'étrange
équipage, en quelques souples foulées.

Déjà, pour longtemps, le silence s'était saisi des
Granges de Gamet et une ortie minuscule pointait entre
les marches du perron qu'ils venaient de quitter.

À dire vrai, Lazare trouva cette première étape bien monotone. Pour suivre leurs balises rouges et blanches, il n'était pas nécessaire d'être allé aux écoles, mais elles avaient la fâcheuse manie d'éviter soigneusement les villages où Lazare comptait pourtant se faire offrir quelques bons coups à boire. Il dut se contenter de ce que contenait sa gourde. Ce n'était certes pas de l'eau, mais cela avait encore un goût du pays, auquel il aurait préféré celui du tout premier dépaysement qu'il aurait goûté, il en était sûr, au jus du flacon des autres.

À midi, il cassa la croûte assis sur un talus. Il avait attaché la mule au tronc d'un arbre et le chien, allongé de tout son long dans l'herbe, ne perdait pas de vue le quignon de pain dont il lui jetait, de temps à autre, des petits dés qu'il découpait avec son couteau.

La gourde se trouva vide et il en fut très contrarié.

Il fallut repartir. Ils marchaient dans d'immenses forêts de résineux plantés en rangs et d'une tristesse infinie. Cette fois, ils n'avaient même plus d'horizon derrière lequel imaginer d'autres pays, d'autres gens. Ces hautes plantations sans charme, des heures durant, leur bouchèrent la vue.

Lazare, la longe de Delphine en main, allait d'un pas régulier mais sans joie. Ces arbres en longues files monotones avaient déjà brisé son rêve.

Si c'était ça, la randonnée…

Il leur fallut marcher encore longtemps avant que

quelques échappées rectilignes du chemin leur permettent d'entrevoir, loin devant eux, des espaces plus ouverts.

L'espoir revint et le pas se fit plus vif.

Enfin, ils débouchèrent sur une large vallée tapissée de prés cernés de haies entre lesquelles s'apercevaient, par places, de longs toits couverts d'ardoises bleutées.

Mince, songea Lazare. Si je ne savais pas où on est, je me croirais revenu aux Granges de Gamet.

Et devant eux, de l'autre côté de la vallée, la masse épaisse d'une montagne engoncée de forêts leur bouchait à nouveau la vue.

Ils vont tout de même pas nous la faire grimper, ronchonna Lazare.

Les balises rouges et blanches, qu'il suivait fidèlement sans tenter les autres itinéraires qu'il recommandait pourtant chaudement naguère aux randonneurs de passage, se dirigeaient tout droit vers le flanc le plus escarpé de la montagne.

Avant de l'atteindre, ils traversèrent un dernier hameau. L'heure tournait et le soleil baissait sur l'horizon. L'ombre avait déjà gagné les innombrables vallons qui entaillaient profondément la pente abrupte que dorait finement la lumière rasante du soir. Et ces flamboiements drapés de velours sombre parurent à Lazare comme une altière mise en garde.

Au-dessus du hameau qu'il allait avoir à traverser, il resta longtemps immobile à contempler l'embrasement vespéral de la montagne.

Vrai, pensa-t-il en se remettant en marche, vaudrait mieux pas s'engager là-dedans à la nuit.

Mais les rares maisons du hameau dont les volets n'étaient pas clos étaient manifestement des résidences secondaires aux pelouses trop bien léchées pour que Lazare ait le culot d'y aventurer ses gros godillots, sa mule et son chien. D'ailleurs, il ne vit pas âme qui vive et n'osa pas aller frapper à une porte. Qu'aurait-il demandé ?

Hésitant, un peu perdu, il fit trois fois l'aller et retour de la traversée du hameau. Mais, malgré quelques chiens qui, derrière les belles barrières en bois verni, menaient grand tapage, personne ne se montra.

Pendant qu'il allait et venait ainsi, l'ombre avait gagné toute la montagne qui dominait le hameau en se découpant si nettement sur le ciel très clair qu'on eût dit qu'elle le surplombait.

Il lui fallait se décider. Il se résigna enfin à dépasser la dernière maison et atteignit, dans un carrefour, une croix au-delà de laquelle, quittant la route, les balises rouges et blanches s'engageaient dans un chemin creux attaquant la pente presque aussitôt.

Lazare se laissa tomber sur une pierre qui faisait fonction de banc, au pied de la croix.

– Vrai, grommela-t-il, si c'est ça leur randonnée…

Dans un reste de jour, il observait le flanc de la montagne et crut distinguer, rompant très brièvement le foisonnement du sous-bois, les lignes rectilignes d'un toit.

– Peut-être bien que c'est un abri ? se demanda-t-il tout haut. On pourrait peut-être aller jusque-là.

Mais il ne bougeait pas, encore sous le coup de cette sorte d'avertissement qu'il avait cru lire dans les mystérieux replis et les frondaisons vastes et abruptes au pied desquelles il se trouvait.

La nuit se fit. En quelques instants, le ciel s'alluma de toutes ses étoiles. Mais rien, aucune lueur, sur l'horizon, n'annonçait la lune.

Lazare était toujours assis sur sa pierre, le dos voûté, indécis. Delphine s'impatienta. Elle se mit à gratter du pied. Le chien se réveilla. Dans l'ombre, Lazare le devina plus qu'il ne le vit se lever. Sans hésitation, il traversa la route et s'enfonça dans le chemin que marquaient les balises du GR.

– Puisqu'il y va, grogna Lazare en haussant les épaules.

Il se leva et, à contrecœur, se résolut à suivre le chien.

Dans le sous-bois, on n'y voyait pas à trois pas. Poussé par le museau de Delphine à qui ne convenait pas cette allure trop lente, mal à l'aise, il écarquillait les yeux, cherchant à discerner la branche basse, l'ornière trop profonde ou la pierre du chemin sur laquelle il redoutait de venir buter.

Il trébucha bien une fois ou deux mais parvint toujours à se rattraper. Il prit de l'assurance, tenta d'accélérer l'allure. Mais il n'alla pas loin. Tout à coup, il lui fallut s'arrêter. Et Delphine, qui allait à son pas, surprise par cet obstacle soudain, lui envoya une telle bourrade dans le dos qu'il fit encore trois bonds en avant.

Où diable pouvait bien se trouver le chemin ? Dans l'obscurité totale, il avait la désagréable sensation de sentir un vaste espace libre autour de lui dans lequel il avait déjà perdu la notion de la direction d'où il arrivait. Il se maudit d'avoir enfoui sa lampe de poche au plus profond de ses grands sacs que les sangles, qui les arrimaient au bât de Delphine, rendaient inaccessibles.

Figé sur place, les yeux écarquillés, il tenta de discerner un bout d'ornière, une clarté, si ténue soit-elle, qui puisse trahir la continuité du chemin. Il ne trouva rien de semblable, mais il lui sembla tout de même que l'espace se libérait sur sa gauche.

On est peut-être à l'abri, voulut-il se rassurer.

Et, renonçant à son immobilité, il osa tenter l'aventure de s'engager vers cet espoir infime.

Il n'eut pas fait trois pas que le rude empierrage du chemin disparut pour faire place à l'épais tapis d'une herbe folle dont les longues tiges en grappes glissaient sur son pantalon en chuintant doucement.

– Holà ! fit-il en s'arrêtant à nouveau. Un truc à se perdre, ça.

Et il allait faire demi-tour lorsque la première lueur de la lune, encore diffuse, à peine perceptible, fit naître de l'obscurité les lignes droites d'un pan de mur et l'angle d'un toit.

– Tiens, rugit Lazare. Un peu plus, je le manquais. Allez, venez, vous. On est rendus.

Il eut surtout tôt fait de se rendre compte que l'abri trop rapidement escompté n'était qu'une grange hermétiquement close. Par chance, à tâtons, il tomba tout de même sur un anneau scellé dans le mur auquel il put attacher Delphine.

– Bouge pas, ma belle, dit-il. Je m'en vais aux nouvelles.

Le chien sur les talons, la main droite glissant sur les rugosités du vieux mur pour ne pas se perdre, il partit en reconnaissance. Mais il ne put aller bien loin. Seule la façade du bâtiment était dégagée. Les trois autres côtés, à en juger par son épaisseur, devaient être livrés depuis longtemps à la broussaille. Bredouille et perplexe, il lui fallut revenir vers la mule qui, tête basse, l'attendait en somnolant.

– T'as bien de la chance, toi, lui dit Lazare en lui flattant l'encolure. C'est que je commence à en avoir plein les bottes, moi. Et puis, par-dessus le marché, c'est que j'ai faim.

Démoralisé et ne sachant plus quel parti prendre, il restait là debout, entre Delphine qu'il avait à peine sortie de sa somnolence et le chien qui s'était assis à ses pieds et dont il entendait le halètement paisible. Il lui semblait sentir son regard posé sur lui, attendant sans inquiétude la décision que le maître n'allait pas manquer de prendre.

La lune ne tarderait pas à apparaître derrière les frondaisons de la forêt qu'ils avaient traversée dans l'après-midi et dont il voyait la crête, en face de lui, de l'autre côté de la vallée, s'iriser doucement d'une belle lueur argentée. Déjà, elle semblait couler sur le paysage qui émergeait peu à peu de l'obscurité.

Ainsi se dessinait devant lui une petite clairière dont l'herbe épaisse formait un étonnant tapis d'un gris très pâle et sans la moindre nuance.

Faut-il que je sois bête, se dit-il. Je suis là à regarder la lune qui se lève, le ventre creux et les jambes en coton, alors que je pourrais être tranquillement les pieds sous la table des Granges de Gamet. Faut-il être bête, répéta-t-il en sortant par habitude sa blague à tabac et sa pipe.

Une borne charretière, au coin de la porte de la grange, lui fournit le siège que réclamait sa fatigue. Il s'assit. Le chien vint se rouler en boule à ses pieds. Delphine ne bougea pas. La flamme de son briquet plongea brièvement le paysage dans la nuit la plus sombre. Puis, doucement, revint la lumière blanche que la lune, montant au-dessus de la forêt, jetait sur la vallée.

Lazare se laissa à nouveau captiver par le silence immobile des bois, des prés et même des hameaux qu'il devinait, en dessous de lui, découpant avec une surprenante netteté, dans cette lumière immanente et sans ombre, les formes régulières de leurs pans de mur et de leurs toits. Adossé à la grange, il tirait sur sa pipe, qui lui faisait oublier sa faim. Et il se sentait étonnamment bien.

Totalement oublieux de ce qui l'avait amené là, il resta longtemps parfaitement immobile, gagné par un doux bien-être.

Ce fut le hululement d'une chouette en maraude, traversant la clairière en quelques lents battements d'aile, juste devant lui, qui le sortit enfin de sa léthargie. Sa pipe était éteinte. Il la vida en la cognant à petits coups secs sur le pilier de la porte de la grange.

– C'est pas tout ça, dit-il au chien qui levait vers lui un nez curieux. Faut s'installer. On va dormir à la belle étoile, vieux gars. Puisqu'il le faut !

Le froid vif de l'aube et le crescendo encore très doux du concert qu'allaient se donner les oiseaux, dans les arbres, pour se réchauffer et se rassurer, réveillèrent Lazare.

Après avoir grignoté au clair de lune ce qu'il avait pu trouver de ses réserves alimentaires, il s'était enveloppé dans son grand manteau et s'était roulé en boule dans l'herbe, comme son chien qui était venu se serrer contre lui. La mule, elle, s'était contentée de sa longe au bout de laquelle elle avait passé la nuit, dormant la tête basse, la lèvre pendante et levant alternativement un pied arrière après l'autre.

Bousculant le chien qui, réveillé en sursaut, crut à une agression et s'enfuit en geignant, Lazare bondit sur ses pieds, s'ébroua et se battit énergiquement les flancs pour se réchauffer.

À cet instant précis, il aurait pu renoncer. Il n'y aurait rien eu de surprenant, après ses déconvenues de la veille, à ce qu'il plie bagage et reprenne incontinent à rebrousse-poil le chemin des Granges de Gamet. Ni la mule ni le chien, en somme, ne s'en seraient offusqués.

Il n'en eut même pas l'idée. Après une rude côte qui eut tout le temps de les réchauffer, ils débouchèrent sur le chaume qui coiffait la montagne. Et lorsque, en une seule fois, dans le soleil levant, s'imposa à lui le paysage de l'autre versant, il n'eut de cesse que de fouler ses plaines, ses vallées, ses collines crûment révélées par un matin que n'encombrait encore aucune brume.

C'est à peine si une fine écharpe blanchâtre, par places, soulignait les méandres d'une vallée. Et le regard coulait au long de ces courbes alanguies et vaporeuses pour mieux se perdre, dans des lointains étonnamment clairs, dans un fouillis inextricable de crêtes lumineuses qui se juxtaposaient, se mêlaient, à peine séparées par l'ombre de vallées devinées que Lazare rêvait déjà de suivre après avoir franchi les premières et joué au funambule sur leurs sommets.

Il y avait là, au bord du chaume, une table d'orientation. Lazare n'en avait jamais vu. La longe de Delphine dans la main, il s'y accouda et lut avec délectation le nom des villes et des pays dont, sur son pourtour, elle indiquait la direction. Dijon, Besançon, Chalon-sur-Saône, Mâcon, Lyon, Clermont-Ferrand, le Puy-de-Dôme formaient à son oreille une sorte de chanson, une douce litanie dont il se berçait tant qu'il n'entendit pas venir. Et le chien, blasé, se sentant là comme un étranger, ne crut pas bon de donner l'alerte.

– Vous allez loin, comme ça ?

Lazare sursauta. Il se tourna vivement et se retrouva nez à nez avec un petit homme tout sec, le cheveu rare et l'œil vif, qui caressait Delphine en la détaillant d'un œil expert.

– Elle vous intéresse, ma mule ? crut bon de devoir aboyer Lazare.

– C'est un bel animal, dit simplement l'homme sans se démonter. Vous avez trouvé la solution pour voyager. C'est pas bête.

– Bof…, fit Lazare à qui manquait encore le recul nécessaire pour juger du bien-fondé de la remarque mais que le compliment à l'égard de Delphine ne laissait pas indifférent.

– Vous avez fait étape au gîte ? s'enquit encore le curieux que ne désarmait pas la conversation pour le moins limitée de Lazare.

Celui-ci roulait des yeux ébahis.

– Le gîte ? Quel gîte ? grogna-t-il presque aussi aimablement que si on l'avait mordu.

– Le gîte d'étape. Ce n'est pas là que vous avez passé la nuit ? Pourtant, il est là, tout près, à deux pas.

– Bof…, fit encore Lazare que tout cela rendait pour le moins perplexe.

– Ne me dites pas que vous avez dormi à la belle étoile, insista l'autre en tâtant l'étoffe détrempée du manteau qui séchait sur le dessus du bât.

– Ben si, justement, fit-il avec un rien de fierté dans la voix.

C'est pas cet avorton qui aurait osé en faire autant, se disait-il en jubilant et en détaillant son interlocuteur qui semblait n'y attacher aucune importance.

– Dormir à la belle étoile à deux pas d'un gîte ! s'exclama-t-il. En voilà une idée.

– Il aurait encore fallu que je sache qu'il existait, votre gîte.

Le cas de ce randonneur pas comme les autres commençait manifestement à intéresser le petit homme.

– J'allais y prendre un café, dit-il. Je vous en offre un ?

Ainsi Lazare, en changeant de rôle, en devenant celui qui passait et que l'on observait, commença-t-il à apprendre le voyage.

Le café était bon. Il y ajouta une larme de lait et fit un sort à quatre croissants encore chauds. Nourriture de Parisiens, se dit-il avec mépris. Mais faute de grives, c'est bien connu, on mange des merles…

Le petit homme se contenta d'un café noir. Lazare, abasourdi, l'écouta religieusement lorsque, déployant ses cartes sur la table, à côté d'eux, il lui révéla qu'un itinéraire fait pour lui et sa mule existait qui, par Autun, Mont-Saint-Vincent, Chapaize, Mont-Saint-Romain, Cluny, Solutré, l'emmènerait jusqu'aux monts du Beaujolais d'où, par ceux du Lyonnais et le Pilat, il verrait s'ouvrir devant lui les vastes espaces du Massif central.

L'autre, en fait, rêvait tout haut. Bourlingueur de vacances sédentarisé par son travail, il avait maintes fois parcouru tous ces chemins. Et il ne résistait pas au plaisir de les évoquer pour ce voyageur si différent de ceux qu'il avait coutume de voir passer. Celui-là, au moins, écoutait sans broncher et sans chercher à se faire valoir par ses propres exploits.

– Tu es parti comme ça, à l'aventure, sans carte, sans adresse de gîte ? s'étonna-t-il enfin.

– Sûr, fit simplement Lazare que cela n'étonnait pas outre mesure.

Et peut-être était-il dans le vrai puisque tout lui tombait tout cru !

Lorsque Delphine, détachée de l'arbre à l'ombre duquel elle attendait patiemment, lui emboîta enfin le pas, lorsque le chien, réveillé en sursaut, jaillit de l'ombre où il prolongeait une nuit trop mouvementée, Lazare savait où il allait. Un brin d'herbe entre les lèvres, il se retourna et, de la main, adressa un large geste d'adieu au premier ami qu'il laissait derrière lui, au bord du chemin.

Bien d'autres viendraient. Il n'en doutait déjà plus. Et, totalement oublieux des Granges de Gamet et de ses mésaventures de la première nuit, rien d'autre ne comptait plus pour lui que le voyage dans lequel il entrait.

Il y entra tant et tant que la poésie des noms de villes, de villages, de hameaux, de monts, de lacs et de collines dont il aimait tellement se bercer, avant son départ, devint son pain quotidien.

Il découvrit le délicat plaisir d'aborder les pays par la

petite porte, celle de derrière que seuls desservent les chemins et que l'on franchit sans tambour ni trompette, discrètement, sans rien déclencher d'autre que quelques aboiements sans méchanceté et l'inévitable question : « Vous venez de loin, comme ça ? »

Formidable sésame, porte grande ouverte sur le dialogue, la découverte de l'autre, amitié déjà affleurante, prête à mûrir, à qui ne manquait, pour s'épanouir, que le récit de ses aventures payé du *plop* éminemment sympathique du bouchon qui saute, avant que coule dans les verres la petite réserve de derrière les fagots, encore à la délicieuse fraîcheur de la cave, et que l'on n'ouvre que dans les grandes occasions.

Lazare, en toute humilité, n'eut aucun mal à se faire à l'idée que la mule, le chien et lui formaient l'étonnante trinité de ces grandes occasions. Elles étaient même devenues quasiment quotidiennes, ces grandes occasions. Lorsque commençait d'avancer l'après-midi, il sentait s'éveiller en lui l'instinct du chasseur de grandes occasions.

À vrai dire, il suffisait, pour ce faire, de choisir un village, pas trop grand, pas trop petit non plus. Un bourg modeste, dont le clocher, depuis longtemps repéré, l'attirait comme l'aimant, et une petite rue, aussi discrète que possible, sevrée de cette maudite circulation automobile qui dilue et détourne les attentions.

Délibérément, il choisissait d'en suivre l'axe médian, à équidistance parfaite des murs des maisons et des jardins qui se renvoyaient, comme une balle, le bruit cadencé des fers de Delphine. Il soupçonnait d'ailleurs la mule d'être la première à se laisser prendre à ce jeu et de claquer plus volontiers des sabots dès qu'ils trouvaient, sous leurs pieds et autour d'eux, les éléments assez durs pour qu'y résonne ce roulement de tambour plus sûrement racoleur encore que celui du garde champêtre.

Que ce vénérable instrument, objet de toutes les faciles nostalgies, dorme depuis trop longtemps dans quelque grenier poussiéreux, déjà à moitié rongé par les rats et les souris, ne faisait que plaider leur cause. S'ils parvenaient, par-dessus le marché, à faire vibrer cette marche triomphale à l'heure stratégique où commençait à céder l'étouffante chaleur du jour, l'effet était immédiat. Les volets à l'ombre désormais inutile s'ouvraient grands, les rideaux s'écartaient. Et, pour peu qu'ils sachent ne pas trop presser le pas, ils étaient comme par hasard deux ou trois curieux qui s'affairaient à ne rien faire autour de la fontaine, lorsqu'ils atteignaient la place.

– Vous venez de loin, comme ça ?

Lazare avait vite appris le geste ample et en même temps un peu mystérieux par lequel il répondait à l'inévitable interrogation. Il prenait le temps de conduire Delphine jusqu'à la fontaine, la laissait plonger les naseaux dans l'eau fraîche, invitait le chien à en faire autant, puis se décidait enfin à répondre.

– Ça dépend, disait-il simplement.

Bien peu nombreux furent ceux qui s'étonnèrent de cette curieuse ellipse. Et plus rares encore furent ceux qui n'y virent pas le marchandage implicite qu'elle recelait.

Il ne fallut pas longtemps à Lazare pour établir, à son usage exclusif, une sorte de barème, fait de critères éminemment subjectifs. Il y mesurait presque infailliblement le degré de qualité de l'accueil auquel il réglait l'importance et la richesse du récit qu'il allait faire de ses aventures.

La promptitude avec laquelle on l'invitait à attacher sa mule à l'ombre des arbres de la place et à venir partager quelques nectars locaux y comptait bien sûr pour beaucoup. Mais, outre l'humeur du moment, bien d'autres éléments entraient en ligne de compte, tels que la chaleur du sourire, ou, à l'inverse, la méfiance plus ou moins dissimulée, et jusqu'à l'état apparent du questionneur dont il tentait de préjuger s'il pourrait ou pas lui offrir le gîte et le couvert.

Car Lazare, qui en avait goûté durant les premiers jours, était vite revenu de ceux que l'on propose ordinairement aux randonneurs de passage. Ces cuisines impersonnelles, ces grandes salles de séjour qu'occupaient des groupes s'ignorant superbement entre eux, ces dortoirs aux matelas poussiéreux et lui attirant néanmoins la réprobation générale lorsqu'il s'y allongeait tout habillé ou presque en s'enroulant dans son grand manteau n'étaient évidemment pas faits pour lui.

Et puis, il régnait là-dedans une promiscuité à laquelle il ne pouvait se faire. Il avait beau leur adresser de larges sourires engageants, les filles qui se promenaient en tenue légère ne faisaient que lui décocher des regards suspicieux et effarouchés. Et jamais il n'aurait accepté de se dévêtir en public comme le faisaient apparemment sans gêne les utilisateurs ordinaires de ces lieux étranges.

Quant à leurs conversations, mieux valait ne pas en parler. Ils avaient tout vu, tout fait, ces gens-là. Et Lazare, qui avait du savoir-vivre, avait dû à plusieurs reprises se tenir à quatre pour ne pas céder à la colère qu'il sentait monter en lui lorsque les autres, avec leurs habits de toutes les couleurs et leurs sacs hyperperfectionnés dont ils étaient si fiers, affichaient trop clairement leur mépris et leur condescendance à l'égard de cette pauvre Delphine et du chien.

Et ces deux-là ! Qu'en faire, dans ces drôles de maisons dont on aurait dit qu'on les avait directement transplantées de la ville à la campagne sans rien changer de leurs mauvaises manières ? À chaque fois que Lazare s'était résolu à y faire étape, le logement de la mule avait été une véritable affaire d'État. Et ce n'était encore rien, comparé aux simagrées que provoquait l'habitude pourtant innocente du chien de suivre son maître partout.

Le jour où il avait dû se résoudre à l'enfermer dans un minuscule appentis, sur le côté du gîte, pour couper court à l'hystérie de quelques randonneuses qui avaient décrété qu'il était méchant et qu'elles en avaient peur, Lazare s'était bien promis de ne plus jamais remettre les pieds dans de pareils antres.

Le chien, d'ailleurs, s'était amplement vengé en hurlant toute la nuit. Et Lazare, en riant sous cape, s'était délecté, le matin suivant, des regards furibonds et assassins que lui avaient adressés l'un après l'autre tous les hôtes de cette maison de fous, en émergeant, les yeux bouffis, d'un sommeil quelque peu agité.

Lui était déjà prêt à partir, ou presque. Pendant que Delphine digérait le picotin qu'il était allé lui servir aux aurores, il en finissait avec son solide petit déjeuner. Il avait fait durer le plaisir, rien que pour les voir se tasser à l'autre bout de la table, aussi loin de lui qu'ils le pouvaient.

Puis il était allé libérer le chien. Et ils étaient repartis tous les trois par les chemins, simplement heureux de leur belle entente retrouvée.

Le soir même, Lazare avait osé suggérer à quelques villageois intrigués par son équipage qu'ils seraient bienvenus de lui trouver un bout de toit où passer la nuit. Et, à sa plus grande surprise, ça avait marché.

C'était, à vrai dire, la journée de toutes les surprises. La première et la plus forte avait eu pour cadre, dans l'après-midi, un insignifiant bout de chemin. Après les avoir fait cuire plusieurs heures durant sous un soleil implacable, brûlant, loin alentour, l'herbe sèche et cassante d'une sorte de vaste chaume ponctué de maigres buissons d'épines, sans crier gare, il les avait fait déboucher tout à coup sur un paysage tout à fait étonnant.

Du haut d'une falaise dont Lazare, à droite et à gauche, au nord et au sud, voyait fuir la verticalité blanche, à perte de vue, il découvrait d'un seul coup d'œil la perspective stupéfiante, pour qui ne connaissait que l'aimable fouillis des prés et des bois, d'alignements immensément longs et rigoureusement réguliers d'arbrisseaux dont Lazare ne comprit pas tout de suite la raison d'être.

Ce qui le surprit le plus fut l'étendue de ces étranges plantations qui cernaient au plus près de nombreux et beaux villages aux murs de pierres doucement ocrées et aux toits de tuiles romaines. Pour Lazare, ce fut comme si, d'un instant à l'autre, laissant derrière lui ce chaume brûlé de soleil qui ne lui apprenait pas grand-chose, quittant enfin son univers quotidien, il abordait aux premiers rivages de ce monde que ses rêves avaient bâti de toutes pièces, dans sa tête.

Depuis le départ, il attendait de chaque crête, de chaque bois, de chaque levée de terrain un peu forte qui limitait sa vision des paysages vers lesquels il allait, qu'ils lui révèlent, en s'effaçant, ces nouveaux horizons dont il ne doutait pas qu'ils existent et qu'il voulait fouler de son pas égal.

Longtemps, il se grisa de la vision sidérante de ces cultures en rangs si parfaits et de ces villages qui semblaient autant d'îlots de vie chaude comme la douce couleur des pierres dont leurs murs étaient faits.

Puis, curieux de contempler ces étonnantes plantations d'un peu plus près, il s'engagea dans la descente cailouteuse qui, par une étroite brèche, franchissait la falaise. Il eut tôt fait d'atteindre les plus hautes vignes. Et là, abandonnant Delphine au pied d'un arbre au tronc duquel il avait attaché sa longe, médusé, il vint admirer ces rangs de fils soigneusement tendus sur lesquels poussait une vigoureuse végétation.

Captivé, Lazare s'engagea prudemment entre deux rangs et s'accroupit. Doucement, à gestes prudents, il écarta le feuillage épais d'un beau vert sombre et contempla presque avec attendrissement les grappes qui se formaient.

– Hé, là-bas ! Tu peux pas aller baisser culotte ailleurs ?

Lazare bondit, comme mû par un ressort. Qui avait crié ? Où était-il ? Il fit fébrilement un tour sur lui-même. Un homme se tenait près de Delphine et semblait même la caresser.

– Je… Je ne baissais pas culotte, bredouilla-t-il.

– Je le vois bien. Alors, qu'est-ce que tu trafiques là ?

– Ben… Je regardais.

– T'as jamais vu une vigne ?

– Non, jamais. C'est la première fois.

L'autre dut croire que Lazare se fichait de lui. Il hésita un instant puis se résolut à descendre vers cet olibrius qui n'allait pas se payer sa tête bien longtemps. De belle taille, il était massif, le teint marqué par l'évidente dégustation fréquente qu'il devait faire du fruit de son travail. Dans l'ombre de la casquette, sous d'épais sourcils poivre et sel, le regard trahissait plus de jovialité que de véritable courroux.

– Alors comme ça, répéta-t-il, tu n'as jamais vu une vigne ?

– Eh non, confirma Lazare.

L'autre le détailla des pieds à la tête et dut lui trouver

une allure peu en conformité avec celle des usagers ordinaires des chemins locaux.

– D'où tu sors ?

Ce n'était, en somme, qu'une variante à l'entrée en matière à laquelle commençait à s'habituer Lazare. Il raconta. Un peu. Juste ce qu'il fallait pour mettre l'autre en appétit.

– Avec ta mule, dit-il, perplexe. Juste avec ta mule et ton chien. Et tu voyages comme ça… Ma foi… Et tu vas loin, comme ça ?

Lazare eut une brève hésitation. Le savait-il lui-même ? Mais pouvait-il l'avouer ?

– Saint-Jacques, dit-il. Saint-Jacques de… de… de machinchose.

L'autre éclata de rire.

– Vieux gars, t'es pas encore rendu. Viens donc jusqu'à la cave. On va en déboucher une. On sera mieux pour causer.

Ils ne se contentèrent pas de la déboucher. Ils la séchèrent. Et, pour ne pas la laisser trop seule, une de ses sœurs connut la même destinée. Puis, comme il n'est pas bon de boire à jeun, ils allèrent casser la croûte. Et Lazare, que tout cela avait beaucoup fatigué, accepta de grand cœur lorsqu'on lui proposa pour la mule la stalle du cheval de trait depuis longtemps remplacé par le tracteur enjambeur, et, pour lui, la chambre rudimentaire qu'occupaient les vendangeurs à la saison.

Le chien passa la nuit sur la descente de lit et eut pour son maître, en s'étirant au petit matin, le regard reconnaissant de celui qui sait apprécier un bon gîte.

– Les Cévennes, avait-on dit à Lazare, c'est loin, très loin au sud.

– Et Saint-Jacques-de-machinchose ?

– Bien plus loin encore.

– Au sud ?

– Au sud.

Ils marchaient au sud. Il franchit le mont Saint-Romain par un jour d'orage qui striait toute la vallée de la Saône, à ses pieds, de grands éclairs blancs creusant de titanesques vallées dans un grand tumulte de nuages gris et noirs. Il laissa Delphine se désaltérer à la belle fontaine de Blanot, franchit les Quatre-Vents et, sur les pas, sans le savoir, de Bernon qui s'en vint au désert pour y fonder l'abbaye, voici plus de mille ans, par la fontaine des Croix, il descendit vers Cluny dont les clochers et les campaniles orphelins se découpaient en ombres chinoises sur la lumière trop crue d'un soir annonciateur de pluie.

Delphine eut droit à la puissante ovation des étalons des haras nationaux lorsque, à la suite d'un garde, ils défilèrent très dignement entre leurs stalles magnifiques et méticuleusement propres vers le box qu'on lui avait concédé pour la nuit.

Il était tellement vaste et confortable que Lazare estima n'avoir point d'autre gîte à chercher pour le chien et pour lui. Et ce fut à même la paille, entre ses deux compagnons au repos, qu'il écouta avec ravissement et un peu d'effroi un compagnon de rencontre lui racontant l'histoire édifiante de la terrible rancune de l'abbé Vincent Genillon, curé de Chapaize, qui n'eut de cesse, sous la Révolution, que ne soit abattue cette abbaye prodigieusement grande et belle. Elle était marquée à jamais, pour ce pauvre homme, au sceau sordide des vexations qu'avaient fait subir les derniers moines au bon peuple.

En marchant vers Solutré, le lendemain, Lazare, songeur, observait les choses et les gens d'un œil neuf. Il se réjouissait d'être parti. Aurait-il jamais su que de telles merveilles avaient existé et que de tels cataclysmes les avaient emportées, s'il était resté dans son trou des Granges de Gamet ?

Jusque-là, il ne s'était jamais posé la question de savoir comment pouvaient bien être faites les vignes dont il aimait tant déguster les produits. Et, après tout, il avait bien vécu dans son ignorance. Mais, à savoir, il n'en ressentait pas moins une sorte de jubilation dont il tirait tout le plaisir de son errance. Il réalisait qu'à pousser toujours plus loin sa marche, il apprenait de plus en plus de choses. C'était comme un moulin qui se serait alimenté à sa propre énergie. Plus il en découvrait, plus il avait envie d'en savoir. Et plus lui venait l'art de rencontrer les gens et de se griser à leurs récits qu'il savait de mieux en mieux provoquer.

À Solutré, dans un petit café où il était venu se rafraîchir, il écouta, éberlué, l'histoire des chevaux sauvages dont on dit que des hommes les poussaient du haut de la roche pour se nourrir de leur chair.

Une ferme de la Grange-du-Bois lui procura, ce soir-là, l'abri de son fenil.

Puis, au petit matin, avant de s'éloigner, accoudé à la barrière d'un pré que broutaient quelques chèvres, il admira longuement le paysage. Le soleil levant baignait d'or et d'argent les roches jumelles de Solutré et de Vergisson au pied desquelles, encore dans sa couverture d'ombre, le vignoble s'étendait à perte de vue, en direction de Sologny.

Lazare voulait imprimer cette image au fond de lui. Il savait que les épaisses frondaisons des monts du Beaujolais allaient la ravir à ses yeux tout de suite après la Grange-du-Bois.

À vrai dire, au col des Écharmeaux, la statue de Napoléon le Premier, qui se dresse au milieu d'un vaste carrefour, ne retint guère son attention. Delphine sur les talons et le chien baguenaudant devant lui, il s'éloigna vite de tout ce bitume en enfilant le long chemin de crête que suit le GR 7.

Il manqua ainsi l'occasion de s'étonner de la ferveur naïve qui fit réaliser cette œuvre monumentale en belle pierre blonde du pays à un simple sabotier local qui, s'inspirant d'une lithographie, ne vit pas malice à ce que son impérial sujet se caressât le foie de la main gauche, plutôt que l'estomac de la droite !

L'ébauche de culture de Lazare avait encore de ces rusticités qui lui faisaient ignorer des détails dont son immense curiosité se serait pourtant régalée.

Il passa donc et fit son simple bonheur de la descente de la vallée de l'Azergues que suivaient jadis les troupeaux de bœufs charolais destinés au ravitaillement de Lyon. Des crêtes festonnées d'épaisses futaies de résineux, il plongeait parfois vers des bourgs qui s'étiraient au long de l'ancienne route de la capitale des Gaules. Il aimait le contraste entre la nature la plus sauvage des versants et l'activité un peu grouillante de tous ces villages qui se succédaient, tout au long de la belle rivière.

Il fit étape dans une petite auberge accueillante de Saint-Nizier-sur-Azergues, puis il obliqua à droite pour quitter la route de Lyon. Par le col du Pin-Bouchain, il évita le trou sans joie de Tarare et, au soir tombant, il atteignit le site étrange d'une tour dominant dans une grande solitude l'immensité lumineuse des monts du Lyonnais.

Il attacha Delphine au tronc d'un arbre et, suivi du chien, entreprit d'escalader l'escalier en colimaçon qui permettait d'accéder au sommet de l'ouvrage. Et là, ébahi, profitant d'un soir d'exceptionnelle luminosité, il n'eut qu'à parcourir la galerie circulaire et sommitale de l'étonnante construction pour que sa vue file jusqu'aux monts du Jura, aux Alpes, scintillantes de neiges et de glaces et, plus proches, aux volcans d'Auvergne dominés par le Puy de Dôme.

Tant de pays d'un seul coup d'œil, tant d'immensités, tant de plaines, de montagnes, de forêts, de vallées imaginées, de villages et d'hommes qui les habitaient et qui avaient tous quelque chose à raconter… Lazare en fut pris de vertige. Qu'était-il, lui qui se traînait, suivi de sa mule et de son chien, sur ce seul chemin du sud ? Aurait-il assez de toute sa vie pour assouvir la formidable envie qui lui venait de courir toutes ces merveilles se découpant, avec une étonnante netteté, sur le ciel vespéral ?

Mais l'ombre gagnait. Il fallait se dépêcher. Il refit vite un tour complet, suivant de son gros doigt boudiné l'énumération magique des noms qu'égrenait la table d'orientation. Le Crêt de la Neige, dominant le Jura, le Mont-Blanc et tout son massif de dents effilées et de pics, le mont Lozère derrière lequel il ne savait pas encore que se dissimulaient les Cévennes et devant lequel se profilait le Pilat, proche à le toucher, le Plomb du Cantal, le Puy Mary, le Puy de Dôme avec son allure de tour massive. Et même le Bois du Roi, son bien modeste sommet du Morvan qu'indiquait la table d'orientation mais qu'il ne parvint pas à entrevoir. Il était donc déjà si loin !

Les monts d'Auvergne s'étaient longuement découpés en ombres de velours sur le prodigieux embrasement de pourpre, d'airain, d'or et d'argent d'un ciel que mangeraient, la nuit même, les lourdes nuées de pluie qu'annonçait cette profusion de couleurs. Puis le soleil avait basculé derrière les plaines du Cézallier. Quelques instants encore, ses rayons les plus obstinés avaient projeté haut dans le ciel la dentelle des sommets des Alpes dont les glaciers et les neiges éternelles s'étaient vêtus de vieux rose.

Enfin les montagnes s'éteignirent, ne projetant plus, au-dessus des plaines déjà nocturnes, que leurs silhouettes grises et sans relief.

Lazare en resta encore quelques instants bouche bée. Dans ses plus beaux rêves, jamais il n'avait pu imaginer une telle splendeur. Appuyé lourdement des deux mains à la table d'orientation, il reprenait son souffle. Il lui fallait assimiler tout ça, admettre une fois pour toutes que ce n'était pas là le seul résultat d'un mirage.

– C'est à vous, la mule ?

Lazare bondit. Décidément, les tables d'orientation et leurs paysages avaient sur lui l'étrange effet d'inhiber sérieusement ses capacités d'attention à l'égard de ce qui se passait autour de lui !

Cette fois, c'était un grand gaillard aux allures de boy-scout qui se tenait dans la porte, en haut de l'escalier. Le chien n'avait pas jugé utile de se montrer plus de garde qu'il ne l'était.

Vexé de s'être laissé surprendre, Lazare fut sur le point d'aboyer la réponse la plus rogue que pouvait lui fournir son répertoire assez fourni en la matière. Mais l'expérience venait. Et, avec elle, un sens assez précis de l'opportunité. Le soir était là et, captivé par sa découverte, il n'avait rien envisagé pour son hébergement et celui de ses bêtes. Un minimum d'amabilité pouvait – sait-on jamais ? – être de nature à aider quelque peu la providence.

– Elle est belle, hein ? se rengorgea-t-il. Oui, elle est à moi. Elle s'appelle Delphine.

– Et vous allez loin, comme ça ?

100

Celle-là, il fallait bien qu'elle vienne.

– J'sais pas, fit Lazare, faussement dubitatif. Les Cévennes ou peut-être Saint-Jacques de… de…

– Compostelle.

– C'est ça. Comme vous dites. C'est bizarre, mais à chaque fois, ça me fait la même chose : j'oublie.

– Et ce soir ?

Ça venait trop vite ! Il s'y attendait si peu qu'il en resta quelques instants décontenancé.

– Ben… Ben…, fit-il en se grattant énergiquement la nuque sous la casquette qu'il avait rabattue sur les yeux. Ben, j'sais pas, admit-il enfin.

– Vrai, s'étonna l'autre, je ne sais pas d'où vous sortez. Mais vous ne savez pas grand-chose.

– Ah si ! voulut se défendre Lazare. Je sais d'où je viens.

– Encore heureux ! Et vous venez de loin ?

– Du Morvan. Vous connaissez le Morvan ?

– Sûr que je connais, fit l'autre dont c'était le tour de se gratter la nuque d'étonnement. Et vous venez comme ça du Morvan, à pied avec votre mule et votre chien ?

Lazare était aux anges.

– Sûr, clama-t-il. Et même qu'on compte bien aller beaucoup plus loin.

Le boy-scout eut un hochement de tête entendu.

– Si vous voulez aller à Saint-Jacques-de-Compostelle, c'est pour le coup que vous avez encore du chemin à faire !

Lazare fut pris d'un doute.

– Vous êtes du pays ?

– J'habite à trois kilomètres d'ici.

– Alors, cette table d'orientation, vous la connaissez bien ?

– Sûr. Je l'ai vu poser.

– Et pourquoi elle n'indique pas Saint-Jacques-de-machinchose ?

Le rire du boy-scout fit froncer les sourcils à Lazare. Mais ce n'était rien à côté de la mine déconfite que lui fit prendre la raison invoquée pour justifier ce qu'il avait cru être une grave omission :

– C'est que c'est bien trop loin, Saint-Jacques. Bien plus loin que le plus éloigné des points portés sur cette table !

Comment imaginer cela ? Comment pouvait-on avec autant de légèreté affirmer qu'au-delà des immensités révélées, du haut de la tour Matagrin, par l'exceptionnelle lumière d'un soir de juin, pouvaient exister des lieux bien plus lointains encore ? Il y avait là quelque chose qui dépassait l'entendement de Lazare. Lui qui, durant si longtemps, ne s'était même pas posé la question de savoir ce qui se trouvait derrière son horizon clos de collines enforestées, ne pouvait pas concevoir que le monde soit si vaste.

– C'est où, Saint-Jacques-de-machinchose ? confessa-t-il enfin, au bord du désespoir.

L'autre sut ne pas se montrer vexant. Il se contenta d'un bref sourire amusé et eut de la main un geste vague en direction des monts du Cantal que mangeait l'ombre de la nuit.

– Par là, dit-il, au fond de la Galice, sur l'Atlantique, à des centaines et des centaines de kilomètres.

Moins par la distance que par ces noms nouveaux qui repoussaient fort loin les limites de la connaissance qu'il avait encore à acquérir, Lazare était atterré. Le boy-scout eut pitié de lui.

– Mais les Cévennes, dit-il, c'est moins loin.

– Ah bon ?

Dans un restant de jour gris, il trouva le mont Lozère sur la table d'orientation et le pointa du doigt.

– Tenez, dit-il, c'est là, juste derrière.

Curieusement, Lazare, à cette révélation, ressentit comme un sentiment de déception. Pouvoir ainsi bêtement indiquer l'objet de ses rêves d'un doigt posé sur l'émail froid d'une image lui parut le faire déchoir. Il prenait tout à coup une consistance presque physique qui lui ôtait beaucoup de ses charmes.

– C'est bien, merci, dit-il sans conviction.

Et il se dirigea vers l'escalier.

– Où vous allez, comme ça ?

– Les Cévennes, grogna-t-il simplement.

– Vous n'y allez pas ce soir, tout de même ?

Cette évidence le laissa sans voix. Le chien sur les talons, il descendit l'escalier. Delphine somnolait tranquillement en attendant. Un cheval était attaché à l'arbre voisin.

Le boy-scout vint le rejoindre à la tête de la mule. Au passage, il flatta la croupe du cheval.

– Vous allez me suivre, dit-il. On cassera la croûte ensemble. Vous mettrez la mule au pré avec mon che-

103

val. Pour vous, je n'aurai guère que le foin du fenil. Ça vous va ?

Si ça lui allait ! Lazare sentit fondre en lui la dernière ombre de crainte qui pouvait encore le tarauder, certains soirs, de devoir rééditer l'aventure de sa première étape.

Le lendemain matin, il pleuvait. Il fallait bien que ça arrive. Debout dans la porte de la maison de ce nouvel ami qu'il allait laisser derrière lui, Lazare observa longuement le ciel lourd et plombé dont tombait inlassablement un crachin épais et tiède.

– Bah, fit-il, la pluie du matin n'arrête pas le pèlerin.

Et il partit.

Au nord de la longue tranchée qui, de Saint-Chamond à Rive-de-Gier, étale son chapelet gris d'usines, de cités populaires et de bruyantes autoroutes, montait un sinistre voile de brumes souillées des reflets mordorés des gaz et des fumées qu'un ciel lourd et moite obligeait à stagner au-dessus de la vallée.

Paul Trévoux avait laissé glisser son sac au sol et s'était effondré sur une grosse pierre qui marquait le bord du chemin. Il s'était retourné et avait été saisi par la profonde tristesse de ce paysage déjà vaincu par l'orage qui montait. Il lui était impossible d'imaginer une vision plus en accord avec son état d'âme.

Il se sentait fatigué, à tous les sens du terme, et au-delà de toute limite. Il lui semblait qu'il ne pourrait plus hisser dix pas plus haut, vers cet inaccessible sommet, l'énorme et vieux sac complètement informe dans lequel, depuis des jours et des jours, il traînait tout ce qu'il possédait.

D'ailleurs, depuis ce matin, c'était l'envie même de lutter qui l'avait abandonné. Oui, ça devait être cela : sa fatigue était peut-être encore plus morale que physique.

Le ressort qui lui avait donné le courage de partir avait dû se rompre quelque part, peut-être à l'instant précis où, franchissant la monumentale porte d'entrée de l'ancienne chartreuse de Sainte-Croix-en-Jarez, il avait reçu comme une gifle la trahison du naïf mysticisme qui lui avait fait endurer tant de peines et de souffrances pour arriver jusque-là.

Qui lui avait soutenu qu'après Vézelay, Paray-le-Monial, Cluny, il lui fallait sans faute mener son errance vers ce haut lieu de la foi, en un temps où elle menait le monde ?

Dès la croix de la Cordelle, en montant vers Vézelay, il avait cru que débutait vraiment la grande marche spirituelle qu'il attendait et dans laquelle il avait mis tous ses espoirs de retrouver un sens à son existence. Marie-Madeleine, sur sa colline, s'était bien gardée de le détromper. Il avait vécu là-haut quelques jours d'état second, aussi détaché qu'on peut l'être des contingences matérielles, totalement voué à l'extase et à la contemplation.

Sur le chemin de Paray-le-Monial, les épreuves de la route, son dénuement presque complet et les expédients dont il lui fallait vivre lui furent supportables tant avait été forte l'empreinte laissée par son bref séjour à Vézelay. Il était passé par Autun où il avait retrempé sa volonté mystique en montant, par les petites ruelles pavées, jusqu'à l'offrande du porche de Saint-Lazare que domine la prodigieuse dentelle de pierre du tympan de Gislebertus.

Paray-le-Monial le laissa sur sa faim. Il y chercha en

vain le souffle aussi puissant qu'indéfinissable qui le portait depuis Vézelay.

La distance n'était pas trop grande et les églises romanes suffisamment nombreuses, essaimées dans un paysage verdoyant par une providence bienveillante, pour qu'il parvînt encore à supporter le chemin qu'il lui fallut parcourir jusqu'à Cluny.

Là, son désespoir fut sans bornes.

Des heures durant, il sanglota au milieu des rares vestiges subsistant de ce qui a été la plus grande église abbatiale du monde chrétien. Sur ce qu'a été cette prodigieuse abbaye, dont l'influence rayonna sur l'Europe entière, et sur ce qu'il en est advenu, il lui parut que venaient se fracasser les restes de son grand rêve d'absolu.

Que faisait-il là, entre ces pans de murs, ces moignons de piliers, sur ce pavage et ces grandes lignes, tracées à même le sol, comme pour mieux souligner l'absurdité de tout ça, et que contemplaient d'un œil morne quelques touristes bien incapables d'imaginer la grandiose beauté de l'édifice qui s'est élevé là ?

Que lui restait-il si même ce rêve, aussi fou qu'il ait été, s'évaporait ? Y avait-il assez cru, pourtant ! Quand il avait renoncé, quand l'espoir de retrouver du travail, un logement, peut-être une famille, avait fini par perdre tout sens pour lui, il avait compris que l'instant était venu de faire entrer le rêve dans la réalité. Et il était parti.

Cela venait de loin. Gamin, déjà, il suivait sa mère dans les églises du quartier de Belleville, à Paris, où il était né. Et pendant que la brave femme s'abîmait en prières, agenouillée sur un prie-Dieu, il déambulait dans l'église, le nez en l'air, captivé par l'atmosphère du lieu et par une symbolique qu'il ne cherchait d'ailleurs pas à approfondir. Il lui suffisait de la recevoir, de la ressentir telle qu'elle lui parvenait pour s'en sentir totalement imprégné et comblé.

L'adolescence l'avait éloigné de ses rêves d'enfant. Les trottoirs de Belleville n'y sont pas spécialement favorables. Il y avait eu l'école, pas trop longtemps, les copains, les filles et puis le travail à chercher.

C'était là que les difficultés avaient commencé. D'ailleurs, si la mère ne manquait pas une occasion de franchir la porte des églises, le père avait plutôt tendance à réclamer haut et fort qu'on les ferme une fois pour toutes. Militant communiste pur et dur, syndicaliste inscrit sur toutes les listes rouges des bureaux d'embauche loin alentour, il rapportait à la maison plus de convictions et de discours que de substantielles fins de mois.

Qu'à cela ne tienne ! Paul vouait une admiration sans bornes à son père. Et tant qu'il fut là, cette étrange soif de culte qui l'habitait trouva à s'étancher dans les seuls regards que le fils portait sur le père.

Les ans passèrent. Sans que Paul puisse trouver la moindre situation à peu près stable. Le syndicaliste convaincu devint trop vite un vieillard un peu sénile dont la mère ne venait plus à bout. Paul, qui ne parvenait pas à s'occuper correctement de lui-même, de la femme qu'il avait prise et des deux enfants qu'elle lui avait donnés, dut assumer sa part d'une charge qui le dépassait.

Encore l'occupait-elle et le contraignait-elle à ne pas totalement renoncer. Il fallut bien peu de temps, après que, coup sur coup, en l'espace de moins d'un an, il eut perdu son emploi et vu disparaître ses parents, pour qu'il abdique définitivement.

Alors vinrent l'électricité puis l'eau que l'on coupe. Les menaces du propriétaire qu'il met un jour à exécution. L'épouse qui se lasse et part sous prétexte de protéger sa couvée. Alors, la rue…

Quelque temps encore, il avait voulu se nourrir d'illusions. Les promesses d'un bureau d'aide quelconque, le filon exceptionnel révélé sous le sceau du secret par un ami de rencontre…

Chacune de ces utopies relayant l'autre, il avait encore vécu quelques mois dans la peau qui lui convenait si peu du travailleur à la recherche d'un emploi.

Fatalement, le rêve devait se réveiller puisque la réalité ne le contenait plus. Il l'avait fait de façon insidieuse, par petites touches successives. Un routard à la dérive, rencontré dans un asile de nuit, et ne vivant plus que du récit sans cesse rabâché de ses voyages. Le soleil inondant le porche d'une église, comme une invite. Le discours racoleur des membres d'une secte qui l'avaient quelque temps hébergé.

Et puis, un jour, sur un banc, en face de la Conciergerie, l'idée qui s'impose. Pourquoi rester ? Misère pour misère, partir, voir du pays, se laisser porter par la quête d'un vague absolu que n'entrave ni ne pollue aucun chômage, aucun créancier. Partir pour partir. Pour fuir ? À coup sûr. Et après !

Paul avait pris la route. Durant les premiers jours, rien n'avait pu entamer sa résolution. Ni son inexpérience totale du voyage, ni la vétusté des quelques hardes qui constituaient tout son équipement, ni la méfiance et l'hostilité des gens rencontrés n'avaient pu le détourner de son idée fixe.

Sur les chemins, il partait à la recherche du bonheur dont il était convaincu qu'il avait été celui des pèlerins, des moines et des compagnons de jadis. Ils n'avaient rien et pourtant ils marchaient la tête haute en chantant ! Eh bien, lui, Paul Trévoux, retrouverait en marchant le secret de leur félicité.

Certes, il ne chantait plus guère en atteignant la croix de la Cordelle. Mais Marie-Madeleine, qui se dressait au-dessus de lui, sur la colline de Vézelay, avait capté son regard. Il n'en détournait plus les yeux, ému jusqu'aux larmes et convaincu de toucher à un coin, à un tout petit morceau de sa pierre philosophale.

Il dut s'en contenter, car les ponts étaient rompus. Souffrir là plutôt qu'ailleurs, puisqu'il fallait souffrir. Il continuait, obstinément accroché à l'espoir que l'étape suivante serait la bonne.

Sur la foi d'un avis catégorique donné par quelque compagnon de rencontre, après la déception de Cluny, il s'était convaincu que la discrète chartreuse de Sainte-Croix-en-Jarez pouvait encore receler la source à laquelle assouvir son énorme soif de mysticisme. Il l'avait atteinte au soir tombant. L'étape, cette fois encore, serait pour le moins aléatoire. Mais il était bien loin de s'en préoccuper.

En débouchant sur la place du pays, il l'avait vue. Sa porte monumentale, largement ouverte, ressemblait à une promesse. Un fol espoir s'était saisi de lui. En transe, sans plus rien voir que ce grand trou noir au-delà duquel il croyait déjà deviner l'aveuglante lumière de l'absolue félicité, il vint vers elle à petits pas et s'engagea doucement sous la haute voûte en plein cintre.

Devant lui, le soleil couchant inondait une cour d'une douce lumière dorée. Il l'atteignit. Et s'immobilisa, pétrifié. C'était comme un village. Un autre village qui s'était installé à l'intérieur de la chartreuse, fractionnant peu à peu ses bâtiments, les tronçonnant en de petits logements devant lesquels s'étendaient complaisamment d'accorts jardinets.

Oh, bien sûr, ce lent démembrement ne devait pas dater d'hier. À tel point qu'on ne discernait plus grand-chose de l'ordonnancement des bâtiments abbatiaux originels. À vrai dire, on en discernait si peu de chose que Paul, effondré, n'y trouva même pas l'inspiration à un désespoir tel que celui qui s'était emparé de lui à Cluny.

Abattu, tout à coup conscient de son immense fatigue, il déambula quelque temps dans les ruelles sur lesquelles s'ouvraient toutes ces maisons et leurs jardinets, puis il s'éloigna, sans même se retourner.

Il trouva au fond de son sac quelques biscuits et un bout de saucisson qui trompèrent sa faim. Il passa la nuit dans une cabane de cantonnier mal fermée. Et, au petit matin, il reprit sa route. « Passe par le relais du Pilat, lui avait-on dit. Tu verras, c'est un désert, un lieu idéal pour la méditation. » On lui avait même dessiné l'itinéraire sur la seule carte qu'il possédait. Comme on ne lui avait dessiné que celui-là, il allait vers le relais du Pilat dont il ne savait pas encore qu'il se trouvait juste sous le Crêt de la Perdrix, au sommet du mont Pilat.

D'un bord à l'autre du ciel courut un formidable craquement. S'il n'avait été si compact, si monolithique, si soudé, dans l'incessante tourmente qui l'agitait, on aurait pu croire qu'allait se fendre d'un seul coup l'énorme couvercle de nuages gris et lourds qui, depuis le matin, pesaient sur la terre.

La touffeur de l'air était à son comble. Et, sous cette implacable chape, le monde se terrait et se taisait. Les rues des villages étaient vides et c'est à peine si l'on pressentait comme un restant de vie derrière les volets clos. Dans les prés, les bêtes, oubliant de brouter, s'étaient réfugiées à l'ombre de quelques bouquets d'arbres et, tête-bêche, s'éventaient mutuellement les yeux, les oreilles, le chanfrein et les naseaux du lent balancement de leurs queues sans que désarment les nuages exaspérés de mouches et de taons qui les assaillaient.

La menace n'était devenue perceptible qu'en début d'après-midi. Une menace diffuse, vague, dont on se demandait d'où elle venait, ce qu'elle visait et si seulement elle existait vraiment. Pourtant, tandis que passaient les heures, les bêtes comme les hommes, enfermés dans leur mutisme, sentaient monter en eux la folle angoisse d'un effondrement du monde.

Vers cinq heures, alors que même les feuilles des arbres avaient renoncé à bruisser, sans que rien vînt rompre l'étouffant silence, l'édredon épais de nuages gris, qui obstruait le ciel, avait commencé d'être pris de violentes convulsions. On aurait dit qu'une main géante et invisible prenait plaisir à pétrir énergiquement cette pâte un peu visqueuse et à créer dans ses profondeurs de dantesques tourbillons qui faisaient s'entrechoquer, se déchirer, se diluer et se reconstituer un peu plus loin ou plus haut d'énormes montagnes grises et noires.

Il y avait eu ce craquement gigantesque. Il avait gommé les trois derniers coups de six heures qui sonnaient au clocher de Doizieux. Et, comme s'il avait assommé le monde, un calme prodigieux, bien proche de ce que doit être la mort, s'était établi. Il ne dura que quelques instants qui parurent pourtant une éternité à tous ceux qui attendaient.

Puis il y eut un puissant souffle d'air qui passa haut dans le ciel. On l'entendit geindre et exhaler de longues plaintes lugubres. Tout à coup, il fit très froid. Juste avant qu'une lame blafarde, zébrant les nuées folles, s'abatte très haut sur la montagne, du côté du Crêt de l'Œillon. Le tonnerre roula presque simultanément sur toutes les pentes du Pilat et bien au-delà.

Une fois encore, l'équilibre infiniment fragile du silence se rétablit. Jusqu'à ce que monte de nulle part un crépitement d'abord à peine perceptible. Ce n'était guère, aux premières secondes, qu'un infime grésillement. Mais il ne fallut que quelques instants pour que le bruit, en s'amplifiant démesurément, s'identifie à un immense rideau de

114

pluie s'avançant sur tout le paysage en l'estourbissant d'une formidable claque.

Alors, avant que les choses, les bêtes et les hommes n'aient le temps de réagir, de compter les coups que l'orage leur avait déjà portés, des trombes d'eau, poussées par un vent dément, balayèrent tout sur leur passage. En se relayant, au cœur d'hallucinantes bourrasques, elles devaient tourner, comme en un carrousel démoniaque, qui les ramenait sans trêve sur le lieu de leur premier forfait et prenait un plaisir sadique à les voir s'acharner à chaque fois un peu plus sur les plantes, les arbres et les animaux qui ne s'appartenaient plus.

Seuls les éclairs, qui se succédaient quasiment sans interruption, projetaient encore sur un paysage d'apocalypse de fulgurantes lueurs blanches zébrant sans cesse ce qui, sans cela, aurait été une nuit presque totale.

Si Delphine l'avait pu, elle se serait tournée le dos au vent et, tête basse, aurait philosophiquement attendu que ça se passe. Mais Lazare ne lâchait pas la longe. La tête dans les épaules, la casquette rabattue sur les yeux, les coudes au corps, il s'obstinait à marcher. Il n'avait d'ailleurs pas le choix. Il savait bien qu'il n'aurait pas d'abri avant le relais du Pilat et que mieux valait entretenir un peu de chaleur en se dépensant que de se livrer au froid sous le couvert illusoire de quelques arbres. Le chien, dans les pas de Delphine, en avait pris son parti et suivait, le nez au sol et la queue basse.

En suivant un chemin caillouteux et défoncé que l'orage transformait en cataractes, ils remontaient une profonde combe au fond de laquelle grondait de plus en plus fort un torrent grossi à vue d'œil du flot précipité par la tourmente du haut de la montagne. Ils durent s'arrêter. L'empierrage rustique qu'ils suivaient disparaissait sous le bouillonnement furieux des eaux pour ne réapparaître que sur l'autre rive.

Il leur fallait franchir ce qui, en temps ordinaire, ne devait être qu'un aimable ruisseau chantonnant entre les pierres. Lazare, perplexe, remonta sa casquette et, fronçant les sourcils, au travers du rideau d'eau qui lui dégoulinait devant les yeux, chercha à évaluer la difficulté.

Delphine traverserait bien. Et lui, en se cramponnant au bât, parviendrait à suivre. Trempé comme il l'était, ça ne changerait pas grand-chose. Mais le chien ? Il eut beau chercher, il n'existait aucun de ces ponts de pêcheurs faits d'un tronc d'arbre couché en travers du lit de la rivière. Ses modestes proportions, en temps normal, ne devaient pas le justifier.

L'animal était venu se réfugier à ses pieds en gémissant, déjà terrorisé par l'obstacle. Lazare le considéra un moment d'un œil soucieux. Puis une idée lui vint. Et pourquoi pas sur la mule ?

– Bouge pas, dit-il.

Il se penchait déjà pour prendre le chien à bras-le-corps lorsque tout à coup l'animal se redressa et se mit à grogner furieusement.

– Holà ! fit Lazare surpris en se relevant vivement. Qu'est-ce qui t'arrive ?

Le chien, en deux bonds, avait traversé le chemin et, le poil hérissé par la colère, il aboyait avec rage en direction d'une forme étendue au bord du flot tourbillonnant.

Laisse donc ! C'est pas le moment, voulut crier Lazare.

Mais Delphine elle-même, jusque-là impassible, venait de bondir et commençait de renâcler tant l'éclat du tonnerre avait été proche.

– Holà ! hurla Lazare. Vieux, faut pas moisir ici.

Il allait se saisir d'autorité du chien lorsque la lueur blafarde d'un éclair, si proche qu'il parut durer une éternité, lui révéla la nature de la forme à laquelle, jusque-là, il s'était interdit de prêter attention. Malgré les gifles redoublées de la pluie, malgré les hurlements du vent et du tonnerre, malgré les fulgurances incessantes des éclairs, Lazare, à demi penché vers son chien qui aboyait toujours, resta bouche bée.

Un homme était là. Il était adossé au tronc d'un arbre, apparemment paisible et, en tous les cas, indifférent au flot qui continuait de monter et venait déjà lui battre les pieds et les mollets.

– Oh ! cria Lazare encore plus fort. Ça va pas la tête ? Vous ne voyez pas que vous allez vous faire embarquer ?

L'autre ne bougea pas. Au point que Lazare eut un bref mouvement de recul.

Et s'il était mort ? s'inquiéta-t-il. Tu parles d'une histoire.

Il eut la tentation de partir, d'ignorer ce corps dont la découverte pouvait lui attirer bien des tracas. Mais il sut tout de suite qu'il en serait incapable. Totalement oublieux de l'orage qui ne cédait pas d'un pouce, planté au milieu de son chemin avec, dans la main, la longe de Delphine, sans quitter l'étrange silhouette des yeux, il resta un long moment indécis.

Puis l'autre, imperceptiblement, bougea. D'un éclair à l'autre, Lazare vit qu'il avait légèrement tourné la tête vers lui et qu'il posait sur son équipage un regard sans expression. Ce fut ce qui le décida.

– Oh, l'homme ! fit-il en venant s'accroupir près de lui. C'est-y que ça n'irait pas trop ?

À sa grande surprise, pour toute réponse, l'autre eut un geste lent de la main comme pour l'écarter. En même temps, il détourna les yeux et sembla se perdre dans la contemplation de l'eau qui continuait de monter et lui arrivait maintenant aux genoux.

Lazare remarqua ce détail.

– C'est pas tout ça, rugit-il, mais faudrait voir à ne pas nous faire moisir ici. Encore un peu, et puis on passe plus. On aurait l'air malins.

Alors, cédant à l'urgence, sans plus demander son avis au naufragé, il l'empoigna comme on le fait d'un sac et, sans difficulté apparente, malgré l'eau qui entravait ses gestes et dégoulinait de partout, il le jeta en travers de la croupe de Delphine. Ce fut à peine si celle-ci accusa le coup.

– C'est pas tout ! l'avertit Lazare.

Et avant que l'autre n'ait eu le temps de décliner l'invitation, il fit suivre le même chemin au chien, l'installant du mieux qu'il le put entre les deux gros sacs de toile, avec une pensée émue pour le violon qui se retrouvait pris là-dessous.

– Bien heureux si j'en joue encore, maugréa-t-il. Le chien, tu te cramponnes.

Puis, agrippant solidement le bât de Delphine, il la poussa en avant. Elle n'hésita pas mais entra prudemment dans le flot bouillonnant. Presque tout de suite, Lazare eut de l'eau jusqu'à la taille. Dans le courant, la mule s'était mise légèrement de biais et, en assurant précautionneusement chacun de ses pas, elle avançait doucement en s'arc-boutant contre la force un peu démente du torrent en crue. Lazare, dont rien n'aurait pu le faire lâcher prise, n'eut qu'à se laisser tirer.

L'eau, enfin, décrut et la mule, dans un dernier effort, se hissa, avec toute sa charge, sur l'autre rive au moment précis où un arbre, probablement arraché à la rive, loin en amont, passait en tourbillonnant. Lazare, d'un geste instinctif, s'épongea le front de sa manche dégoulinante d'eau.

– S'il nous avait pris, celui-là…

D'un bond, le chien avait de lui-même délesté de son poids le dos de Delphine. Mais l'homme, derrière, les jambes d'un côté, la tête et les bras de l'autre, ne bougeait toujours pas.

– Oh, l'homme ! cria à nouveau Lazare en le secouant. Faudrait voir à réagir. Delphine, c'est pas le TGV.

Il n'obtint aucune réaction.

L'orage commençait à s'éloigner. Mais la pluie, épaisse, s'obstinait.

– Bon, grogna Lazare. On va pas y passer Noël. Allez, en route. On verra là-haut.

Dans la grande salle du relais du Pilat, il faisait bon. Un tronc complet ou presque se consumait doucement dans le foyer de la monumentale cheminée.

– Vous venez de loin, comme ça ?

L'homme qui les avait accueillis tira une chaise et vint s'installer près de Lazare. Petit et trapu, il avait quelque chose de noueux et d'indestructible. Il portait de grosses moustaches poivre et sel et le regard vif qu'il posait sur les gens avait tout à la fois quelque chose d'engageant et de calculateur.

Lazare posa son violon sur ses genoux. Il l'avait déballé avec mille précautions et avait été soulagé de découvrir que les soins avec lesquels il l'avait protégé n'avaient pas été vains. Il n'avait souffert ni de l'orage ni du séjour du chien sur le dos de la mule. Alors, dans la douceur de la pièce que gagnait la pénombre du soir, il s'était mis à jouer en sourdine.

– Moi, dit-il, oui, je viens de loin. Enfin, encore assez. Je viens du Morvan.

– Comme ça, avec ta mule ?

Il y avait dans ce tutoiement quelque chose qui gêna Lazare et le mit en éveil.

– Avec le chien, oui, dit-il simplement.

– Et celui-là ?

Du menton, il désignait l'homme que, dans sa grange,

Lazare avait déchargé du dos de Delphine. Assis sur le banc de pierre qui garnissait le côté du foyer, sous le manteau de la cheminée, il ne semblait pas trop brillant. Mais, apparemment, la chaleur du feu et le grand bol de soupe, qu'il avait posé à côté de lui après l'avoir avidement lapé, commençaient à faire leur effet. Il se tenait voûté, les coudes aux genoux, les mains jointes, la tête basse, et paraissait totalement indifférent à ce qui se passait autour de lui.

– Celui-là, fit Lazare en semblant le découvrir, je ne sais pas. Oh, l'homme, appela-t-il en se penchant vers lui. Comment tu t'appelles ?

L'aubergiste n'était pas convaincu.

– Il était sur ta mule, et tu dis que tu ne le connais pas.

Pour le coup, Lazare s'était redressé brutalement.

– Eh ben, elle est bonne, celle-là. Je le ramasse à moitié noyé dans le ruisseau, en montant par ici. Et vous voudriez que je le connaisse ? Tiens, j'aurais mieux fait de le laisser où il était.

Un moment, en continuant de bougonner, il considéra la silhouette toujours tassée sur elle-même, si près du foyer qu'on aurait presque pu craindre qu'elle y bascule.

– Oh, l'homme ! s'obstina Lazare, dis-le, toi, qu'on ne se connaît pas, que je t'ai sorti de l'eau. Si mon chien ne t'avait pas vu, peut-être bien que tu serais mort noyé, à cette heure.

– Peut-être bien, dit l'homme d'une voix blanche en semblant émerger brièvement d'un long cauchemar. Peut-être bien, répéta-t-il.

Et, de toute la soirée, il ne desserra plus les lèvres.

Ils passèrent la nuit dans un dortoir étrange et vieillot dont les lits étaient de minuscules alvéoles superposées garnies de vilaines paillasses malodorantes.

Lazare crut y étouffer. Mal à l'aise, il dormit peu et se tourna en tous sens toute la nuit, se heurtant aux parois étroites de l'étroite niche.

Au petit matin, n'y tenant plus, il se leva, enfila des vêtements encore raides d'humidité, et sortit. Il faisait frais, presque froid. Sur la lande qui courait en pente douce jusqu'au Crêt de la Perdrix, se levait, dans l'aube grise, une fine couverture de brume blanche dont montaient une infinité de chants d'oiseaux au réveil. Ils s'appelaient, se comptaient, comme pour exorciser les angoisses de la nuit.

Lazare traversa la cour et marcha jusqu'à la barrière du pré dans lequel Delphine broutait paisiblement. Ses jambes et ses naseaux paraissaient se perdre, se diluer dans les vapeurs très fines qu'exhalait le sol. Tout en bourrant sa pipe, Lazare leva le nez. Le ciel, d'un gris très doux, très lumineux, semblait avoir été lavé par l'orage de la veille.

Allons, pensa-t-il, voilà une belle journée qui s'annonce. On va marcher. Et on aura tôt fait d'oublier tout ça.

Car il gardait en lui l'amertume de ce qui s'était passé la veille au soir. Cet homme silencieux et replié sur son secret, au point de ne même pas être capable d'un sourire à l'adresse de son sauveur, l'avait mis profondément mal à l'aise. C'était comme une ombre jetée sur le plaisir de son voyage.

Allons ! Vite se détacher de ce sombre intermède et reprendre sa paisible errance par les chemins et les villages !

Il frissonna. Le froid figeait ses vêtements encore humides. Laissant Delphine à son pré, il rentra.

L'homme était réveillé. Assis au bout de sa paillasse, les jambes pendant dans le vide, légèrement voûté, l'air un peu hébété, sans trop le voir, il considérait le chien qui, sur le sac dont il avait fait sa couche, se grattait consciencieusement les puces.

– Réveillé ? lança gaillardement Lazare. T'as réussi à dormir, toi, dans ces fichues boîtes ?

– Ouais, fit l'autre encore somnolent. J'ai même bien dormi.

– T'as de la chance. J'ai pas fermé l'œil.

– Fait beau dehors ?

– Superbe. Une belle journée, qu'il va faire là.

Lazare passait rapidement la revue de tout ce qu'il avait mis à sécher en l'étalant sur toute une série de chaises. Il tâta sans trop y prendre garde un dernier vêtement, puis se tourna vivement vers l'homme qui n'avait pas bougé du bord de sa paillasse.

– Tu vas loin, comme ça ?

D'abord surpris par la soudaine question, il leva brièvement un regard de chien battu sur Lazare. Puis il plongea à nouveau du nez. Et il se contenta de hausser les épaules.

– D'où tu sortais, comme ça ?

Nouveau haussement d'épaules.

Lazare eut un bref mouvement d'humeur. Il l'énervait, celui-là, après tout, à ne rien vouloir dire. Il s'approcha de l'homme.

– Tu veux pas me dire, c'est ton affaire, commença-t-il d'un ton engageant. Mais c'est pas tout que tu sois encore en vie. Qu'est-ce que tu vas faire, maintenant ? Qu'est-ce que tu vas devenir ? Et d'abord, comment on t'appelle ?

Qu'on puisse manifester à son égard tant de sollicitude parut l'étonner. Il leva enfin un regard mi-interrogateur, mi-soulagé sur Lazare.

– Paul, dit-il. Paul Trévoux.

Puis il haussa les épaules.

– J'ai même plus de sac, dit-il, plus rien. J'ai plus rien. Est-ce que je sais ce que je vais faire ?

– Il était où, ton sac ?

– J'sais plus bien. Peut-être… Peut-être bien là où tu m'as trouvé.

– C'est bon. Ton sac, si ça tombe, il est encore où tu l'as laissé. Je vais y aller voir, moi. Viens, le chien.

Et, sans plus s'occuper de Paul Trévoux et du regard de reconnaissance incrédule qu'il lui adressait, il partit.

Le gué du ruisseau n'était pas bien loin. Il eut tôt fait de l'atteindre. S'il était encore englouti sous un flot grondant d'eau brunâtre, le niveau avait déjà considérablement baissé.

Lazare n'eut aucun mal à repérer le sac abandonné sur l'autre rive. La crue n'était pas passée loin, mais elle ne l'avait pas atteint. Sans hésiter, il franchit le gué, se mouillant encore jusqu'à mi-cuisse, et vint récupérer le bagage détrempé et informe.

Vrai, se dit-il, s'il récupère quelque chose là-dedans, il a de la chance.

Il ne l'en jeta pas moins sur son dos et reprit le chemin de l'auberge.

Lorsqu'il l'atteignit, il était presque aussi trempé qu'en arrivant, la veille au soir.

– Tiens, le voilà ton sac.

Paul Trévoux, sans attendre Lazare, s'était installé à la table du petit déjeuner. Il bredouilla un vague remerciement et plongea du nez vers son café au lait. Lazare posa le sac trempé sur une table et resta un long moment immobile à contempler cet étrange personnage auquel, en toute autre circonstance, il aurait purement et simplement tourné le dos. Pourquoi le captivait-il ? Curieusement, de lui avoir sauvé la vie ne lui semblait pas suffisant. Cela n'avait été qu'un premier geste au-delà duquel il lui semblait qu'une responsabilité lui était née qu'il lui fallait assumer jusqu'au bout.

Il vint s'attabler en face de lui.

– Tu vas loin, comme ça ? insista-t-il.

Bien malgré lui, bien malgré l'envie qu'il avait de

repartir le plus vite possible, il lui fallait savoir, se rassurer aux paroles de l'autre.

Paul Trévoux leva sur lui, au-dessus de son bol, un regard presque hostile.

– Merci, dit-il.

– C'est pas ce que je te demande.

– Qu'est-ce que ça peut te faire ?

– Ça me fait.

Il comprit qu'il ne s'en sortirait pas.

– La Chaise-Dieu, dit-il.

– La quoi ?

Lazare n'avait jamais entendu ce nom-là.

– La Chaise-Dieu, répéta Paul Trévoux d'une voix lasse.

– C'est quoi, ça ?

– Une abbaye.

– T'es moine ?

Il n'obtint pour seule réponse qu'un haussement d'épaules méprisant.

– Alors pourquoi tu y vas, à ta Chaise-à-bon-Dieu, si tu n'es pas moine ?

Pourquoi y allait-il ? Paul Trévoux avait-il encore une réponse plausible à pareille question ? Le nez dans ses tartines, il s'enferma dans le mutisme le plus total. Lazare, sans le quitter des yeux, s'occupa lui aussi d'apaiser sa faim.

Quelque chose, pourtant, l'attirait vers cette étonnante destination au si joli nom. Il lui semblait qu'à ne pas insister il risquait de passer à côté de nouvelles découvertes, de nouvelles raisons de s'émerveiller.

– Ta Chaise-à-bon-Dieu, demanda-t-il soudain, c'est loin ? C'est où ?

– La Chaise-Dieu, se contenta de rectifier Paul Trévoux.

Curieusement, l'intérêt soudain de son sauveur pour sa destination avouée n'avait nullement l'air de le ravir.

– Laisse, dit-il. Je ne vais pas t'ennuyer avec ça. J'irai seul.

Lazare n'aimait pas qu'on n'apprécie pas ses beaux gestes à leur juste valeur. Il prit la mouche.

– Oh ! Si ça ne te plaît pas, t'as qu'à le dire. Tu ne faisais pas tant le difficile, hier, quand je t'ai sorti de la flotte.

Ce n'était jamais que leur première dispute. Paul Trévoux, tête basse sur les reliefs de son petit déjeuner, avait l'air maussade de celui qu'ennuie profondément la perspective de l'inévitable orage.

– C'est pas ça, tenta-t-il de se défendre. Mais ce que je vais faire là-bas… tu peux pas comprendre.

À sa décharge, on retiendra simplement qu'il ne connaissait pas encore Lazare. Ces mots-là, bien évidemment, n'étaient pas de nature à arranger les choses.

– J'suis trop con, peut-être ? Dis-le que je suis trop con pour comprendre. Monsieur veut jouer au plus malin. T'as vu ta dégaine ? Qu'est-ce que t'es pour me mépriser comme ça ? Hein, tu peux me le dire, ce que t'es ?

Il braillait si fort que le patron vint pointer son nez au coin de la porte de la cuisine et resta là longuement à observer ces étranges clients.

– Arrête, gémit Paul Trévoux. Tu vois bien qu'on n'est pas faits pour aller ensemble. Si tu veux, on peut aller comme ça jusqu'au prochain pays. On boira un coup en amis, pour se dire au revoir. Et puis, on partira chacun de son côté. C'est mieux. Tu vas où, toi ?

– Où ça me chante. Peut-être bien à ta Chaise-à-bon-Dieu. Ça me plaît, ce nom-là. Sûr que ça doit être bien, par là.

Il se moquait de lui. Paul Trévoux leva sur Lazare un regard tout à coup mauvais.

– Tu ne me ficheras donc pas la paix ? gronda-t-il. C'est pas parce que tu m'as sauvé la vie que t'as des droits sur moi. Taille-toi. C'est fini, tout ça.

On ne parlait pas comme ça deux fois à Lazare. Il prit tout à coup l'allure caractéristique qui le faisait si facilement identifier, dans ses moments de colère, à un ours prêt à bondir.

Le chien, qui dormait à ses pieds, fort de son expérience, sentit venir la tempête. Prudemment, il se leva et alla chercher vers la cheminée un endroit plus propice à la prolongation de son petit somme.

– Tu veux aller seul ? rugit Lazare en bondissant si fort de son siège qu'il fit tinter bols et cuillères sur la table. Eh bien, bon vent. Et ne compte plus sur moi pour sauver ta peau. Non mais, qui c'est qui m'a fichu un olibrius pareil ?

Ils se quittèrent fâchés. Et Paul Trévoux, plus abattu que jamais, debout, dans la cour de l'auberge, devant son sac informe et encore trempé, vit à travers la brume de ses larmes de désarroi s'éloigner l'homme, la mule et le chien.

– Oh, l'homme, tu vas loin, comme ça ?

Lazare, quant à lui, n'était pas allé bien loin. Abandonnant Paul Trévoux à ses états d'âme, il était descendu jusqu'au Bessat, avait soigneusement choisi une place bien ombragée pour Delphine et était venu s'asseoir sur un banc, à la verticale exacte d'un double trait blanc et rouge tracé sur le poteau d'un panneau de signalisation.

Ainsi, bien installé sur le passage même du GR 7, il ne lui restait plus qu'à attendre. L'autre, avec son mal de vivre et son sac trempé, ne pouvait pas manquer de passer devant lui.

Il dut tout de même s'armer de patience. Et il commençait à se trémousser sérieusement sur son banc, s'inquiétant de ce qu'il ferait du reste de son étape, lorsque parut enfin, au bout de la rue, la silhouette pitoyable de Paul Trévoux.

Qu'est-ce que je me mêle de cette loque ? gronda Lazare pour lui-même. J'aurais mieux fait de continuer mon chemin.

Le spectacle de cet homme qui avançait lentement, presque péniblement, voûté sous sa charge informe, la tête

131

basse, n'était pas de nature, il est vrai, à donner envie de s'intéresser à son sort. Et Lazare, sans honte, aurait pu passer son chemin.

Il est d'ailleurs vraisemblable que si Paul Trévoux n'avait pas fait mystère des raisons pour lesquelles il marchait si péniblement vers La Chaise-Dieu, Lazare n'aurait pas fait grand cas de ses mésaventures. Si, sans détour, il avait fait étalage de l'étrange mysticisme auquel, curieusement, il raccrochait le sauvetage de sa vie, le vieux gars du Morvan, fort de ses simples certitudes, lui aurait sûrement ri au nez et l'aurait abandonné au bord du chemin.

Alors qu'il n'avait plus rien, même plus la moindre confiance en lui, la hargne avec laquelle il avait pourtant défendu son secret avait suscité la curiosité de Lazare. Il avait eu envie d'en savoir plus en même temps que s'éveillait vaguement en lui la conscience de quelque chose de vaste, de profond auprès de quoi il ne voulait pas passer sans comprendre.

Paul Trévoux aurait dépassé Lazare sans le voir si l'autre ne l'avait pas ainsi interpellé. Il s'arrêta net, tourna la tête vers le banc sur lequel le Morvandiau avait pris ses aises.

– J'te l'ai déjà dit, où j'allais.

– Dans cet équipage, t'es pas rendu.

– Qu'est-ce que ça peut te foutre ?

– Allons, viens donc t'asseoir là qu'on cause.

La marche lui était déjà si pénible que Paul eut visiblement la tentation de s'abandonner au confort du repos. Mais il ne pouvait pas céder si facilement.

– C'est pas comme ça que j'avancerai, grogna-t-il.

– Qui t'a parlé d'avancer ? L'important, pour l'heure, c'est de causer. Tu ne penses pas ?

– Et de quoi tu veux qu'on cause ? Il n'y a pas à causer.

– Si fait, il y a à causer ! On s'est rencontrés, vieux gars. C'est pas comme si on était passés chacun sur son chemin sans se voir. Tu crois au hasard, toi ? Tu vas à ta Chaise-à-bon-Dieu. Moi, je vais où le vent me pousse. Ta Chaise-à-bon-Dieu, avec ton attirail, t'es pas près d'y être rendu. Et moi, eh ben, t'es peut-être le vent qui me pousse par là, va savoir !

Toujours debout au bord du trottoir, toujours hésitant, Paul eut un bref mouvement d'exaspération.

– Arrête avec ta Chaise-à-bon-Dieu, dit-il. La Chaise-Dieu. Tu peux pas dire La Chaise-Dieu, comme tout le monde ?

Mais Lazare n'en démordait pas de son raisonnement.

– À ce compte-là, continua-t-il, peut-être bien qu'on est faits pour marcher ensemble ? Peut-être bien que c'est pour ça qu'on s'est rencontrés. Il faut savoir. Et, pour savoir, il faut qu'on cause. Viens donc t'asseoir. Et puis d'abord, ta Chaise-à-bon-Dieu, c'est quoi ? Qu'est-ce qu'elle a de si important, cette chaise-là, pour que tu tiennes tant à y aller ?

Il ne s'en tirerait pas comme ça. Et puis, au fond de lui, il ne déplaisait peut-être pas totalement à Paul de parler. Il vint s'asseoir.

– À la bonne heure ! se réjouit Lazare. Tiens, pour la peine, rince-toi donc le gosier.

Et, plongeant du bras derrière le banc, il en sortit une bouteille de rouge qu'il tenait là au frais. Paul en usa modérément.

– Alors ? s'impatienta Lazare pendant que l'autre en était encore à reboucher la bouteille et à s'essuyer la bouche d'un grand revers de manche. C'est quoi, La Chaise-Dieu ? Tu me le diras, à la fin des fins ?

Que dire ? Que répondre ? Paul aimait que Lazare se soit enfin décidé à prononcer le nom de son rêve comme il le fallait. Mais il répugnait toujours à l'aveu de ce même rêve. L'autre, bien sûr, allait se moquer. Et il redoutait cette blessure supplémentaire.

– Une ville, dit-il.

– Ah bon, fit Lazare que ce laconisme ne satisfaisait évidemment pas.

– Une ville et une abbaye.

– Ah ! fit Lazare, devinant qu'une voie se dessinait enfin.

– Une petite ville autour d'une grande abbaye, se sentit obligé de préciser Paul.

– Et qu'est-ce qui t'attire, dans cette ville-là ?

– Rien.

– Alors ? L'abbaye ?

Paul se contenta d'acquiescer de la tête.

– T'es moine ? crut-il bon de demander une nouvelle fois.

Un petit sourire narquois naquit au coin des lèvres de Paul.

– Non, dit-il.

– Alors ?

– Alors les moines, justement.

Les mots, un à un, érodaient le barrage de ses réserves. L'envie de parler lui venait comme une libération. Tout à coup, il prit conscience qu'il venait de dire l'essentiel : « les moines, justement ». Tout découlait de là. Ce fut comme si le dernier bouchon retenant le flot de ses mots avait sauté. La bonde était lâchée. Il se redressa tout à coup et tourna vers Lazare sidéré un visage transfiguré par le feu mystique.

– Les moines ! s'exclama-t-il, et il y avait des trémolos d'extase dans sa voix. À mains nues, reprit-il. Au désert, plus pauvres que Job, ils ont construit toutes ces merveilles à mains nues. Comment faisaient-ils, ceux de Vézelay, d'Autun, de Cluny, de Sainte-Croix-en-Jarez, de La Chaise-Dieu ? Quelle ardeur, quelle énergie les habitaient ? Tu pourrais me le dire, toi, où ils ont trouvé la force, eux qui n'avaient rien, de bâtir ces merveilles, ces lieux habités entre tous d'une présence qui nous dépasse et nous rend si humbles ?

Lazare, surpris, considérait Paul avec perplexité. Il retira sa pipe d'entre ses dents et avança une lippe prudente.

– Ce que j'en sais, moi ! Le bon Dieu, peut-être bien. C'est parce qu'ils y croyaient. La foi, quoi. Tiens, sûr, c'est parce qu'ils avaient la foi.

Mais Paul hochait énergiquement la tête de droite à gauche.

– Oublie-moi avec ta foi, tu veux bien ? Elle a bon dos la foi. On lui a tout mis sur le dos, à la foi. Le meilleur comme le pire. Moi, je vais te dire, la foi, il y a belle lurette que je ne l'ai plus. Je l'ai perdue avec mon travail, puis ma femme, mes gosses, mon logement, tout quoi. Est-ce qu'on peut garder la foi quand, en quelques mois, d'un homme normal qui a une famille, un toit, une bagnole, qui paie ses impôts, qui touche les allocs et la Sécu, on devient rien, moins que rien, pas même une bête ? T'as dormi, toi, sur une bouche d'aération du métro, roulé en boule dans des cartons ? Non ? Alors tu peux pas comprendre. Mais moi je te dis que la foi, là-dedans, elle n'a rien à voir. Peut-être bien qu'ils croyaient au bon Dieu, ces hommes-là. Encore, je peux pas croire que leur bon Dieu c'était le même que le nôtre. Mais même, croire à un bon Dieu quel qu'il soit, tu ne me feras pas admettre que ça suffisait pour leur donner la force de construire des choses comme ça. Alors ?

La mine de plus en plus dubitative, Lazare crut s'en tirer à bon compte en hochant la tête d'un air entendu :

– Les sous alors. C'est qu'ils en avaient des sous, les moines, à ce qu'on dit. À mon avis, ça doit être ça, les sous. Eh, faut comprendre : si ça devait leur rapporter gros, ça pouvait leur donner du cœur à l'ouvrage. Tu ne penses pas ?

C'était visible : à l'évidence, Paul ne pensait pas. Cette suggestion iconoclaste lui donnait l'air à peu près aussi scandalisé et outragé que celui que peut avoir une grenouille de bénitier trouvant réellement un de ces batraciens barbotant dans l'eau bénite.

– Les sous ! dit-il d'un ton méprisant. Est-ce qu'ils y pensaient, aux sous, les Bernard de Cîteaux, les Bernon de Cluny, les Robert de Turlande de La Chaise-Dieu, lorsqu'ils sont arrivés dans ces déserts dont personne ne voulait ? Oh, bien sûr, après, les sous sont arrivés, beaucoup de sous. Mais ce n'était pas pour eux, les pionniers. Et ce sont ceux-là qui m'intéressent, ceux qui ont donné les premiers coups de pioche là où il n'y avait rien, qui avaient la poche vide et le seul espoir de donner la vie au néant. Alors Dieu, les sous… tu penses !

– Alors ? fit Lazare qui s'énervait de ne pas voir où l'autre voulait en venir.

– Alors, reprit Paul dont le regard tout à coup fila loin, très loin, dans des songes dont Lazare s'exaspéra encore un peu plus de ne pas y avoir accès. Alors, si ce n'est ni Dieu ni les sous, il fallait bien qu'ils la trouvent quelque part, cette énergie qui leur a fait bâtir toutes ces merveilles. Et tu crois que j'en serais rendu là si je savais où elle est, toute cette énergie-là ?

Son impatience, Lazare faillit la laisser fuser. Il ouvrait déjà la bouche pour dire sans détour son impérieuse envie de comprendre. Juste à temps, les derniers mots de Paul firent leur petit bonhomme de chemin jusqu'à son entendement. Il en resta un instant bouche bée.

– Attends voir, dit-il, soudain très grave et attentif. Qu'est-ce que tu me racontes là ? Tu veux dire que si t'es devenu un clodo c'est parce que tu ne travaillais pas aussi bien que ces gars-là ?

Paul dodelina de la tête.

– Peut-être pas tout à fait, voulut-il expliquer.

Il cherchait ses mots. Il était si difficile de traduire en phrases claires ce que son esprit avait cru bon de vaticiner. C'était comme de grandes visions qui avaient peuplé ses pires nuits de délire lorsque, dans les rues de Paris, un bout de carton et une bouteille de gros rouge lui tenaient lieu respectivement de toit et de chauffage… Elles le menaient toujours, ces visions-là, même si se perdait quelque peu en lui le fil des obscures réflexions qui l'avaient jeté sur les routes.

– Mais il y a un peu de ça tout de même, dit-il après y avoir réfléchi.

Lazare jouait les sceptiques bourrus. Mais il y avait là une idée qui l'intéressait bougrement.

– Faudrait voir, s'exclama-t-il bruyamment. C'est pas tout à fait ça, mais il y a de ça tout de même. Faut choisir, gars. Tu supprimes ce qui n'est pas ça et tu gardes ce qui est ça. Et t'expliques. Sinon, où c'est qu'on va ?

Paul acquiesça pour la forme. Peu lui importaient les remarques du vieux gars. Seuls lui importaient les mots, qu'il cherchait avec l'énergie du désespoir, pour bien traduire ce qu'il sentait vibrer intensément en lui et qui, faute d'être bien exprimé, ne lui avait jamais valu, jusque-là, que des sarcasmes.

Et si celui-là, avec sa mule, son chien et son violon, sa drôle de tête dont on aurait dit qu'elle n'était pas tout à fait finie, voulait bien comprendre ? Il lui avait semblé saisir, dans les questions abruptes de Lazare, comme une pointe d'intérêt qui ravivait en lui la flamme d'un fol espoir.

– C'est… comment dire ? commença-t-il laborieusement. Je n'étais pas un ouvrier plus mauvais qu'un autre. Ça, il n'y a personne qui peut dire le contraire. Non, il n'y a personne qui peut maintenir que j'étais plus mauvais qu'un autre.

– Qu'est-ce que tu faisais ?

– Dans le bâtiment. Maçon. La ferraille, les coffrages, le béton, sûr, ça me connaissait.

– Alors, pourquoi ils t'ont foutu dehors ?

Paul eut un haussement d'épaules fataliste.

– La crise, à ce qu'ils disaient. La boîte a fermé. On s'est tous retrouvés à la rue. Et pourquoi, derrière, j'ai pas retrouvé de boulot ? Va savoir…

Il semblait que toute l'injustice du monde pesait sur ses épaules affaissées et dans son regard de chien battu.

– J'étais pourtant pas plus mauvais qu'un autre, s'obstina-t-il.

– Mais pas meilleur…

– Qui sait ?

– Et c'est ça que tu veux savoir ?

Paul, tout à coup, se redressa. La même flamme un peu folle transfigura son regard jusque-là perdu dans la plus sombre des morosités.

– C'est pas ce que je dis, lança-t-il sur un ton soudainement très sûr de lui. Je dis que peut-être qu'on se trompe. Peut-être qu'on se croit bon alors qu'on est très mauvais. Je dis que les gestes qu'on fait, on les répète de ce qu'on a appris sans trop savoir. Je dis que ces gens-là, les moines et les compagnons qui ont fait Vézelay, Autun, Cluny, Chapaize ou La Chaise-Dieu, eux, ils savaient.

139

– Quoi ?

– C'est justement. C'est ce que je veux comprendre. Pour faire si grand, si beau avec rien, rien que leurs mains, que pouvaient-ils avoir d'autre qu'un grand savoir qui leur disait la valeur de chacun de leurs gestes ? Un savoir si grand qu'il les préservait de tout et même de devenir des bêtes quand le travail venait à manquer.

– Tu crois ça, toi ?

– Quoi d'autre ? Si là n'est pas la vérité, à quoi bon continuer ?

Ils se turent. Lazare, à son tour, se sentait tout tourne-boulé. Lui, c'était ses bois, ses prés, ses trois vaches qui lui dansaient la gigue dans la tête. Oh, on ne l'avait évidemment pas jeté sur le pavé, du jour où tout ça n'avait plus eu de raison d'être. Mais cela valait-il mieux ? On l'avait oublié au bout de sa route, dans ses Granges de Gamet condamnées à disparaître après lui ou, pire encore peut-être, à devenir une résidence secondaire.

Et si l'autre avait raison ? Et si, derrière tout ça, existait une raison, un vieux savoir dont ils devaient supporter, pour l'avoir oublié, de ne plus être rien d'autre que des objets que l'on jette lorsqu'on n'en a plus besoin ou que l'on ignore, au bout d'une mauvaise route ?

– Tu crois, toi ? demanda Lazare.

Paul se contenta de hausser les épaules.

– J'sais pas. Des jours oui, des jours non. J'espère, voilà tout. Il faut espérer, dans la vie, non ? Et comme j'ai plus rien d'autre à espérer…

Ils firent équipe et marchèrent ensemble.

Lazare, sans trop de peine, avait accepté d'infléchir sa marche à l'ouest. Ils franchirent la Loire à Bas-en-Basset et s'enfoncèrent avec ravissement dans le dédale de bois, de collines et de prés qui dominent la vallée de l'Ance.

C'était l'époque de la fenaison. Partout allaient et venaient des tracteurs attelés de faneuses, de presses ou de lourdes remorques. Lazare ne manquait pas une occasion d'en saluer les conducteurs par de grands moulinets des bras très démonstratifs. Paul l'accompagnait, plus discrètement.

– Faut être aimable, disait Lazare. On est chez eux. Et puis, qui sait, peut-être bien que celui-là ou celui qui le suit nous hébergera ce soir.

Sa technique était parfaitement au point. Il avait vite remarqué que les braves gens qu'il croisait et qui se contentaient de suivre du regard son étrange équipage, lorsqu'il marchait seul, s'arrêtaient tout à fait et les regardaient passer comme à un spectacle depuis que Paul était avec lui.

Telle n'était évidemment pas leur intention, mais il est vrai qu'ils auraient eu bien du mal à passer inaperçus. Si le chien, allant et venant en toute liberté autour d'eux, n'avait rien d'extraordinaire, si une mule défilant paisiblement dans les rues des villages était déjà, en soi, une apparition peu banale, le bagage informe dont elle était affublée, et que coiffait l'étui à violon brandi comme un étendard, avait amplement de quoi éveiller la curiosité des plus blasés.

Mais ce n'était rien à côté du couple que formaient les deux hommes. Dès que trois maisons se profilaient à l'horizon de leur chemin, ils vérifiaient promptement leur mise approximative et se portaient de part et d'autre de la tête de Delphine qu'ils encadraient fièrement. À gauche, l'armoire à glace mal équarrie de Lazare dont l'œil vif et toujours rigolard paraissait tout envisager, tout voir et être sans cesse à la recherche de la conversation à engager. À droite, la silhouette fluette et un peu falote de Paul qui se redressait autant qu'il le pouvait en dardant droit devant lui un regard se voulant martial et semblant, à l'inverse de celui de son acolyte, ne rien observer, ne rien remarquer.

Y eut-il une seule place de village où ne fusa pas, d'un pas de porte, d'une terrasse de café ou de l'angle d'un trottoir, l'une ou l'autre des deux inévitables questions : « Vous allez loin comme ça ? » ou : « Vous venez de loin, comme ça ? »

Delphine s'arrêtait net. Il ne lui avait pas fallu longtemps pour comprendre que son maître, qui n'attendait que ça, allait, après quelques incontournables préambules, l'installer dans la fraîcheur d'un coin d'ombre où, indifférente aux palabres qui allaient suivre, elle pourrait s'offrir un petit somme.

Lazare, piqué très droit à la tête de sa mule, commençait par dévisager son interlocuteur sans la moindre gêne, comme s'il lui fallait juger s'il était digne ou non de ses réponses. Puis, d'un geste très théâtral, selon que la question concernait la destination ou la provenance, il semblait indiquer, devant ou derrière eux, des lointains si vastes qu'ils dépassaient l'imagination.

Et, dans un cas comme dans l'autre, immanquablement, il laissait tomber :

– Nulle part !

On pouvait difficilement mieux éveiller la curiosité. Neuf fois sur dix, l'interlocuteur s'approchait. C'était gagné.

– Nulle part ? s'étonnait-il. Et encore ?

– Nous venons de nulle part et nous n'allons nulle part, clamait Lazare de telle sorte que le pays dans son entier ne puisse rien en ignorer.

Et, devant l'air ébahi de l'autre, sous les acquiescements énergiques de Paul, il se contentait d'ajouter, magistral :

– Nous allons !

Ainsi engagée, la conversation ne pouvait se prolonger, si le pays en était pourvu, qu'à l'ombre de la treille couvrant la terrasse du bistrot. Si l'on avait à déplorer la disparition du dernier de ces indispensables lieux de convivialité, le pas de la porte d'un habitant de ce pauvre pays sans estaminet faisait l'affaire. Mais, dans un cas comme dans l'autre, la mousse d'un demi sans faux col ou l'ambre d'un apéritif à base d'anis s'avérait être le seul remède de nature à démêler l'écheveau des propos de Lazare presque aussi embrouillés que peut l'être celui dont s'est saisie, dans les jambes de l'aïeule, la patte espiègle d'un chaton !

Il est vrai que le muletier, à peine descendu de ses hauteurs morvandelles, avait très vite compris tout le profit qu'il pouvait tirer de l'immense curiosité avec laquelle les gens qu'il rencontrait écoutaient ses récits de voyages, véridiques ou supposés.

Jusque-là, c'est à peine si, de temps à autre, l'idée lui était venue de grossir le trait lorsqu'il pressentait que la seule vérité serait un peu juste pour obtenir, en contrepartie, le repas ou le toit convoités. Alors, l'air de rien, il en rajoutait un tantinet. Oh ! deux fois rien, d'infimes détails, mais de ceux qui font frémir. La petite phrase innocente, parfaitement anodine, mais qui, en douce, vous flanque un bon gros coup de crayon rouge, pour le cas où vous ne l'auriez pas remarqué, sous le danger couru ou l'acte suggéré d'indicible courage.

Il avait été sidéré de l'effet produit et s'était surtout découvert un plaisir sans bornes à ainsi jouer de l'attention de son auditoire. Ainsi, sa première nuit à la belle étoile était devenue une véritable épopée au cours de laquelle, dans d'invraisemblables conditions de risque, côtoyant des précipices sans fond et redoutant à chaque instant des éboulis mortels, la mule et le chien n'avaient dû leur salut qu'à son sang-froid et à son sens de la décision. Quant à sa première entrevue avec la vigne et les vignerons, certains soirs, à l'en croire, elle avait donné lieu à des festivités et des agapes tellement mémorables que le récit fleuri et abondamment circonstancié qu'il en faisait ne laissait guère d'autre choix aux auditeurs captivés que de se montrer à la hauteur !

Mais, depuis qu'il marchait avec Paul Trévoux, Lazare, déjà fort de son expérience antérieure et des talents de conteur qu'il s'était découverts, n'avait plus aucun scrupule à donner de plus en plus dans l'imaginaire. Ils n'allaient tout de même pas, l'un après l'autre, faire chaque soir ou presque le même récit authentique, complexe et fastidieux de leurs voyages et des circonstances de leur rencontre.

D'ailleurs, vite pris au jeu, Paul s'était avéré un compère tout à fait efficace. Et il ne leur avait pas fallu longtemps, à l'un comme à l'autre, pour apprendre à se renvoyer adroitement la balle, quitte, pour l'intérêt des véritables numéros totalement improvisés qu'ils montaient ainsi, à ce qu'ils se contredisent et en viennent même parfois à simuler de terribles disputes.

– Allons ! Tu dis n'importe quoi ! s'exclamait Lazare, interrompant Paul dont le lyrisme s'emballait quelque peu à l'évocation de n'importe quel petit matin supposé s'être levé sur une nuit de bivouac.

Les regards noyés de rêves qui convergeaient sur le conteur, dans un même mouvement, se détournaient tous sur le contradicteur sans rien perdre de l'avidité avec laquelle ils attendaient de recevoir tous ces mots.

– Quoi ? s'insurgeait Paul. Qu'est-ce que t'as à dire ? Peut-être que c'était pas comme ça, monsieur je-sais-tout ?

– Sûr que je sais, proclamait Lazare, pendant que les mêmes regards allaient de l'un à l'autre, sans se lasser. Je sais que tu dis n'importe quoi. C'était pas la vallée de l'Azergues, qu'on avait devant nous. C'était bien plus haut, vers Saint-Point. C'était la vallée du Valouzin.

Paul se contentait de hausser les épaules.

– Ne l'écoutez pas, il dit n'importe quoi…

– N'importe quoi ? Répète voir, s'emportait tout à coup Lazare en bondissant de sa chaise.

Même le chien, à ses pieds, ne se formalisait plus.

Paul, imperturbable, faisait celui que n'impressionnait pas la masse pourtant considérable de Lazare penchée sur lui et animée apparemment par des intentions fort peu courtoises.

– À travers des voiles de brumes arachnéens, on commençait à deviner quelques toits. Et la flèche du clocher de l'église de Saint-Nizier-d'Azergues semblait fuser, très nette, bien découpée, d'un océan blanchâtre d'approximations vaporeuses.

Parfaitement insensible à la poésie des mots distillée par son complice, Lazare pouffait d'un grand rire tonitruant.

– Et il ose prétendre que je dis n'importe quoi ! C'était Saint-Point, s'obstinait-il. Les tours du château. C'était ça qu'on voyait apparaître au-dessus du brouillard. Parce que moi, voyez-vous, je ne suis pas comme monsieur. J'appelle un chat un chat. Et je ne vais pas inventer je ne sais quelles balivernes pour dire que, ce matin-là, au sommet ou presque de Mère Boitier, on était en plein soleil alors que la vallée était dans le brouillard. Qu'est-ce qu'il y a d'extraordinaire à ça ? Qui c'est qui dit n'importe quoi ?

C'était au tour de Paul de prendre la mouche.

– Oh, et puis après tout, il me casse les oreilles, celui-là. C'est toujours pareil. T'as tout vu, t'as tout fait, toi, hein ? Eh ben, puisque t'es si malin, vas-y, cause, raconte.

– Sûr que je vais raconter…

Et Lazare embrayait !

Leur auditoire en redemandait. Par un curieux effet d'attirance qu'ils se gardaient bien de chercher à comprendre, la confiance leur était acquise d'emblée. Et gare aux sceptiques, aux cartésiens qui, parfois, prétendaient jouer les esprits forts !

Ils racontaient pour le plaisir des mots, sans jamais prétendre être crus. Et c'était peut-être ce qui faisait que la question ne se posait pas. Les gens, bien sûr, n'étaient pas dupes. Mais curieusement, la nature même de leur équipage étrange, leur dégaine, le contraste inattendu de leurs silhouettes, l'aspect pour le moins rugueux et tout à la fois bon enfant de Lazare, et bien d'autres choses encore qui les faisaient si différents de l'ordinaire amenaient leurs auditeurs d'un soir à accepter d'eux ce dont ils auraient cru devoir rire et se seraient détournés en toute autre circonstance.

Il suffisait qu'apparaissent la mule, le chien et les deux hommes pour que tous ces gens, l'instant d'avant très affairés, se sentent tout à coup très las du matérialisme sans ombre ni nuance de leur quotidien. C'était comme si leur était distribuée une part de rêve dans laquelle ils

147

redécouvraient le plaisir enfantin de mordre à belles dents, avec le même appétit que dans la tartine de confiture des quatre-heures de jadis.

Alors n'avaient plus qu'à se taire ceux, à la vérité bien rares, sur qui l'illusion n'avait pas de prise.

Alors, Lazare, premier émerveillé de l'effet de leurs vaticinations, n'avait plus qu'à en cueillir le fruit. Il avait su émailler ses fables de suffisamment d'allusions bien senties au gîte et au couvert qu'on leur avait offerts, selon lui, en d'autres lieux, pour que leurs auditeurs d'un soir ne se sentent nullement obligés en leur proposant la même chose. Bigre ! il ne serait pas dit qu'on était moins accueillant ici que dans tous ces pays qu'évoquaient les propos très lyriques des deux hommes.

Ainsi, chaque matin, il leur fallait ajouter d'autres noms à la liste désormais bien longue des amis qu'ils quittaient avec force « au revoir » et la promesse de prolonger l'enchantement de quelques cartes postales.

À Valprivas, à Saint-André-de-Chalençon, à Saint-Georges-Lagricol, à Jullianges, ils en emplirent les boîtes à lettres.

Puis, un soir, à l'orée d'un bois, ils surent qu'ils étaient arrivés. Un large plateau s'étendait à leurs pieds, baigné d'une douce lumière légèrement argentée. À l'infini, ce n'était que vallonnements d'herbe ponctués de rares boqueteaux et des longs plis sinueux et ombreux de quelques vallées.

Et là, à main gauche, sur un promontoire commandant fièrement à ces vastes espaces, jaillissait d'un fouillis de toits pressés autour d'elle, puissante et austère, l'abbatiale de La Chaise-Dieu.

Ce soir-là, ils n'eurent pas à jouer de leurs talents de conteurs pour trouver un toit. Le chemin, tout naturellement, les conduisit jusqu'à une sorte de grande ferme avenante qui se dressait juste en dessous de la ville.

Paul marchait dans un état second, sans pouvoir détacher le regard de la masse énorme et étonnamment imposante de l'église abbatiale qui dominait de plus en plus le paysage au fur et à mesure qu'ils en approchaient. Lazare, très grave, le surveillait du coin de l'œil, puis s'attardait à son tour sur la contemplation de ce formidable monument dressé au-dessus d'un océan d'herbe. Quelque chose remuait en lui dont il ne comprenait pas encore le sens mais dont il sentait vaguement qu'il touchait à l'essentiel.

Ils atteignaient les premières maisons d'un hameau. Totalement à l'écoute de leurs émotions, ils faillirent ne pas voir un homme qui, à leur approche, était venu s'accouder à la barrière de son jardin.

– Allez, dit-il. Vous serez bien accueillis.

Il était coiffé d'un vieux feutre informe dont l'ombre qu'il portait sur son visage usé, buriné de tous les vents et creusé de profondes rides convenait bien à l'étincelle de son regard rieur, comme un démenti ironique et frondeur à l'âge qui marquait sa silhouette.

Surpris, ils s'arrêtèrent et ne surent quoi dire.

– Ben oui, quoi, fit le vieux en se moquant de leur étonnement. Allez. Vous êtes presque rendus. Et vous serez bien accueillis. On est toujours bien accueilli à la ferme de la Vélide.

Pour un peu, Lazare en aurait été vexé. On pouvait difficilement couper plus radicalement court à ses habituelles approches. Mais il y avait beau temps qu'il avait remisé le ton bourru qu'il affectionnait en pareille occurrence. Il avait vite compris qu'il ne lui ouvrait aucune porte. Pris au dépourvu, il ne sut quoi répondre.

– Ah bon, fit-il bêtement.

– C'est là, à deux cents mètres. Vous ne pouvez pas vous tromper, insista le vieux.

Et, du geste, il les encouragea à poursuivre leur chemin.

C'était bien là. Une grande bâtisse aux portes et aux fenêtres largement ouvertes au soleil couchant comme à tous les passants qui s'y engouffraient. Une sorte de caravansérail plein de groupes de jeunes, joueurs et bruyants, de randonneurs inquiets de leurs cartes et de leur matériel, de familles et de vieux solitaires réfugiés dans la compagnie d'un livre, sur un coin de muret ou au pied d'un arbre.

Malgré ses préventions pour les gîtes en tous genres, le lieu eut l'heur de plaire à Lazare. On affecta un bout de pré à Delphine, on n'attacha pas plus d'importance au chien que n'en méritaient ses rapports circonspects avec ceux, nombreux mais blasés, de la maison, et l'on prévint les deux compères que l'habitude du lieu s'accommodait fort bien, après le repas, d'une veillée.

Sans trop qu'on sache ce qui le mettait en si bonnes dispositions d'esprit, l'idée, là encore, plut à Lazare qui s'en fut sortir le violon de son emballage étanche.

– Vieux gars, dit-il à Paul, c'est ce soir qu'on leur en met plein la vue !

À vrai dire, l'écho qu'il reçut à cette annonce triomphante ne fut pas à la mesure de ce qu'il en attendait. Paul Trévoux, manifestement, sombrait à nouveau dans les affres de ses incertitudes. À un jet de pierre de cet édifice qui nourrissait ses rêves les plus fous depuis des semaines, et auquel il rattachait désespérément ce qui lui restait de ses espoirs les plus délirants, épouvantablement déçus par Cluny et Sainte-Croix-en-Jarez, il ne savait plus rien, ne croyait plus en rien et n'en continuait pas moins d'espérer follement.

L'envie lui brûlait de se précipiter, de parcourir en courant l'infime distance qui le séparait encore du lieu de ses rêves. Et la peur panique d'une nouvelle déception le rendait incapable de faire un pas en direction de l'abbatiale.

Lazare balançait : fallait-il le secouer ou le plaindre ? Ça l'énervait bien un peu, cette perpétuelle indécision, ces états d'âme qui se succédaient à raison d'un ou deux par jour sans jamais se ressembler. Mais la quête de Paul l'intriguait. Il leva les yeux vers l'église abbatiale qui les dominait. Quelle force pouvaient bien avoir en eux les

153

hommes capables, à mains nues ou presque, de construire une pareille merveille ?

Et pourquoi l'avait-on perdue ?

Qui saurait la retrouver, la comprendre, la dompter et, à nouveau, en faire le bien de tous les hommes ?

De l'un à l'autre, de l'ouvrier en perdition au rude bûcheron en rupture de forêt, les questions étaient les mêmes. Mais Lazare sentait bien que sa curiosité n'avait que bien peu de rapport avec la quête mystique de Paul Trévoux. Là où celui-ci espérait comme un remède miraculeux aux maux qui, sans qu'il en comprenne bien le sens, lui avaient fait tout perdre, Lazare ne voyait guère qu'un prolongement dans une autre dimension de la formidable envie qui l'avait saisi un jour d'aller découvrir les hommes vivant au-delà de son horizon.

Depuis qu'il marchait, qu'avait-il fait d'autre que d'aller au-devant des hommes ? Mais les hommes de son temps. Tout à coup il lui apparaissait que ceux du passé avaient aussi leur importance. Pouvait-on ignorer des gaillards qui avaient su réaliser de tels chefs-d'œuvre ? Et, ni plus ni moins qu'il observait tous ses amis de rencontre et s'enrichissait des jugements qu'il portait sur eux, l'envie très pratique, très matérielle, lui venait de savoir ce que ceux du passé avaient de plus que lui pour savoir ainsi travailler.

– Bof, finit-il par lâcher pour tenter de ramener un peu de calme dans l'esprit de Paul, t'as qu'à t'imaginer qu'ils logeaient ici, tous tes vieux gars qui ont construit ça. C'était comme leur auberge. Ils y arrivaient, ils y cassaient la croûte, ils y rigolaient, ils y dormaient, comme nous. Et, le lendemain matin, ils montaient au boulot. T'as qu'à t'imaginer ça, qu'on passe une soirée comme eux. Ça te mettra dans leur peau. Et, demain, quand tu monteras par là, tu seras ni plus ni moins qu'un tailleur de pierre ou un charpentier du temps.

À son grand étonnement, l'idée dut plaire à Paul qui, soudain, se détendit.

– C'est ça, dit-il encore un peu fébrile. Comme eux. Une soirée comme eux. Comme si on était moines ou compagnons de l'an mille.

Et, tout à coup, enthousiaste :

– Vas-y, vas-y, Lazare. Fais-nous une veillée comme eux, comme en leur temps.

Dire que cette soirée-là fut une réplique exacte de celle que vivaient les bâtisseurs de cathédrale serait sans doute mentir. Et encore ! Sait-on jamais ? Il n'empêche que, sitôt après le repas, lorsque, à la surprise générale, les premiers accords du violon firent comme une stridente déchirure dans le brouhaha des conversations, il y eut d'abord un bref instant de silence puis, tout de suite après, une véritable bordée de cris d'enthousiasme.

– Je le savais, hurla le patron presque aussi fort qu'aurait pu le faire Lazare s'il n'avait pas eu le menton bien calé contre son instrument. Je le savais qu'avec deux particuliers comme ça, on allait passer de bons moments.

C'était un gros homme à l'allure joviale, à la mine

rubiconde, qui traînait à longueur de journée une étrange tenue dont le jean moulant ses formes trop rondes, les bottes de cuir à talons hauts qui lui faisaient une démarche de canard, le gilet étroit ouvert sur une chemise à carreaux le persuadaient qu'il donnait un ton résolument western à son établissement.

C'était en fait un agriculteur, paisible éleveur de vaches de Salers, qui s'était dit un jour qu'il y avait plus à gagner, et plus sûrement, à la proximité de l'abbatiale de La Chaise-Dieu qu'à s'échiner à produire des biftecks, des entrecôtes et du pot-au-feu dont plus personne ne voulait. Il avait de surcroît l'esprit à ça. Et sa gouaille naturelle s'accommodait évidemment mieux de tous ces jeunes de passage qu'à la compagnie d'un troupeau de vaches, fussent-elles de Salers.

Il ne les avait d'ailleurs pas toutes vendues et se plaisait à aller visiter ses troupeaux, dans de lointains pâturages, suivi de ses jeunes stagiaires pour qui il avait remplacé quelques-unes de ses bêtes à cornes par de paisibles chevaux de randonnée.

– Joue ! Joue donc ! lança-t-il à Lazare qui ne l'avait pas attendu pour s'y mettre. Il sera bien temps de causer après.

Lazare joua donc. Puisqu'on le lui demandait. Plus fort, mieux, plus endiablé que jamais. Dès les premières mesures, il avait, un bref instant, fait regretter ses encouragements au cow-boy en sautant à pieds joints sur une table. Elle fléchit, mais tint bon. Le cow-boy poussa un ouf de soulagement. Ce n'est pas donné, le mobilier. Il faut comprendre.

Et l'on se mit à danser.

On ouvrit grandes portes et fenêtres. On poussa les chaises, les tables. On tamisa les lumières. On écouta quelques instants, vaguement surpris par les rythmes inattendus que Lazare extirpait de son violon. La gigue, la bourrée, la mazurka ou la scottish n'ont que de lointains rapports avec le rock. Quelques téméraires commencèrent pourtant à suivre les rares connaisseurs. Et bientôt c'était toute l'assistance qui, prise de frénésie, y allait gaillardement de ses pas approximatifs sur le dallage de la grande salle.

Lazare, sur son podium improvisé, juste dans le halo de lumière que distillait une des rares lampes laissées allumées, ignorait superbement ces hésitations de non-initiés. Il avait rajeuni de trente ans, le Lazare. Son père était là, dans l'ombre. Et ce violon qu'il tenait sous le menton, c'était le sien. C'était celui qu'il venait de lui tendre, prétextant un bien improbable moment de fatigue. « Vas-y, mon gars, avait-il dit. À toi de jouer. À la relève. Moi, j'en ai ma claque. Et tâche de tenir le rythme ! »

Pour tenir, il tenait, le Lazare. Et il tint longtemps, tout au long, ou presque, d'une nuit comme jamais n'en avait vécu la ferme de la Vélide. Et il aurait tenu encore des heures entières, peut-être, si, tout à coup, comme un tonnerre éclatant au milieu du délire de leur fête, Paul, transfiguré, les bras en croix, les yeux exorbités, n'avait pas jailli entre les danseurs comme un diable de sa boîte.

De toute la soirée, il n'avait pas bougé. Debout sur la terrasse, parfaitement immobile malgré le puissant ressac de musiques et de rires qui venait battre contre lui, il n'avait pas quitté des yeux l'étonnante apparition de l'abbatiale tout à coup née de la nuit par le bon vouloir de quelques puissants projecteurs.

Qu'ils tartinent sa pierre grise, presque noire, d'un jaune paille moins soucieux de réalisme que de spectaculaire ne le choquait pas. Il y avait simplement cette apparition unique, singulière, débarrassée de toutes ces maisons, toutes ces constructions que sa soif d'absolu estimait parasites et que les projecteurs, savamment orientés, laissaient à la nuit.

Indifférent à tout ce qui se passait autour de lui, il était seul face à l'objet de ses rêves lui-même rendu à sa solitude originelle. Il avait cette étrange capacité, privilège des rêveurs, de s'abstraire totalement du reste du monde pour s'inventer de fabuleux face-à-face. Et celui-là était probablement le plus prodigieux qu'il ait jamais vécu.

Il resta ainsi des heures, autant de temps que joua Lazare, ignorant des autres et totalement ignoré d'eux.

Puis, tout à coup, sur l'ordre probable de quelque horloge électronique, les projecteurs s'éteignirent. Et il n'y eut plus que la nuit.

Le coup fut si rude que Paul en vacilla. Mais il se ressaisit vite. Et, se retournant vivement, les bras en croix, il se rua vers la salle où Lazare continuait inlassablement à battre la mesure de ses danses endiablées sur la table dont il avait fait son podium.

– La mort ! hurla Paul, hors de lui.

On voulut ne pas l'entendre et continuer à danser et à rire. À son tour, il bondit sur une table, en face de Lazare.

– La mort ! clama-t-il encore plus fort. Ni foi ni Dieu, ils ont tué le travail de l'homme ! Pourquoi ? Pourquoi le glorifier de leurs lampes iconoclastes pour mieux le tuer d'un coup de nuit ?

Cette fois, Lazare avait cessé de jouer. On s'était arrêté de danser et le brouhaha avait décru jusqu'au silence en même temps que les regards se tournaient vers Paul. Les bras toujours en croix, il continuait de trépigner sur sa table en tournant lentement sur lui-même et en dardant le regard d'un illuminé sur l'assistance médusée.

– Ils n'avaient pas le droit ! Quelle injure au travail de l'homme ! L'empêcher de rentrer dans la nuit, et puis, comme ça, d'un seul geste, l'y précipiter comme un chien qu'on noie… Ils n'avaient pas le droit !

– Paul ! appela doucement Lazare.

Toujours debout sur sa table, les bras ballant de chaque côté du corps, le violon dans une main, l'archet dans l'autre, il se tenait légèrement voûté, la tête penchée, et portait sur son ami un regard plein de commisération.

– D'abord les curés, puis les marchands du temple, s'obstinait Paul, toujours aussi incapable de voir ou de ressentir autre chose que son délire. Les uns après les autres et parfois même les uns avec les autres, je vous le dis, ils n'ont eu de cesse de profiter, d'exploiter, de piller le travail des hommes, des premiers hommes, ces moines, ces compagnons qui ont fait ça, tout ça, de leurs seules mains parce qu'ils n'avaient rien d'autre…

– Paul ! Tu m'écoutes ?

Paul n'entendait rien que le grand hurlement qu'il avait lui-même déclenché au plus profond de son être.

– Pourquoi ? demandait-il. Pourquoi, depuis, s'acharne-t-on à profiter de leur œuvre ? Pourquoi a-t-on oublié le chemin qu'ils ont tracé ? Pourquoi le seul argent, eux qui n'avaient rien que leurs mains ?

– Paul, c'est fini ? Tu vas m'écouter, cette fois ?

Lazare avait sauté de sa table et marchait vers celle sur laquelle Paul continuait inlassablement de vaticiner.

– Laisse.

Un homme avait pris le bras de Lazare et l'avait arrêté.

– Laisse, répéta-t-il. Ce n'est pas faux, ce qu'il dit. Pour une fois… Regarde-les.

Et, d'un geste, il désignait, dans la demi-lumière, les regards graves et attentifs de tous les jeunes qui, l'instant d'avant, ne pensaient qu'à déchaîner leur joie de vivre.

– Qu'est-ce que tu crois ? dit-il. Ils savent bien qu'il y a là quelque chose d'essentiel.

– Le fric ! continuait de hurler Paul qui devait sentir confusément, du fond de son délire, tous ces regards posés sur lui et qui attendaient qu'il aille plus loin, plus au fond des choses.

– Pour le fric, on a tout gâché. Est-ce qu'ils s'inquiétaient du fric, tous ceux-là qui ont bâti l'abbatiale de La Chaise-Dieu ? Je vous le demande. Ça voulait dire quoi, le fric, pour eux ?

Et puis, saoulé par ses propres mots, il passait d'une idée à l'autre, telles qu'elles se bousculaient dans son esprit surchauffé par ses propres divagations.

– La faute, alors ? hurlait-il. Quelle faute ? Est-ce que je suis en faute moi, pour qu'on m'ait tout repris, jusqu'à mon état d'homme ? Est-ce qu'ils étaient en faute, ceux qui ont construit ça ? Peut-on construire une pareille merveille quand on est poursuivi par la conscience de la prétendue faute ? Alors ?

Et, dans un silence presque recueilli, il faisait tourner sur l'assistance captivée un regard d'envoûté.

– Qui a inventé la faute ? reprenait-il en criant si fort qu'il arrivait à sa voix d'en dérailler et de fuser vers l'extrême aigu. Pélage ! Pélage, le dernier des justes qui a nié la faute ! Ils l'ont excommunié. Ils se sont acharnés sur lui et sur son bon sens. Ah ! il le savait bien, le Germain d'Auxerre, où était son intérêt. Qui encore l'aurait cru et aurait fait de lui un saint, lui qui fut le pire des persécuteurs, si s'était levé du front des croyants le poids inexorable de la faute ? Qui, encore, aurait cru, tête haute, sans, sur le cœur, le poids monstrueux de la faute qu'y faisaient peser Germain et tous ses pairs ?

– Oh, fit à voix basse l'homme qui avait interrompu le geste de Lazare, c'est un orateur, votre copain. Il sait parler. Mais attention : des paroles comme ça, là-haut, vers l'abbatiale, ça pourrait lui attirer des ennuis.

Lazare, à vrai dire, n'y comprenait pas grand-chose. Ce Pélage qu'il ne connaissait évidemment pas, cette faute dont l'autre leur rebattait les oreilles, ce Germain d'Auxerre à qui il n'avait pas davantage été présenté, tout cela formait dans sa tête un fameux salmigondis qui le laissait sans voix.

– Bof…, fit-il.

Et Paul, en repartant de plus belle, lui évita d'avoir à approfondir sa pensée pour son voisin.

– Avant, clamait-il en dardant un doigt didactique sur l'assistance, pensez-vous qu'il y avait une faute ? Quelle faute ? Ils allaient la tête haute, tous les moines, les compagnons, tous ceux pour qui l'essentiel était de vivre et d'y croquer à belles dents. L'acte de chair, une faute ? Et puis quoi encore ? La mort du Christ, une faute de chacun de nous ? De qui on se moque ? Est-ce qu'ils avaient seulement des idées pareilles, les vieux gars qui ont entrepris ces constructions-là simplement parce que ça leur faisait plaisir de construire de si belles choses ?

« Ah, oui mais… Et le denier du culte ? C'est que c'est autre chose, le denier du culte. Les premiers, c'étaient des bâtisseurs. Ceux qui sont venus après, c'étaient des jouisseurs et des profiteurs. Ils étaient bien installés, dans les murs construits par les pionniers. Ils ont eu tout le temps d'inventer les bons moyens de s'enrichir, puisqu'ils n'avaient plus rien d'autre à faire.

« Et vous savez d'où elle leur est venue, l'idée ? Des nobles, des aristos. Sous prétexte qu'ils avaient des sous, ils se sont mis dans la tête de tout acheter, même leur place au paradis. Fallait pas en avoir beaucoup dans la tronche pour avaler des couleuvres pareilles. Vous ne trouvez pas ? Mais c'était la mode, voilà tout. Alors on achetait sa place au paradis. Et c'est bien la preuve que ces moines-là, ils étaient complètement corrompus, parce que, vous pouvez me croire, il n'y en a pas un, même parmi les plus grands, parmi les plus instruits, qui leur a dit le contraire, à tous ces nouveaux riches qui prétendaient payer leur félicité éternelle de l'or de leurs rapines et malgré tous leurs crimes et leurs lâchetés sur terre.

« Là, vieux, tu peux me croire, ils l'avaient dans la tête, le goût de l'or, ces gros poussahs de moines de bien longtemps après ceux qui ont créé Cluny, Vézelay ou La Chaise-Dieu. Alors, pour que personne n'ait l'idée d'aller leur dire, un jour, qu'ils se fichaient du monde avec leurs places payantes en paradis et tout le bataclan, ils ont inventé la faute. Alors là, faut dire, ils ont été malins. Fallait l'imaginer, celle-là. Oh, bien sûr, ça venait de loin, tout ça. Pélage, c'est bien longtemps avant l'an mille qu'il disait que la faute originelle, c'était du pipeau. Et que saint Germain l'Auxerrois lui courait après pour le faire taire. Des fois qu'il aurait tué la poule aux œufs d'or !

« Mais, pour dire, c'était quoi ? Une affaire de nobles, de gens de la haute, de penseurs. Vous pensez bien que le petit peuple, il s'en battait l'œil, de toutes ces histoires-là. Lui, s'il n'y avait pas de guerre, si la récolte n'était pas trop mauvaise, il était heureux de vivre, un point c'est tout. Si c'était pas le cas, il faisait le dos rond et il attendait que ça se passe. Pour le reste…

163

Paul s'était quelque peu apaisé. Sans cesser de tourner lentement sur sa table pour faire face alternativement à toute l'assistance, il avait une drôle de façon un peu fleurie de s'exprimer. Et il ne semblait pas autrement étonné de tenir si aisément tout son monde en haleine.

Lazare, lui, les sourcils tout de même un peu froncés, s'était légèrement reculé. Il s'était noyé dans l'ombre et, assis du bout des fesses sur le rebord d'une table, il écoutait en se demandant de quel bois était fait son étrange compagnon de route.

– Jusqu'au jour, reprenait Paul, où un petit moine futé est venu leur soutenir que tous les malheurs qui leur tombaient dessus, c'était pas l'orage avant le beau temps. C'était parce qu'ils avaient fricoté avec la femme du voisin. Et s'ils n'avaient rien fait avec la femme du voisin, c'était tout simplement parce qu'ils étaient des hommes, de faibles hommes à jamais responsables de ce qui est arrivé au Christ.

« Faut dire, c'était tout de même drôlement bien vu. Parce que les autres, bien sûr, ça les a inquiétés. Surtout qu'ils le répétaient sans arrêt, les moines et les curés, que la faute était sur les hommes et que, s'ils ne s'en rachetaient pas, ils feraient leur malheur sur terre et, après leur mort, iraient droit rôtir en enfer.

« N'empêche, quand tu sais pas grand-chose, que tu te sens tout petit, face aux puissants, aux instruits, mais aussi et surtout face à tous les mystères de la nature, t'as beau faire, des histoires comme ça, qu'on te serine à longueur de temps, ça finit par t'impressionner.

« Ah ben oui mais, s'en racheter, c'est bien beau, mais comment faire ? De ce moment-là, sûr qu'ils avaient gagné, les moines et les curés. Pardi, puisque c'étaient eux et personne d'autre qui pouvaient leur proposer des solutions, à tous ces pauvres gens terrorisés par leurs menaces.

« La soumission ! T'as fauté : tu dois te soumettre. Sinon, c'est le feu de l'enfer. Alors, là, petit, fini. Ils avaient mis le petit doigt dedans rien qu'en posant la question. Il a bien fallu qu'ils y passent tout entiers. Et les nobles, les châtelains, tous les petits seigneurs, qui ont bien vu que les curés avaient été les plus malins, ils ont marché dans la combine. De ce jour-là, le peuple, il n'a plus eu qu'à se taire.

« Alors, tu penses, quand un Pélage vient casser la cabane en disant y a pas de faute originelle, on s'occupe de son cas.

« Mille ans que ça dure. Mille ans que Vézelay, Autun, Tournus, Cluny, La Chaise-Dieu et toutes les autres, qui ont été construites dans la joie et pour la joie, servent à brandir au-dessus de la tête des gens une faute qu'ils n'ont pas commise. Au point qu'ils ont fini par le croire et surtout par oublier la joie.

Tout à coup, Paul se redressa. Lazare, stupéfait, vit son visage, que baignait chichement la lumière d'une maigre ampoule, refléter autant de paix et de sérénité qu'il avait pu être tourmenté. Leurs regards se croisèrent très brièvement. Et Paul eut dans les yeux comme une lueur de triomphe. Puis, en silence, il fit encore un tour sur lui-même en dévisageant toute l'assistance qui restait captivée.

– Bon Dieu, quoi ? rugit-il tout à coup. C'est pas assez comme ça ? La joie ! Que l'on retrouve la joie !

Il sauta vivement de la table et, avant que qui que ce soit n'ait eu le temps de réagir, par la porte restée grande ouverte, il disparut dans l'ombre de la nuit.

Lazare haussa les épaules. Il ne se levait pourtant pas plus tard que d'habitude, mais le lit de Paul était vide.

Le vieux fou, grommela-t-il. Il doit déjà être à courir ses vieilles pierres… À y rechercher sa joie. Pauvre gars, s'il n'a plus que là où espérer la trouver…

Il faillit partir sans l'attendre. Après tout, leur seul but commun avait été La Chaise-Dieu. Ils l'avaient atteint. Maintenant, chacun pour soi. L'idée de se retrouver par les chemins, dans l'unique compagnie du chien et de Delphine, n'était pas pour déplaire à Lazare qui s'exaspérait parfois de devoir traîner Paul.

Il plia donc son bagage et alla le porter dans la remise où, la veille, il avait rangé le bât. Sous l'œil intéressé du chien, il s'activa un moment autour de son matériel. Mais, au moment de se saisir du licol pour aller chercher la mule au pré, il se résolut à admettre qu'il n'en finissait pas d'hésiter depuis qu'il avait pris son café, dans la grande salle commune.

C'est tout de même trop bête, maugréa-t-il pour lui-même. Elle est là, à un jet de pierre, et je n'irais pas voir? Après tout ce qu'il nous en a dit?

Pourtant, il ne parvenait pas à se décider. Quelque chose le retenait. C'était comme une vague inquiétude, comme si de monter vers cet énorme vaisseau de pierre, à la rencontre duquel ils cheminaient pourtant depuis des jours, était un pas de trop qui l'éloignait irrémédiablement de ce qu'il avait toujours été.

Sans y voir bien clair, il lui semblait tout de même qu'il ne serait plus tout à fait comme avant s'il s'abandonnait trop aux raisonnements fumeux de Paul. Il y avait là une sorte de démarcation au-delà de laquelle il craignait de perdre irrémédiablement quelques-unes de ses certitudes.

Il prit le licol et sortit de la remise. Le soleil n'avait pas encore jailli de derrière l'horizon. Mais le ciel, à l'orient, était un immense voile d'argent en fusion tiré au-dessus de l'ombre bleutée habillant encore la colline que coiffe l'abbatiale de La Chaise-Dieu. À l'instant où Lazare levait les yeux vers elle, les premiers rayons du soleil glorifiaient d'une somptueuse auréole d'or fin sa formidable et sombre silhouette que ce bref embrasement matinal semblait rendre plus grande, plus haute, plus massive encore.

Il en resta quelques instants interloqué, planté au milieu de la cour, son licol au bout du bras.

Y a pas à dire, fit-il. C'est quelque chose. Ce serait vraiment trop bête. Allez, j'y vais. Delphine, elle attendra bien une paire d'heures.

Faisant taire ses derniers scrupules, il alla poser son licol et, les mains au fond des poches, il prit le chemin de la bourgade.

Assis à même le dallage, dans un coin d'ombre du cloître, Paul semblait perdu dans les très lointains méandres de sa méditation. Lorsque Lazare vint à lui, un fin sourire lui signifia seul qu'il avait été vu et qu'il était le bienvenu.

– Regarde, dit-il.

Lazare regarda et ne vit rien que l'élégante dentelle de pierre des voûtes du promenoir. Il eut une moue dubitative.

– Et alors ? s'étonna-t-il.

– La lumière.

– Ben oui, quoi, la lumière. Et après ?

Paul osa un bref mouvement d'exaspération.

– T'as ça tous les jours chez toi, peut-être ?

Lazare dut admettre. Le soleil levant, jouant sur les volumes de pierre et leurs délicates découpes, déterminait un assemblage contrasté et mouvant de zones d'ombre et de raies violemment éclairées éclaboussant les murs et le dallage dont les gris minéraux très doux se paraient d'un fin saupoudrage d'or.

– Tu ne me diras pas qu'ils ne l'ont pas fait exprès.

– J'ai jamais dit ça.

– Tu vois.

– Je vois quoi ?

– Quand on travaille pour l'argent, tu crois qu'on prend le temps d'inventer des choses pareilles ? Pour ces gars-là, rien d'autre ne comptait que le beau. Tu vois la différence ?

Certes, Lazare voyait. Mais il lui manquait encore d'être convaincu. Ça changeait quoi, tout ça ? Où était la différence qui aurait pu faire que Paul ne soit pas un paumé, un rebut de la société ? Il osa le dire.

– Qu'est-ce que ça change ? Tu crois qu'ils étaient plus heureux pour ça ?

Paul tressaillit comme s'il avait reçu un coup. Brutalement revenu de sa longue méditation, son regard se fit très noir. Et il tourna lentement les yeux vers Lazare.

– Qu'est-ce que ça change ? qu'il demande, lui ! Oh, Lazare, tu t'écoutes dire ou quoi ? Pourquoi on m'a jeté comme une vieille lavette ? Pour le beau ou pour l'argent ? Qu'est-ce qu'on m'a reproché, pour me condamner à tout perdre ? De ne pas faire assez beau ou de coûter trop cher ? Si le beau et le bien fait avaient compté plus que le fric, je serais encore un homme respectable, j'aurais encore ma femme, mes mômes. Alors que là… pour leur fric…

Lazare n'avait jamais touché d'autre salaire de sa vie que la solde dérisoire que lui avait allouée l'autorité militaire, durant tout le temps de son service militaire. Et il n'aimait compter les billets que lui donnait le marchand de bestiaux que dans la perspective de la liasse de leurs frères que quelques-uns d'entre eux allaient venir grossir, sous la pile de draps, dans l'armoire. Alors, bien sûr, à n'avoir jamais eu de patron et à n'avoir dépendu de l'argent que très relativement, il éprouvait quelques difficultés à entrer dans la logique de Paul.

Il la savait pourtant irréfutable et se rassurait d'avoir pu saisir, dans le propos de son ami, un angle, une aspérité à laquelle s'accrocher pour n'y pas rester totalement étranger.

– Vrai, dit-il. Le travail bien fait, il n'y a que ça qui compte.

– Tu vois ! triompha Paul.

Mais lui ne quittait pas des yeux ses rosaces de pierre pendant que Lazare sentait comme une nostalgie qui montait en lui de prés comme de pelouses, de bouquets sur le dernier char de foin de la saison, d'irréprochables alignements de piles de bois à l'infini de ses forêts.

– Tiens, regarde ! dit Paul en se levant.

La lumière encore rasante du soleil venait de révéler une marque en forme de patte-d'oie sur un pilier. Il s'en approcha et vint passer un doigt infiniment respectueux sur la petite inscription. Encore quelques minutes, et l'ombre allait à nouveau la rendre à sa séculaire discrétion.

– Regarde ! répéta Paul de cette voix passionnée que commençait à bien connaître Lazare.

Et déjà, caressant le pilier de la main, il allait de pierre en pierre et découvrait sur chacune d'elles une marque similaire.

– Là, disait-il, et puis là, et là encore. Tu sais ce que c'est ? Imagine ! La marque des tailleurs de pierre. Il n'est pas une pierre de toutes ces merveilles qui ne porte la marque, le signe, la signature de celui qui l'a taillée.

Il les flattait, il en suivait délicatement le contour. Lazare s'approcha et toucha l'un après l'autre les petits signes cabalistiques.

– Tu veux dire…

– Je dis ! Chacun avait sa signature. Et il n'était pas une pierre qu'ils ne finissaient sans y graver leur marque.

– Mince alors…

Lazare, cette fois, ne se contentait plus d'écouter. Il n'en finissait pas de chercher les pattes-d'oie, les petites croix, les lettres rustiques, les entailles au sens mystérieux que lui révélaient, une à une, ses caresses sur chaque pierre. Enfin, il parvenait à oublier tout le reste, la religion, le faste, l'argent, le pouvoir, pour atteindre à la singularité de ce qui captivait Paul.

Les hommes au travail. Plus rien d'autre ne comptait effectivement que ces armées de moines et de compagnons qui bâtissaient par passion et signaient chacune des pierres qu'ils mettaient en place. Enfin, il parvenait à ne plus voir autre chose que ces hommes assez fiers et responsables pour parapher, d'un habile coup de ciseau, chaque pièce de leur énorme travail.

– Si j'avais signé comme ça tout ce que j'ai fait quand j'étais maçon…, dit mélancoliquement Paul.

– Dans le béton ! Ça t'aurait rapporté quoi ?

– C'est justement. Eux, leur signature, c'était leur reconnaissance, leur droit à être considérés. Nous, on n'est plus rien.

Lazare pensait aux foins, au bois, aux bêtes qu'on conduisait à la foire. « Tiens, disait son père, le Fourneau, il a amené trois génisses. » Ces bêtes-là, il ne les avait jamais vues. Le Fourneau n'était pas à leur tête. Et pourtant il ne se trompait jamais. Il y avait, là aussi, comme une signature. Il n'y en avait pas deux pour avoir les mêmes façons de faire, les mêmes préférences dans l'origine des animaux qu'ils élevaient. Et, au bout du compte, il y avait la reconnaissance qu'on se portait au travers du travail de chacun. À sa façon d'abattre les arbres, à la manière qu'il avait de ranger le bois, de nettoyer le sous-bois, Lazare lui-même se savait capable de nommer sans risque d'erreur le bûcheron travaillant à une coupe.

Jusque-là, tout cela lui avait paru si naturel qu'il n'y avait même jamais prêté attention. Il ressentait du même coup une grande fierté à se trouver ainsi une sorte de fraternité avec ces hommes d'un autre temps qui signaient les pierres qu'ils taillaient. Et, en même temps, se révélait à lui l'immense désarroi de ceux qui, comme Paul, ne pouvaient même plus raccrocher leur fierté d'exister à de tels petits gestes.

Il eut brièvement l'envie de demander à Paul s'il croyait vraiment qu'il fallait en revenir au temps des moines et des compagnons. Le regard halluciné que son compagnon continuait de porter sur les pierres du pilier l'en dissuada.

– Tu crois que c'est partout pareil ? se contenta-t-il de demander.

– Bien sûr. Viens donc voir.

Ils voulurent pénétrer dans l'église abbatiale. Il fallait payer. Désappointés, ils tentèrent de se rabattre sur le tombeau de Clément VI. Le même désagréable son de caisse enregistreuse leur barra le chemin. Et si la tapisserie de *La Danse macabre* les inspirait moins, ils purent voir

173

sans même s'approcher qu'il fallait, là encore, payer son écot pour pouvoir y accéder.

Le choc fut rude. Ils se retrouvèrent dans la rue complètement désorientés. Il leur semblait qu'ils venaient de toucher très brièvement au but que s'était fixé leur quête d'absolu, et les réalités sonnantes et trébuchantes de la cupidité quotidienne les en frustraient en les faisant prestement redescendre de leur rêve à coups de grandes claques.

L'heure avait tourné. Le soleil était haut dans le ciel. Il faisait chaud. La petite place autour de laquelle se serrent les quelques commerces de la bourgade, en face de l'escalier monumental par lequel on accède à l'église abbatiale, était noyée d'une lumière crue, brûlante, qui les fit chanceler lorsqu'ils émergèrent de la douce fraîcheur que savaient garder les vieilles pierres.

Déboussolés, indécis, encore sous le choc de leurs émotions, ils descendirent quelques marches, puis, du même geste, ils se laissèrent tomber et s'assirent, côte à côte. Paul, une fois de plus, était en proie au désespoir le plus sombre. Lazare fulminait.

— Les rats ! grondait-il. Ils n'en auront donc jamais assez ? Il faut tout de même mépriser drôlement les gens pour en venir là. Des sous, encore des sous. Il leur en faudra donc toujours plus ?

— Tu vois, gémit Paul.

— T'as bien raison.

Et il se tut. Par ces trois mots, il réalisait qu'il venait d'adhérer sans plus de réserve aux thèses de son compagnon. Et c'était tout un monde d'interrogations, de doutes qui montait tout à coup en lui, Lazare, qui n'avait, jusque-là, jamais imaginé que le monde puisse être autrement que ce que lui indiquait la quotidienneté de l'existence.

Désormais, plus rien ne serait comme avant. Il ne pourrait plus se contenter de recevoir, avec une joviale insouciance, toutes ces découvertes qui l'avaient poussé, depuis son départ, à aller voir, toujours un peu plus loin, comment étaient le monde et les hommes.

Désormais, la question était en lui et ne le quitterait plus : qui profitait de tout ce qu'il avait pris, jusque-là, pour de simples bénédictions du ciel auquel, d'ailleurs, il ne croyait pas ?

Désormais, qu'il le veuille ou non, il lui faudrait, à chaque instant, se poser la question du bon et du mauvais. Il lui faudrait mettre bon ordre à ses convictions et à ses croyances et ne plus se contenter, comme il l'avait fait jusque-là, de se ranger benoîtement du côté de ceux qui l'amusaient ou savaient le mieux écouter ses sornettes.

Et l'envie furieuse lui venait, comme à Paul, de percer le secret de ces hommes de jadis pour qui l'argent et le pouvoir comptaient bien moins que l'ouvrage bien fait. Déjà, il cherchait autour de lui et s'exaspérait de ne rien trouver d'autre que le voile opaque du gain auquel chacun s'acharnait tant et tant, dans un tel fracas que plus rien n'était perceptible des anciennes vérités entrevues de manière si fugace, en même temps que, du doigt, il suivait les brèves et discrètes signatures des compagnons bâtisseurs.

– Bon, fit tout à coup Lazare comme s'il s'était arrêté à une résolution.

Ce qui était tout sauf vrai. En réalité, il attendait de l'instant qui allait venir qu'il lui indique le vent auquel il allait se laisser porter.

Paul, abasourdi, incapable de la moindre réflexion, se contenta de lever sur lui un regard vaguement interrogateur. Il l'aurait questionné, il se serait enquis de ce qu'il allait faire que Lazare, cédant sans autre forme de procès à son penchant provocateur, lui aurait fort vraisemblablement répondu avec la dernière énergie qu'il n'avait plus rien à faire de tout ça, et qu'il reprenait tranquillement son chemin des Cévennes dont il n'aurait d'ailleurs jamais dû s'écarter.

Mais Paul ne dit rien et se contenta de poser sur Lazare un regard de chien battu auquel il n'y avait bien entendu rien à répondre.

– Bon, refit Lazare sans autre commentaire.

Cette fois, Paul, que la question n'intéressait évidemment pas et qui triturait dans sa pauvre tête des méditations autrement graves, détourna carrément les yeux et, par-dessus les toits de lauzes, laissa son regard, et tous les fantasmes qu'il contenait, se perdre loin, très loin, au-delà des confins herbeux du plateau.

Lazare était plus irrésolu que jamais.

– Puisque c'est ça, j'y vais, dit-il tout de même à tout hasard et sans préciser où il comptait ainsi aller.

– Orcival, fit, à cet instant précis, dans leur dos, une voix dont il lui sembla bien qu'elle ne lui était pas totalement étrangère.

Du même geste, l'un par la droite, l'autre par la gauche, ils se retournèrent comme un seul homme.

– Qu'est-ce que c'est ? De quoi je me mêle ? gronda tout de même Lazare pour la forme.

Debout sur les marches derrière eux et les dominant de toute sa taille, se tenait l'homme qui l'avait retenu, la veille au soir, lorsqu'il avait voulu faire taire Paul.

– Vous êtes déçu ? C'est ça ? Les caisses enregistreuses ? Elles ont tué votre plaisir ? Eh bien, allez donc à Orcival. Là, vous trouverez ce que vous cherchez.

– Parce que monsieur sait ce que nous cherchons ? fit Lazare d'un ton bourru.

– Pardi ! dit-il en s'asseyant sans façon sur les marches, près d'eux. Ce n'est pas sorcier à comprendre. Après ce qu'a dit votre ami, hier soir, et quand on caresse les signatures des compagnons, comme je vous l'ai vu faire tout à l'heure, il faudrait être bouché à l'émeri pour ne pas comprendre.

– C'est quoi, Orcival ? fit Paul d'une voix atone.

Gaffe, pensa rapidement Lazare. Le voilà prêt à repartir.

Mais il était curieux, lui aussi, de savoir ce qu'était Orcival et n'aurait pas juré, sur l'instant, qu'il n'avait pas déjà envie d'y aller voir.

Ils franchirent l'Allier juste avant Brioude où ils ne s'attardèrent pas. Entre l'imposante silhouette de l'église Saint-Julien et eux, la ville qui se dressait était trop grouillante, trop bruyante. Ils passèrent leur chemin. D'ailleurs, la petite basilique d'Orcival, là-haut, entre Puy de Dôme et Sancy, agissait déjà sur eux comme un envoûtement.

L'homme qui leur en avait révélé l'existence, sur les marches de La Chaise-Dieu, leur en avait tant dit ! Ils étaient restés là des heures entières à l'écouter. Pour un peu, ils auraient fini par le prendre pour Colomban, ce mi-druide, mi-moine qui finit évêque après avoir bâti tant de monastères et d'abbayes qu'on en a perdu le compte.

Seulement, celui-là ignora le pays Arverne. De la lointaine Bretagne dont il débarqua avec treize condisciples, en l'an 585 de l'ère chrétienne, ses pas le conduisirent vers l'est. Son désert ne fut point auvergnat mais vosgien.

L'homme, sur les marches de La Chaise-Dieu, en parlait pourtant avec tant de fougue et d'admiration que, un temps, Lazare regretta d'avoir marché au sud. Qu'à cela ne tienne. Il en avait eu, des émules, ce brave Colomban. Connus et inconnus. Et pour un Robert de Turlande dont l'Histoire a gardé la trace, il ne déplaisait pas à Lazare et à Paul que l'anonymat, à tout jamais, soit le sort de bien d'autres de ces bâtisseurs dont l'art les captivait.

Tel est le cas de ceux qui firent jaillir la basilique d'Orcival de terre et surtout du roc qu'il fallut tailler pour qu'elle puisse s'inscrire dans l'étonnante vallée où elle se niche. L'homme, sur les marches de La Chaise-Dieu, avait eu des mots de passion pour évoquer ce vallon des sources que vénéraient déjà les Celtes.

– L'une d'elles, affirma-t-il, coule encore sous les dalles de la porte Saint-Jean, celle par laquelle on accède au sanctuaire.

Une basilique bâtie par des inconnus au-dessus d'une source sacrée ! Paul croyait rêver.

– Alors, demanda-t-il d'une voix blanche, c'étaient pas des chrétiens ?

L'autre eut pour les deux hommes assis près de lui un étrange regard sombre et presque méfiant.

– Ça, dit-il, ça vous regarde. Vous n'avez qu'à y aller voir vous-mêmes.

Lazare avait bien tordu un peu le nez lorsqu'ils avaient situé Orcival sur la carte. Tout ça était bougrement au nord.

– Et les Cévennes ? gronda-t-il sans grande conviction. Je vais dans les Cévennes, moi.

Paul n'avait même pas sourcillé.

– C'est rien, dit-il. J'irai seul.

On n'en parla plus. Tard dans la nuit, le violon fit encore

danser les pensionnaires de la ferme de la Vélide. Lazare, toujours debout sur une table, y mit la même ardeur que la veille.

Paul, assis près de la porte fenêtre grande ouverte sur la douceur d'un soir d'été, semblait prendre patience. Totalement étranger à l'euphorie ambiante, à la musique, aux chants qui l'accompagnaient parfois, aux cris et aux rires, perdu dans ses songes, il attendait que passe la nuit et qu'il puisse enfin marcher vers Orcival.

Au petit matin, sans qu'il ait été plus question des Cévennes et de leurs destinations respectives, les deux bagages furent arrimés sur le dos de Delphine qu'une journée de repos avait rendue plus fringante que jamais. Le chien fut le premier à tourner l'angle de la porte et l'équipage s'éloigna, en direction de la lointaine basilique.

Il leur fallut plusieurs jours pour que revînt le rythme du voyage. Il fallut qu'au seul rêve de pierres un peu obsédant qu'avait fait miroiter devant leurs yeux l'homme assis sur les marches de La Chaise-Dieu, se substitue progressivement le simple plaisir de la marche et surtout des rencontres dont Lazare recommençait à se repaître.

Descendus des collines du Livradois, plutôt que de couper au plus court, ils préférèrent marcher à l'ouest, laissant au plus vite derrière eux la vallée de l'Allier trop populeuse, l'autoroute puis la voie ferrée dans le voisinage desquelles il leur semblait que leur rustique équipage n'était pas le bienvenu.

Sous une lourde chaleur estivale, ils durent peiner pour reprendre de l'altitude et déboucher enfin sur les vastes plateaux du Cézallier. Une douce brise d'est les y accueillit. Oubliant l'oppressante fournaise des vallées, ils se grisèrent d'espaces, dans l'infini verdoyant des estives au milieu desquelles ils côtoyaient d'immenses troupeaux de vaches de Salers encornées d'amples lyres.

Ainsi atteignirent-ils, dans la lumière dorée d'une lumineuse fin d'après-midi, un village planté au flanc d'un puy, entre deux petits lacs d'origine glaciaire. La Godivelle est un rond de maisons qui n'en finissent pas de contempler, au centre de la vaste place du village, près de l'église en pierre noire de volcan, l'immense fontaine à laquelle, chaque soir, viennent s'abreuver les troupeaux.

Ils l'atteignirent à cette heure précise où les robes fauves des bêtes innombrables s'agitent autour de l'abreuvoir, dans le concert assourdissant des appels, des meuglements et des sonnailles, sur fond d'herbe si épaisse que le soir y fait naître des reflets bleutés, et dans le cercle presque parfait des lourdes lauzes que le soleil couchant fait de bronze et d'argent.

Sans façons, Delphine, qu'une longue marche avait assoiffée, se poussa de la tête, de l'encolure et du poitrail entre deux croupes bovines. Elle y mit une telle énergie que Lazare, tout à coup confronté aux mêmes croupes et à ce qui les enduit ordinairement, préféra lâcher la longe. La mule, paisiblement, se fit sa place entre deux vaches, somme toute fort indifférentes, et se désaltéra d'abondance.

– Ils sortent d'où, ceux-là ?

Lazare n'avait pas encore dans sa collection cette variante à la question rituelle. Fort intéressé, il se retourna vivement vers l'auteur du propos tenu d'une voix presque aussi claironnante que la sienne, dans les grandes occasions.

Ce devait en être une. Il l'estima sur-le-champ.

Devant lui se tenait une sorte de colosse à peine mieux équarri que lui. Mais celui-là avait le cheveu court et bien peigné, la veste de velours côtelé et le pantalon de grosse toile rayée de noir et de gris dont le pli cassait à peine sur les brodequins luisants de graisse. S'il en avait fallu plus, le sourcil aussi dru que noir, l'épaisse moustache bien taillée et, entre la veste de velours et la chemise blanche, le gilet de bonne coupe fermé sur un ventre avantageux et barré d'une chaîne de montre dorée auraient confirmé qu'il s'agissait bien là du maître, du monsieur à qui on ne demande pas un coup de main pour curer l'étable, mais à qui on met chapeau bas.

Lazare sentit l'escarmouche inévitable. La perspective lui plut. Renonçant à surveiller la longe de Delphine perdue dans une forêt de pieds et de pattes, il se redressa, bomba le torse et y alla de son petit couplet habituel.

– De nulle part, brama-t-il aussi fort qu'il le put.

– Qu'est-ce que tu me racontes là ? cria plus fort encore le monsieur autour duquel commençaient de s'attrouper quelques autochtones curieux.

– Je dis que nous venons de nulle part et que nous n'allons nulle part, claironna encore Lazare sans se démonter.

– Tu te fous de moi, ou quoi ?

Là, décidément, la conversation prenait un tour que Lazare n'attendait pas et qui ne l'arrangeait pas vraiment. Il décida néanmoins de ne pas en tenir compte et de passer directement au couplet suivant.

– Nous venons d'où le vent nous pousse, déclama-t-il, et nous allons là où il lui semblera bon de nous mener.

Il y eut dans l'assistance un moment de stupeur. Des regards s'échangèrent. Le monsieur prit ses voisins à témoin.

– Qui c'est qui m'a fichu une bande d'ostrogoths pareils ? Allez, ramasse la longe de ta bestiole, et taillez la route. On n'a pas besoin d'énergumènes de votre acabit par ici. Allez, ouste !

Les choses ne tournaient évidemment pas à l'avantage des voyageurs. La nuit risquait de manquer de confort. Lazare, qui en était douloureusement conscient, décida de jouer le tout pour le tout.

– Savez-vous au moins, braves gens, à qui vous parlez ? osa-t-il de la même voix de stentor tout en s'inquiétant de voir du coin de l'œil Delphine emboîter le pas fort paisiblement au troupeau qui s'éloignait.

Paul… qu'est-ce qu'il fout ? s'inquiéta-t-il.

Mais Paul, apparemment, était moins à la hauteur des événements quand il s'agissait de rattraper une longe traînant entre les pattes des vaches que pour tomber en transe devant la perfection d'une clef de voûte romane. L'attention du public s'en ressentait, c'était évident.

– Ta mule ! Elle fout le camp, brailla un grand escogriffe en casquette, déclenchant sur-le-champ l'hilarité générale.

Le monsieur qui, son jugement rendu, avait fait mine de

s'éloigner, s'était arrêté à trois pas et surveillait en douce la tournure qu'allaient prendre les événements.

Lazare ne balança que quelques instants. Il ne serait pas dit qu'il était homme à renoncer pour si peu.

— Paul : la mule ! enjoignit-il à tout hasard, sur ce qui lui parut être le meilleur ton de commandement qu'il put trouver.

Puis, se tournant à nouveau vers son auditoire quelque peu dissipé, il se fit plus important que jamais.

— Allons, mesdames et messieurs, tonna-t-il. Ce n'est pas une mule au milieu de vos vaches qui pourra nous interrompre. Savez-vous qui nous sommes ?

— Eh ben dis-le, qui que t'es. Et va la rechercher, ta mule, gouailla un petit gros en maillot de corps.

— Tout comme vous nous voyez, se lança Lazare, vous avez affaire à Paul de Belleville, mon ami, et à moi-même, Lazare, violoneux du Morvan, voyageurs au gré des chemins et des vents, venus jusqu'à vous pour vous raconter le monde tel qu'il est et tel que nous l'avons vu tout au long de nos multiples déplacements.

C'était peu de dire que la stupeur était à son comble. Pour le coup, le monsieur avait rebroussé chemin et était venu rejoindre le groupe des curieux.

— Va donc leur chercher leur mule et qu'on n'en parle plus, dit-il d'un ton qu'on ne discute pas au grand escogriffe qui ne s'en éloigna pas moins en traînant les pieds.

Il sentait bien que tout cela n'était qu'un début et rechignait à l'idée de manquer la suite. Mais le maître, visiblement, n'en avait que faire.

– Et vous, ajouta-t-il en haussant la voix, dites-nous une fois pour toutes ce que vous voulez. Qu'on vous héberge ? C'est ça ?

La stupeur changeait de camp. Lazare en eut le sifflet coupé.

– Ben…, fit-il bêtement.

– Fallait le dire, trancha l'homme. François, tu leur montreras le gîte. La mule, dans le petit pré, derrière chez moi. Et vous, vous n'en serez pas quittes pour autant. Tu as bien dit que t'étais violoneux, toi, le gros si fort en gueule ? Il faudra nous le montrer. En même temps que vous nous raconterez toutes vos sornettes.

Ce n'était pas là, à vrai dire, la présentation avantageuse dont Lazare rêvait. Ne pensant qu'à leur étape du soir, il fit pourtant un louable effort pour ne pas s'en montrer trop offusqué.

Une mansuétude peu dans ses habitudes et qui devait s'avérer lourde de conséquences.

Mais pouvait-il savoir ?

Pour parler franc, Lazare marchait en faisant la tête.

Totalement indifférent, du moins en apparence, à la beauté grandiose des immensités d'herbes doucement vallonnées dans lesquelles ils allaient, il n'avait pas ouvert la bouche depuis qu'ils avaient quitté La Godivelle. Paul avait pourtant bien essayé d'en savoir plus.

– Sympa, hein ? avait-il risqué.

Seul un vague grognement lui avait répondu.

Il se l'était tenu pour dit. Et ils marchaient à la queue leu leu, le chien devant, Lazare à la tête de Delphine dont Paul se contentait, faute de mieux, d'admirer la croupe.

À vrai dire, il n'y comprenait pas grand-chose. La veille au soir, tout s'était pourtant fort bien passé. Devant le maître entouré de presque toute la population du village, dans l'unique salle du café, son seul commerce, il lui semblait qu'ils avaient pris, l'un comme l'autre, le même plaisir à effectuer leur numéro désormais bien rodé.

Agrémenté des énergiques reprises de Lazare au violon, tout y était passé. Ébaubie, la population locale avait ainsi découvert les effroyables dangers qu'il y a à cheminer de nuit dans une région d'elle jusque-là inconnue et qui a pour nom le Morvan, les délices de la traversée du vignoble, la simple beauté d'une tour du sommet de laquelle se découvrent plus de pays, de fleuves et de montagnes qu'on n'en peut imaginer, l'effroi des orages sur le mont Pilat, et le délire de l'accueil fait, à chacune de leurs étapes, aux illustres voyageurs.

Si furent passés sous silence quelques épisodes moins glorieux de leurs aventures, les deux compères, qui se renvoyaient la balle avec un art désormais consommé, surent à merveille trouver les mots qu'il fallait pour captiver leur auditoire et enjoliver leurs exploits juste à la bonne dimension.

Taisant ses plus grandes déceptions, Paul, à qui cette partie du récit revenait de droit, n'était pas mécontent de l'once de passion qu'il avait su mettre dans son évocation des compagnons et des moines de Vézelay, Autun, Cluny et surtout La Chaise-Dieu.

– Voilà, voilà, compagnons, comment va le monde, avait conclu Lazare. Le monde tel que nous l'avons vu et tel qu'il est.

La formule lui plaisait. L'ayant dite, incontinent, il se remit à taquiner énergiquement de l'archet les cordes de son violon pendant que les huis du petit établissement tremblaient sur leurs gonds sous un tonnerre d'applaudissements tel qu'ils n'en avaient évidemment jamais connu. Même le maître, qui, tout au long du spectacle, n'avait pas rechigné à manifester son plaisir, y allait de ses félicitations auxquelles il savait tout de même mêler un rien de tempérance, juste pour marquer que lui, au moins, s'il n'était pas chien, n'était pas dupe non plus.

La soirée s'était encore prolongée autour du bar. Avec

l'heure qui passait, les accords du violon avaient peu à peu perdu de leur mordant. Ils s'étaient faits plus langoureux, presque mélancoliques, avant que ne les prennent quelques hoquets et des bégaiements dont tout le monde avait déduit, avec sagesse, qu'ils étaient le signe évident d'une très grande fatigue.

La nuit avait donc été courte. Mais là ne pouvait pas se trouver la cause de la mauvaise humeur de Lazare qui en avait vu d'autres sans jamais, jusque-là, se départir de sa gouaille. Paul, d'ailleurs, le savait bien. Et si lui devait quelque peu lutter contre la pénible léthargie dans laquelle le maintenaient les effets conjugués du manque de sommeil et de la consommation immodérée de breuvages auxquels il résistait assez mal, il ne pouvait pas ignorer la cause du mutisme de son ami.

Ils en étaient encore, tous les deux, à s'ébrouer, pour une rapide toilette, autour de la grande fontaine, au milieu de la place, lorsque le maître était apparu. À croire qu'il ne s'était pas couché. À ceci près que, malgré l'heure matinale et alors que le pays dormait encore, il avait le cheveu et la moustache impeccablement coiffés, le pli du pantalon, sous la veste de velours, toujours aussi net, et la chemise blanche, sous le gilet, vierge des quelques souillures qui déshonoraient celle qu'il portait encore à trois ou quatre heures de là.

– Il est en bois, ou quoi, cet homme-là ? marmonna Lazare alors qu'il se dirigeait vers eux.

189

– Bien dormi ? s'enquit-il pour la forme et sans se soucier de la réponse.

– Ma foi ! fit tout de même Lazare en finissant de rincer le savon qui lui faisait une tête de Pierrot.

Indifférent à leurs ablutions qu'ils continuaient paisiblement, le maître s'assit d'une fesse sur la margelle de la fontaine.

– Avant que vous repartiez, dit-il, il faut qu'on cause.

– Ah bon, fit Lazare avec un rien de méfiance dans la voix. L'autre s'en aperçut.

– Oh, rien de grave, voulut-il rassurer. Au contraire.

Il sortit une courte pipe d'une poche de sa veste et, de l'autre, une blague à tabac de cuir noir. Et il laissa s'éterniser le silence. Lorsqu'il rangea son briquet et posa à nouveau le regard sur eux, Lazare et Paul, propres comme des sous neufs, leur serviette sur le bras, se tenaient côte à côte devant lui, contemplant d'un œil morose les volutes de fumée dont il s'entourait.

– Voilà, dit-il. Ce pays, j'en suis propriétaire pour près des deux tiers. Mais ça n'a pas toujours été comme ça, vous pouvez me croire. Quand mon grand-père a fait son balluchon, son père, mon arrière-grand-père, n'a pas cherché à le retenir. Il était même bougrement satisfait. Une bouche de moins à nourrir, c'est que ça se voyait, à l'époque. Surtout qu'elle n'était pas bien grande, en ce temps-là, la ferme de l'arrière-grand-père. Et puis, son rejeton, mon grand-père, placé chez un cousin à lui, marchand de limonade et de charbon à Paris, vers Daumesnil, c'était presque une affaire.

Il s'arrêta tout à coup, tira sur sa pipe deux longues bouffées qui lui firent une auréole de fumée bleue.

– Je vous dis ça… Vous vous en moquez. Mais si, mais si, je le vois bien. Mais c'est pour dire que ce que j'ai maintenant, je ne l'ai pas toujours eu, il s'en faut de beaucoup. Oh, le grand-père, déjà, il ne s'était pas trop mal défendu. Tout bougnat qu'il était devenu, il avait le sens des affaires. Il avait racheté pour une bouchée de pain des terrains sur les anciennes fortifications de Paris. Il a fait monter un troupeau de vaches de chez nous. Et il vendait le lait aux Parisiens !

« Mais, pour le coup, c'est mon père qui a tiré le gros lot, après la guerre, quand on s'est mis à construire à tout va. Il a revendu les terrains aux promoteurs. Je ne vous dis pas le bénéfice. Et, avec ça, il a monté une chaîne de distribution de boissons. Bière, vins, spiritueux, jus de fruits et tout le bataclan. Ah ! il savait se débrouiller, le vieux. Et surtout, il savait compter.

« Avec mon frère cadet, on a pris la suite. Ma foi, ça ne va pas trop mal. Lui, il continue dans la boisson. Moi, j'ai ajouté à tout ça quelques affaires à mon goût. Oh ! il y a des hauts et des bas, il y en a qui marchent mieux que d'autres, mais dans l'ensemble, l'un dans l'autre…

Il se tut à nouveau. Lazare et Paul, que tout cela n'intéressait que moyennement et qui ne voyaient toujours pas où il voulait en venir, poireautaient devant lui en dansant gauchement d'un pied sur l'autre.

Il y eut encore quelques longues bouffées de la pipe qu'il avait fallu préalablement rallumer. Le maître, dans son nuage bleuté, semblait rêver. À moins que, semblant les regarder sans les voir, il s'obstinât à les jauger.

– Parce que, voyez-vous, reprit-il enfin, pour moi, le commerce en gros de la limonade… J'ai besoin que ça bouge, moi. Il me faut des coups, des gros coups. C'est comme ici. C'est le père qui a commencé à racheter. Il disait toujours : « L'argent que tu as mis de côté, tu le places un tiers dans la pierre, un tiers à la Bourse, un tiers dans la terre. » Et comme il en a mis beaucoup à gauche, comme, par ici, c'est tout de même chez nous et que tous les paysans foutaient le camp, avec son tiers à la terre, il a pu racheter déjà une bonne partie du pays.

« Moi, j'ai continué. Mais pas seulement pour placer. J'ai fait fructifier, moi. Dans l'agro-alimentaire. Toutes les bêtes que vous avez vues hier, c'est encore à moi quand ça arrive sur l'étal du boucher.

Delphine ! ne put s'empêcher de penser Lazare avec un rétrospectif effroi.

Mais l'autre était lancé. Toujours assis d'une fesse sur la margelle de la fontaine, il continuait de brasser ses affaires.

– Seulement, continuait-il, il y a la passion. Vrai, on est tous comme ça. Il y a des choses qui nous passionnent plus que d'autres, pas vrai ? Moi, c'est le spectacle. J'en ai monté des spectacles ! De toutes sortes. De la danse, de la musique, la grande et la chansonnette, du théâtre, du cinéma, tout, je vous dis. Pour les sous, ça n'a pas toujours marché, loin de là ! J'en ai croqué, des sous, dans toutes ces affaires-là. Mais le plaisir ! Qu'est-ce qu'on ne ferait pas pour son plaisir, pas vrai ?

À tout hasard, Paul et Lazare acquiescèrent.

– Vous voyez ce que je veux dire ? demanda le maître d'un air entendu.

Ils ne voyaient pas et le manifestèrent d'une même moue dubitative.

N'étaient-ils donc point géniaux ? N'étaient-ils qu'abrutis ?

Le maître, perplexe, ralluma une nouvelle fois sa pipe et s'entoura d'un épais nuage bleuté. Il laissa le silence s'éterniser. Les deux autres, devant lui, continuaient de danser bêtement d'un pied sur l'autre et Lazare commençait à montrer quelques signes d'impatience en lorgnant à tout bout de champ en direction de l'enclos où attendait Delphine.

Fallait-il aller plus loin ? Cela valait-il le coup ? Après tout, au point où il en était, ça ne lui coûtait rien d'essayer.

– Votre numéro, hier soir, ça nous a bien plu, dit-il avec beaucoup de conviction.

Paul et Lazare, gênés, remercièrent gauchement.

– Si, si, insista-t-il. C'était vraiment bon. Mais, dites-moi, vous faites ça régulièrement ?

Lazare hocha la tête modestement.

– Encore assez, dit-il.

– Et vous ne demandez jamais plus ?

Ils échangèrent un regard perplexe. Que fallait-il répondre à ça ?

– Ben…, fit Lazare.

– Quoi, vous ne vous faites jamais payer ?

C'était donc ça.

– Bof…, fit encore Lazare. Du moment qu'on a le toit et la soupe.

S'il fut surpris, le maître le cacha bien.

– C'est pas raisonnable, ça, les enfants, proclama-t-il sur un ton de paternel reproche. Vous cassez le métier. Ce que vous faites, ça vaut plus, beaucoup plus, croyez-en ma vieille expérience.

Paul, éberlué, roulait des yeux en forme de billes de loto. Mais Lazare avait sa mine des mauvais jours et ses sourcils broussailleux barraient son regard noir d'un vilain trait plus sombre encore.

– Laissez donc, voulut-il rompre. Ce qu'on fait, on le fait pour notre plaisir. Et notre plaisir à nous, ce n'est pas l'argent. Voilà tout. Pas vrai, Paul ?

L'interpellé acquiesça du chef. Mollement.

Mais le maître de La Godivelle n'était pas homme à se rendre à de telles raisons. Il avait déjà vu la faille dans le regard de Paul.

– Allons, dit-il. Ce n'est pas raisonnable. Tout a un prix, dans ce monde. Et moi je vous dis que votre spectacle vaut des sous, beaucoup de sous. Ne me dites pas que vous n'en avez pas besoin. Tenez, moi, je vous l'organise, votre truc. Vous n'avez rien à faire. Vous continuez de vous balader, avec votre mule et votre chien. Il ne faut rien changer. C'est une trouvaille, ça. Une idée comme ça, ça vaut de l'or. Il y a belle lurette que j'aurais dû y penser. Je vous dis : vous continuez de vous balader, comme si de rien n'était. Et moi, je vous organise des spectacles dans tous les pays où vous faites étape. Tout ce que vous avez à faire, c'est jouer aussi bien qu'hier soir et surtout toucher la monnaie. Et de la monnaie, vous pouvez me croire, il y en aura !

– Non ! fit Lazare fermement.

– Tu ne penses pas, tout de même…, osa Paul.

Le traître ! Lazare en resta sans voix et ne put que le fusiller du regard en regrettant de ne pas l'avoir laissé se noyer dans son torrent du Pilat.

– Vous voyez ! triomphait le maître. Allez, on va organiser ça. D'abord, je vous donne mon avis. C'est bien, très bien ce que vous faites, il n'y a pas à en revenir. Mais, pour que ce soit vendeur, il manque juste une petite chose. Deux fois rien. Pas compliqué et plutôt agréable : il faut une femme, dans votre spectacle. Rien qu'une présence féminine. Ça plaît aux hommes et ça rassure les femmes. Sinon, elles croient que c'est rien que des cochonneries ! Croyez-moi, vous ajoutez une femme, oh, pour pas grand-chose, pour présenter, pour une réplique ou deux, et c'est parfait. Qu'est-ce que vous en dites ? Pour le coup, le maître s'était mué en bateleur. Il s'y voyait déjà. Il le concoctait, il le mijotait, son spectacle à succès.

– Hein, relança-t-il. Qu'est-ce que vous en dites ?

– Que c'est non, fit Lazare, toujours aussi résolu.

– Tu ne crois pas…

Ah ! cette fois, c'en était trop ! S'ils s'y mettaient à deux !

– Non ! Je ne crois pas. Et si tu veux le faire avec celui-là, tu reprends ton sac pourri. Et moi, je taille la route vers les Cévennes. Une femme ! Et puis quoi encore ? Un singe, pendant que vous y êtes !

Fort de cette amabilité pour le beau sexe, mécontent d'avoir ainsi laissé transparaître sa frustration de ne l'avoir jamais vraiment rencontré, il rompit là et s'éloigna à grands pas, sa serviette toujours sur le bras.

Paul n'avait aucune de ces préventions, ni pour l'argent dont il savait trop ce qu'il en coûtait d'en être démuni, ni pour les femmes qu'en dehors de la trahison de la sienne, il n'avait aucune raison de tenir en pareille suspicion. Il ne put pourtant que hausser les épaules en signe d'impuissance lorsque, stupéfait, le maître l'interrogea du regard. Lazare était déjà loin.

– Et ne t'avise jamais plus de me parler de telles sottises, prévint-il, en guise de conclusion, lorsque Paul lui tendit son sac à arrimer sur le dos de Delphine.

L'autre, lorsqu'il avait estimé que suffisamment de chemin les séparait de tout cela, avait tout de même tenté une timide ouverture. Elle avait fait long feu.

Il marchait maintenant vers Orcival sans perdre des yeux la croupe de Delphine, de peur que revînt s'imposer à lui et à ses regrets le fabuleux rêve de gloire et d'argent un instant caressé.

Le pays, heureusement, fit diversion. Ils s'extasièrent devant le lac de Montcineyre. Le gros œil d'un bleu intense, presque noir, du lac Pavin les laissa sans voix et vaguement apeurés par les profondeurs abyssales qu'il suggérait. Ils n'en décidèrent pas moins de bivouaquer sur sa berge et passèrent une bonne partie de la nuit à contempler les étoiles qu'un ciel d'une rare pureté semblait prendre plaisir à mirer dans ses eaux. Ils n'en finirent plus d'admirer les puissantes croupes du Puy de Sancy qui grandissaient à leur gauche, au fur et à mesure que leur marche les en rapprochait. Et l'envie leur venait d'aller courir les immenses glacis d'herbe qui montaient à l'assaut de ses sommets.

Les terrains de camping qu'il leur fallut traverser en atteignant le Chambon et la foule estivale qu'ils y rencontrèrent refroidirent quelque peu leur enthousiasme. Mais, lorsqu'ils découvrirent à leurs pieds, en descendant du Puy de Châteauneuf, sous ses toits de lauzes, l'élégante petite église de Saint-Nectaire perchée au-dessus de la ville, rien n'exista plus à nouveau que leur vieux rêve de pierres.

À la visiter, à caresser de leurs doigts extasiés le basalte de ses colonnes, à la recherche de ces signes infimes laissés, voici près de huit cents ans, par des hommes de passion, ils finirent d'effacer en eux tout ce qui n'était pas lié à leur étrange quête.

Ils ne s'attardèrent pas plus et refranchirent le Puy de Châteauneuf pour marcher au plus vite vers Orcival. Ils approchaient. Ils le savaient. Et leur impatience ne faisait que croître.

Pour un peu, alors que le soleil descendait déjà vers l'horizon et que rien ne leur annonçait l'étape de ce soir-là, ils auraient ignoré l'apostrophe d'un homme occupé, de sa fourche, à relever, en lisière d'un champ, le foin que n'avait pas ramassé l'andaineuse.

– Holà, les hommes ! leur lança-t-il en s'appuyant des deux mains au manche d'acacia de son outil planté devant lui. Un coup à boire, au passage, ça se refuse ?

Laissant là sa fourche, il allait déjà vers l'ombre d'un chêne sous lequel sommeillait, à la fraîche, une bouteille au contenu déjà bien entamé. Il en restait assez pour trinquer. Lazare ne prit pas le temps d'attacher Delphine. Une main suffit bien pour lever un verre.

– Vous venez de loin, comme ça ?

Il fallait bien que ça vienne.

– La Chaise-Dieu, fit laconiquement Lazare, trop perdu dans son rêve pour tenter l'habituel grand jeu.

L'homme émit un bref sifflement d'admiration.

– C'est que c'est pas la porte à côté ! C'est-y que vous seriez de là-bas ?

– Lui, il est de Paris. Et moi, je suis du Morvan.

Voilà, tout était dit. On pouvait passer à autre chose. Mais l'autre ne l'entendait pas de cette oreille. Il tenait à en avoir pour son coup à boire.

– Paris, je connais. Mais le Morvan… c'est où, ça ?

Il fallut expliquer, se rendre aux résolutions d'amabilité prises depuis longtemps.

– Et vous allez où, comme ça ?

Encore un effort et on serait au bout.

– À Orcival.

Nouveau sifflement d'admiration.

– Vous n'y serez pas ce soir, sûr.

C'était donc vrai ! Ils le savaient. Mais ils s'étaient tant et si bien laissé gagner par leur impatience que leur avait échappé la quotidienne préoccupation d'un toit et d'un couvert. Sur-le-champ, Lazare se dit que la providence, une fois de plus, avait dû y penser pour eux. Tout à coup, il se fit prolixe.

– On n'y comptait pas, dit-il d'un ton très dégagé. Mais, vous savez ce que c'est, rien d'autre n'a d'importance pour nous que notre but. Alors, souper d'un croûton et dormir dans le fossé, une fois de plus une fois de moins, qu'est-ce que ça fait, pourvu qu'on atteigne Orcival !

L'homme, apparemment, ne savait pas ce que c'était. Il fronça les sourcils.

– Je vois, dit-il, soudain moins chaleureux. Pour ainsi dire, vous êtes en pèlerinage.

L'idée surprit Lazare autant qu'elle le réjouit. Il n'avait jamais envisagé le problème sous cet angle. Son rire tonitruant fit vibrer les échos de tous les puys, loin alentour.

– Pour ainsi dire ! reprit-il. Des pèlerins ! Des drôles de pèlerins, oui ! T'entends ça, Paul : nous voilà pèlerins.

Paul, quant à lui, bien sûr, ne voyait pas du tout ce qu'il y avait de choquant et encore moins d'hilarant à la suggestion qu'il trouvait même plutôt flatteuse.

– Ben oui, quoi, fit-il très gravement. Et après ?

Lazare sut rendre tout à fait passagère l'ombre que la réplique de Paul avait fait naître dans ses yeux.

– Allons, dit-il, conciliant, admettons qu'on est des pèlerins pas tout à fait comme les autres. Et n'en parlons plus.

Le foin à récupérer sur les lisières du champ semblait pouvoir attendre. Et notre homme, justement, mourait d'envie d'en parler.

– C'est pour la Vierge que vous allez à Orcival ?

En fait, c'était à peine une question. Lazare fut sur le point de s'esclaffer, une nouvelle fois. Mais il se retint juste à temps en glissant un rapide regard coulis sur son compagnon de voyage.

– Non, rectifia-t-il tout de même en s'appliquant à user d'un ton très modéré. C'est pas pour la Vierge qu'on va à Orcival. C'est pour les pierres.

Le faneur prit l'air de celui à qui on ne la fait pas. Qu'est-ce que c'était que cette histoire de pierres ?

– Parce que les pèlerins, dit-il sans aménité, moi, je m'en méfie.

– Ah bon ? s'étonna Lazare.

– Ouais, je m'en méfie. C'est tout quémandeurs et compagnie, cette engeance-là. Leur coquille, c'est juste un truc pour pas payer.

200

À ce ton-là, l'étape du soir ne semblait décidément pas acquise.

– On n'a pas de coquille, nous, hasarda tout de même Lazare.

– C'est vrai, admit l'homme. Mais ça ne me dit toujours pas ce que vous allez faire avec les pierres d'Orcival.

Il y avait là une ouverture qu'il ne fallait surtout pas laisser passer.

– Eh ben, voilà…, attaqua Lazare.

Et, sans laisser l'occasion à Paul de partir sur ses raisonnements fumeux dont il se doutait qu'ils n'auraient guère été du goût de l'ennemi de la coquille, il lui expliqua leur quête de ces hommes qui, en des temps bien lointains, méprisaient les sous et n'avaient de respect que pour le beau et le bien fait.

Le foin attendit le temps qu'il fallut. L'autre écouta bouche bée sans plus penser à son ouvrage. Ce qui ne l'empêcha pas, lorsque Lazare en eut fini de ses explications, de déclarer, péremptoire :

– C'est comme moi. Les sous, les sous… Mais le travail bien fait ! Alors, ça, c'est quelque chose, le travail bien fait.

Quelque chose, pourtant, le turlupinait. Repoussant sa casquette sur son front, il se grattait énergiquement la nuque en dardant alternativement sur les deux hommes, sous le bord de son couvre-chef, un regard dubitatif.

– Votre truc, dit-il enfin, c'est bien beau. C'est ma foi vrai qu'ils ont fait des belles choses, ces hommes-là. Mais, tout de même, pour parler franc, ils n'ont rien inventé. Tout ce qu'ils ont fait, c'était rien que de copier. Et depuis, on ne fait pas mieux. On copie, c'est tout.

– Ah bon, fit Lazare, un peu vexé de voir leur grande cause ainsi ramenée à l'état de vulgaire plagiat.

– Ben oui, quoi, reprit l'autre. C'est très beau, tout ça. La Chaise-Dieu, je ne dis pas : je ne connais pas. Mais Orcival. Alors là, Orcival, je connais, sûr. Forcé : c'est comme si c'était chez moi. Et moi je dis qu'Orcival, c'est quoi ? La nature. Oui monsieur, la nature copiée, et rien d'autre. Remarquez, je ne leur reproche pas. Peut-être bien que j'en aurais fait autant. Parce que la nature, y a pas à dire, c'est tout de même mieux que tout ça.

Évidemment, c'était un point de vue. Pendant que Paul, scandalisé, regimbait et maugréait dans sa moustache, c'était au tour de Lazare d'avoir rabattu sa casquette sur ses yeux et de se gratter la nuque en signe de perplexité. Parce que, somme toute, il y avait tout de même une idée là-dessous. Et ce n'était pas lui, le paysan, le bûcheron du Morvan, qui allait s'offusquer de cette étonnante primauté donnée à l'œuvre de la nature. Ce qui, au reste, l'étonnait le plus, c'est qu'il n'y ait pas pensé lui-même plus tôt.

– Pas vrai ? insista le faneur qui prenait leur silence pour de la réprobation.

– Sûr, fit laconiquement Lazare.

– Ah, vous voyez ! Tenez, je prends la Narse. Vous connaissez la Narse ? Non, bien sûr, vous n'êtes pas d'ici. Eh ben moi, j'm'en vais vous y emmener, à la Narse. Vous m'en direz des nouvelles. Et vous me direz si vos gars de La Chaise-Dieu, de Saint-Nectaire, d'Orcival ou d'ailleurs, ils ont su faire plus beau.

Il finit de sécher équitablement la bouteille dans leurs trois verres, trinqua, puis livra d'une traite la dernière idée qu'il avait eu le temps, durant que se déroulait cette importante opération, de laisser mûrir dans sa tête.

– Et puis, tiens, dit-il comme on se résout à un acte essentiel, on va d'abord aller casser la croûte. Au soir tombant, c'est là que c'est le plus beau, la Narse. Et puis après, ma foi, si ça vous va, il y a le fenil. La mule, elle ira bien au pré.

Il y a dix mille ou quinze mille ans de cela, la lave qui s'épanchait de la gueule du petit volcan, en se refroidissant, s'accumulait autour d'elle. Temps bien lointains dont il ne reste plus guère aujourd'hui que le nom redoutable dont se pare l'aimable colline dominant le lieu : le Puy de l'Enfer. Car le feu s'éteignit. Et, par une curieuse occurrence, ce fut l'eau qui lui succéda dans la vaste cheminée par laquelle il avait jailli durant des millénaires. Mais, comme s'il y avait là une sorte de supercherie que devait châtier quelque justice immanente, avec la vie qui s'installait et se développait autour et dans le petit lac, arrivèrent les sphaignes.

Un oiseau de passage, peut-être. À moins que le vent…

Nul, jamais, ne saura. Et d'ailleurs, quelle importance, aujourd'hui ? Elles ont tant travaillé, les sphaignes. Qui voudrait les remettre en cause ? Se poussant du col, les vivantes prenant un solide appui sur l'accumulation de plus en plus épaisse de leurs ancêtres depuis longtemps passées de vie à trépas ; avec obstination et une infinie patience, elles entreprirent de grignoter petit à petit tout l'espace du lac.

C'est aujourd'hui chose faite. Et depuis longtemps déjà, les sphaignes, qui en voulaient au lac mais pas au reste de la création, ont invité toutes sortes d'autres plantes à venir profiter de la douce éponge, pleine d'humus et toujours imbibée d'une vivifiante humidité, qu'elles ont constituée mais où elles s'ennuyaient un peu d'habiter seules.

Dans la douce lumière d'un beau soir d'été, la motte de la tourbière légèrement gonflée d'humidité était un prodigieux bouquet, un tapis de mousses d'un vert épais sur lequel un heureux hasard avait négligemment semé une infinité de minuscules taches mêlant toutes les couleurs, toutes les nuances de l'arc-en-ciel.

En débouchant au sommet du Puy de l'Enfer, Lazare et Paul s'immobilisèrent, bouche bée.

– Et encore, dit modestement leur hôte d'une nuit, c'est rien. Il faut voir ça au printemps. La Narse au printemps, c'est… c'est… Vrai, ça ne se dit pas. Il n'y a pas de mot pour dire ça. C'est plus beau que tout ce qu'on peut imaginer.

Paul se taisait. Lazare, guère plus loquace, souriait simplement à la beauté et aux mots simples qu'il aimait.

– Venez, dit encore l'homme.

Ils le suivirent sur la pente raide de l'ancien volcan.

Ils atteignirent le bord de la tourbière. Il s'arrêta.

– Attention, dit-il. C'est dangereux. Vous tombez là-dedans, et vous disparaissez totalement en quelques minutes. Ça vous aspire, ça vous consomme, ce truc-là. Ah ! la Narse, il faut le savoir, on n'en revient pas quand on ne connaît pas. Vous me suivez. Vous marchez exactement où je marche. Et on traverse comme ça.

Il allait à pas lents et n'en finissait pas de montrer, de décrire.

– Tenez, disait-il, là, la renoncule, et puis là, la prêle, la benoîte, la fleur de coucou, et là-bas, derrière cette touffe de compagnons rouges, une renouée… Et puis encore, là, à gauche, ce qu'il est beau, un orchis. Ah ben, et là, regardez-moi ça : toute une famille de droséras. Vous voyez pas ? Là, sous votre nez. Et là, sur celui-là, vous voyez le petit point noir ? Une mouche, ou quelque chose comme ça. Il est en train de la boulotter, l'animal. Carnivore, le monsieur…

Il était intarissable. Et ils le suivaient pas à pas, partagés entre la crainte de se faire happer par la tourbière et la griserie de ses mots.

Lorsqu'ils atteignirent l'autre rive, il faisait presque nuit. L'homme se retourna et contempla une dernière fois son royaume qui sombrait doucement dans l'ombre.

– Y a pas à dire, grogna-t-il d'une voix sourde dans laquelle perçait l'émotion, aussi vrai que je m'appelle Alphonse Servat, je ne connais rien de plus beau.

Ils se gardèrent bien de commenter.

Et ce ne fut que plus tard, dans le fenil, en s'enroulant dans son grand manteau, que Lazare laissa tomber sa sentence :

– C'est pourtant vrai ce qu'il dit, cet homme-là.

Paul, mal à l'aise, se trémoussa dans le foin.

– Tu ne trouves pas ? insista Lazare.

– Faut voir.

– Ah bon, admit tout de même Lazare avant de s'endormir.

Ils auraient peut-être pu atteindre Orcival ce soir-là.

Mais, curieusement, plus ils approchaient du but, plus il leur semblait qu'une force étrange les retenait.

Peut-être en avaient-ils trop rêvé. Peut-être cette force-là n'était-elle rien d'autre que leur peur de devoir se réveiller à une réalité nécessairement décevante.

Ils étaient comme ces enfants qui fondent en larmes en atteignant le sapin de Noël, déjà déçus par la réalité des jeux désormais à leur portée, dans leurs beaux paquets, au pied de l'arbre… mais tellement plus banals que ceux qu'ils perdent à ne plus pouvoir les caresser dans leurs songes.

Ils s'étaient ainsi longuement arrêtés au beau milieu d'un champ de bruyères calunes en fleur. Ils s'étaient plu à suivre le vol affairé des abeilles et ceux, plus dilettantes, d'une infinie variété de papillons s'abandonnant, au-dessus du tapis de petites fleurs mauves, aux caprices du moindre souffle d'air.

Repartis à regret, insouciants, oublieux même de leur étape du soir, ils allaient sans se presser, au grand étonnement du chien qui n'en finissait pas d'aller et venir, devant eux, sur le chemin qu'il leur ouvrait, et de Delphine qui poussait des naseaux dans le dos de Lazare pour tenter de lui faire reprendre un rythme plus à sa convenance.

La journée avait été brûlante. Et ils marchaient avec délices dans l'ombre des futaies qu'allongeait la chute du soleil sur l'horizon. Il faisait encore chaud, très chaud. Mais une discrète brise d'est s'était levée, annonciatrice du soir.

Ils atteignirent ainsi les rives du lac de Servières. Les derniers promeneurs le quittaient. Ils furent bientôt seuls. Sans même prendre la peine d'attacher Delphine qui patientait, tête basse, dans leur dos, sans se concerter, ils s'assirent d'un même geste sur la rive, au bord de l'eau.

Déjà, le soleil couchant faisait miroiter la surface du lac de reflets irisés que de sporadiques souffles d'air faisaient courir d'une rive à l'autre, comme de grands frissons. Par instants, le ventre d'argent d'un poisson trouant la surface de l'eau lançait un bref éclair. Et les ondes concentriques du trou, qu'il avait ainsi brièvement ouvert, n'en finissaient pas de miroiter dans la lumière du soir.

Les hautes futaies d'épicéas, qui sertissaient le lac du vert sombre de leurs frondaisons, n'étaient interrompues, au sud-est, que par la pente douce d'un pré descendant jusqu'à la rive.

– On y va ? suggéra Lazare. On pourrait y bivouaquer.

Paul, manifestement, hésitait. Orcival était si près.

– De toute façon, dit Lazare, ce soir, on arrivera trop tard. On ne sait même pas où coucher. On n'y verra rien.

C'était vrai. Et puis quelque chose qu'il définissait mal, au fond de lui, poussait Paul à se laisser tenter par la perspective de cette nuit à la belle étoile.

– On y va, dit-il.

Un petit sentier contournait le lac en suivant sa berge au plus près. Delphine eut bien quelques difficultés à faufiler ses volumineux paquets entre les troncs d'arbres. On l'y aida. On poussa, on tira. On s'en sortit. Et l'on atteignit enfin une sorte de petite crique où le vert tendre de l'herbe le cédait presque sans transition à la limpidité argentée de l'eau.

Délestée des bagages, la mule fut lâchée dans le pré. Elle n'irait pas bien loin. Entre trois pierres, ils firent un feu. Et, en grignotant quelques réserves qu'ils traînaient dans leurs sacs, ils laissèrent venir la nuit.

Il fallut qu'en jaillissant au faîte des épicéas, la lune inonde le pré, le lac et la sombre ligne des futaies de sa lumière blanche pour que Lazare se résolve à parler.

Ils étaient restés, jusque-là, dans une sorte de bienheureuse béatitude faite surtout du vivant silence dans lequel reposait le site. Même les frôlements provenant du sousbois voisin, les claques sèches que donnaient parfois à la surface du lac les corps argentés des poissons ou, de loin en loin, le hululement d'un oiseau de nuit, faisaient partie du silence apaisé de la nature endormie.

Ils avaient, l'un comme l'autre, senti le besoin de s'y fondre. Et plusieurs heures s'étaient ainsi écoulées sans que rien trouble le repos général, sauf le geste que faisait parfois l'un ou l'autre pour ramener les braises sur le feu ou le recharger d'une branche de bois mort.

La lumière froide et sans relief de la lune avait rompu un charme.

– Vois-tu, dit enfin Lazare sans détourner son regard de la surface du lac dont l'astre nocturne, en s'élevant, se faisait un miroir, je crois qu'après Orcival, il sera aussi bien qu'on se quitte.

Paul ne broncha pas. C'est à peine si Lazare, aux aguets, crut discerner un imperceptible raidissement.

– Ouais, poursuivit-il, on marche ensemble mais pas pour la même chose. Alors…

Il devina plus qu'il ne vit le lent mouvement que fit Paul pour se tourner vers lui.

– Pour quoi tu marches, toi ? Est-ce que tu le sais, pour quoi tu marches ?

– C'est là la différence, dit Lazare sans quitter des yeux le reflet de la lune dans le lac, mais en se penchant un peu plus en avant, comme pour donner plus de poids à ses mots. Toi, t'es parti parce que t'avais un but, presque une idée fixe. Moi, je suis parti pour le plaisir, pour voir d'autres hommes, d'autres pays, tous les autres hommes, tous les autres pays.

– Alors, pourquoi t'es venu jusqu'ici ?

On y venait, tout doucement. Il ne fallait rien brusquer.

– Parce que tes hommes de passion, tes hommes qui méprisaient les sous et ne travaillaient que pour le beau, ils m'ont plu. Sûr, tu m'as donné là quelque chose d'important. Plus jamais je ne passerai devant une église romane sans penser à toi et à tous ces sacrés vieux gars. Mais c'est tout. Ça ne va pas plus loin. Il n'y a pas de secret à retrouver. Ou alors, il est d'un autre temps, de celui de tous ces tailleurs de pierre qui signaient leur ouvrage. Il n'est pas du nôtre. Ça ne marche plus, tous ces trucs-là.

– Alors, pour toi, je marche pour rien ?

– J'ai pas dit ça. J'ai juste dit ce que j'en pense, pour mon compte à moi, rien de plus. Toi, sûr que t'es libre de ne pas penser comme moi. Et si on ne pense plus pareil, pourquoi on marcherait ensemble ?

– Alors, tu renonces ?

– Sûr que non ! Et mes Cévennes ? Tu les oublies, mes Cévennes ? Cap au sud ! J'y arriverai bien.

– Et nos spectacles ?

Il avait été long à y venir. Mais puisqu'on y était…

– Quels spectacles ? De quoi tu parles ? Il n'y a jamais eu de spectacle.

– Ton violon, nos histoires, La Chaise-Dieu, La Godivelle et tous les autres ? Ça ne compte pas ? C'était pas des spectacles, ça ?

– Non.

– C'était quoi, alors ?

– Appelle ça comme tu veux. Des veillées, des rigolades, des balivernes, tout ce que tu veux. Mais pas des spectacles. J'ai jamais donné de spectacle, moi.

– C'est pour ça que tu as refusé, l'autre soir, à La Godivelle ?

Enfin !

Tout à coup, Lazare s'activa. Délaissant le reflet de la lune qui traversait doucement le lac, il se tourna vivement vers Paul.

– Parce que t'as cru que j'allais me vendre ? Il n'est pas à vendre, Lazare. N'oublie jamais ça.

– Qui t'a parlé de te vendre ?

– Attends voir !

Lazare étendait la main devant lui comme pour apaiser le débat. C'était surtout pour mieux contenir tout ce qui bouillonnait en lui.

– Après quoi tu cours, toi, Paul Trévoux ? Tu peux me le dire, me le répéter, après quoi tu cours ? Tu ne m'as pas dit, peut-être, que c'était les sous qui pourrissaient tout, qui t'avaient volé ta vie ? C'est pas parce que, selon toi, eux se moquaient des sous comme de leur première chemise que t'es parti à la recherche de tes moines et de tes compagnons bâtisseurs ?

– Et alors ?

Lazare en eut un haut-le-corps. Mais il se fit violence et parvint à ne pas céder aux emportements que réclamait sa nature.

– Alors, quoi ? reprit-il. Toi qui méprises tant les sous, t'es prêt à lécher les bottes du premier qui t'en propose ?

– Des sous, je suis comme les autres, comme toi : j'peux pas m'en passer.

– On en a bien assez pour voyager comme on fait.

– Et on en aurait eu plus que ça n'aurait pas été si mal.

– Tu n'y vois donc rien ? Tu ne vois pas que ça aurait tué notre voyage ? On va pour le plaisir d'aller. Ce qu'il nous proposait, l'autre endimanché de La Godivelle, c'était de courir d'un spectacle à l'autre. Merci. Très peu pour moi.

– Oh, toi…

– Quoi, moi ?

C'était au tour de Paul d'être hargneux.

– En dehors de ta nature, de tes paysans, de tes bois, de tes petites fleurs, même une femme, t'en veux pas.

Pour le coup, Lazare dut se contraindre à une profonde aspiration pour ne pas laisser la colère prendre le dessus. Même le chien qui dormait à ses pieds dut sentir la tension. Il leva la tête, scruta son maître d'un œil inquiet. Puis il porta sur Paul un regard indifférent avant de poser à nouveau son museau sur ses deux pattes allongées et de se rendormir.

– Les femmes, dit Lazare d'un ton glacé, mon petit gars, j'en ai fait mon affaire probablement bien avant toi. Quant à la nature, tu vois, l'Alphonse Servat, hier soir, t'as peut-être bien du mal à comprendre ça, mais c'est lui qui était dans le vrai. Et si tu veux comprendre tes bâtisseurs du temps, tu ferais peut-être bien de ruminer un peu, dans ta petite tête, ce qu'il nous en a dit. Qu'est-ce que tu crois donc ? Qu'ils ont inventé le monde ? Personne n'a inventé le monde. Cent fois, mille fois qu'il a raison, l'Alphonse Servat. On n'a jamais rien fait d'autre que copier la nature. Et, ma foi, c'était peut-être leur génie, à tes bâtisseurs, d'avoir compris ça et d'avoir été assez modestes pour aller chercher leurs modèles dans la nature.

Il manquait à Paul, le citadin de Belleville, les références nécessaires pour pouvoir entrer dans un pareil raisonnement. Faute d'avoir appris à se débrouiller au sein de la nature, il avait tendance à ne se souvenir que de ses manifestations qui l'effrayaient d'autant plus qu'il ne savait pas s'en protéger.

Ainsi, de tous les ruisseaux qu'il pouvait rencontrer, il ne retenait que leur étonnante propension à se mettre dans de telles colères que l'une d'elles avait failli lui coûter la vie. Et de la visite de la tourbière de la Narse, il retenait moins l'époustouflante beauté de sa flore que l'avertissement donné par Alphonse Servat, lorsqu'ils s'y étaient engagés. Depuis qu'il avait pris les chemins, il avait beau faire, il ne parvenait pas à se défaire de la sensation qu'il évoluait dans un milieu hostile qui n'était pas fait pour lui.

Alors, comment concevoir que tant de beauté ait pu naître d'un milieu dont il ne parvenait à retenir que ses capacités à l'agresser ?

Avec ses mots à lui, il le dit à Lazare. Celui-ci écouta avec, dans les yeux, comme une grande commisération.

– Tu ne sais pas regarder, trancha-t-il dans un haussement d'épaules méprisant, lorsque Paul se tut. Tu crois que c'est par hasard que tes vieux gars de jadis, ils sont venus bâtir leurs abbayes et leurs églises à Vézelay, à Cluny, à La Chaise-Dieu, à Saint-Nectaire ou à Orcival ? Si tu ne te donnes pas la peine de comprendre le pays qui les entoure, tu ne feras jamais rien d'autre que de t'extasier bêtement devant la beauté de ce qu'ils ont fait. Et tu ne sauras jamais pourquoi ils l'ont fait. Et moi, tu vois, dans toute cette affaire, s'il y a une chose qui m'intéresse, c'est bien justement de savoir ce qui leur a donné la force de réaliser tout ça là plutôt qu'ailleurs. Que ça te plaise ou non, c'est ça l'important.

Paul ne parut pas juger utile de répliquer.

Seules quelques braises rougeoyaient encore entre les trois pierres du foyer. Ils se laissèrent glisser au sein du silence paisible de la forêt. Le reflet de la lune avait fini de traverser le lac et bientôt l'ombre allait à nouveau se saisir d'eux, lorsque le faîte acéré des grands épicéas mangerait l'astre nocturne.

Tout à coup, le glapissement d'un renard déchira la nuit, tout près d'eux, dans le sous-bois voisin. Il y eut brièvement un grand remue-ménage de broussailles violemment agitées, de branches mortes qui se rompaient avec des claquements secs. Puis, à nouveau, le silence.

– Couché, dit tranquillement Lazare au chien qui avait bondi.

– Qu'est-ce que c'est ? s'inquiéta Paul d'une voix blanche.

– La vie, dit Lazare. Un renard qui a trucidé un lapin ou quelque chose comme ça.

– Et t'appelles ça la vie, toi ?

– Et alors ? Ça ne t'arrive jamais de manger du bifteck ?

Enroulés dans leurs manteaux, ils dormirent comme des bienheureux.

Ce fut la chamaillerie criarde de quelques geais, dans les arbres du bord de l'eau, qui les réveilla, à l'aube encore grise.

Lazare se dressa d'un bond, en barrissant de toute la force de ses poumons. Pendant que les geais, affolés, s'éloignaient à tire-d'aile en cajolant à qui mieux mieux, il se dévêtit rapidement et, en caleçon, se précipita dans l'eau du lac.

Paul, encore assis sur son manteau, les bras enserrant ses genoux sur lesquels reposait son menton, le regarda faire d'un œil morne.

Déjà grouillait en lui la peur de ses émotions lorsque, dans quelques heures, ils atteindraient Orcival.

Dans le jour gris, leurs outils déjà à la main, ils attendaient. Ils étaient tous là, impatients, fébriles. Charpentiers, tailleurs de pierre, ferronniers, assemblés autour du maître compagnon démocratiquement désigné à quelques jours de là par leur assemblée plénière, ils piétinaient dans l'aube encore grise, sur l'aire que les terrassiers avaient dû, pour une part, ravir à la montagne.

Tous les regards convergeaient sur le même point de l'orient. Il leur avait semblé qu'il mettait infiniment de temps à émerger de l'obscurité. Bien avant que pâlisse le reste de la voûte céleste encore piquetée d'étoiles, une fine lame d'argent en fusion était apparue au-delà des bois qui couronnaient les collines. Puis elle avait grandi. Elle s'était peu à peu imposée, elle avait éteint les étoiles, une à une, et avait, une fois de plus, remporté son quotidien combat contre les ténèbres.

Mais ce matin-là n'était pas celui d'un jour comme les autres. Sur le vaste terre-plein péniblement gagné sur l'étroite vallée du Sioulet, à l'opposé de la paroi rocheuse rudement entaillée par les terrassiers, au pied de laquelle saignait la source miraculeuse, dominant le nouveau lit qu'il avait fallu imposer à la rivière, le maître compagnon, un long bâton en main, vêtu de la robe au col d'hermine et portant tous les insignes de sa fonction, se tenait très droit, lointain, presque énigmatique, et semblait défier, de son profond regard noir, l'astre du jour qui n'en finissait pas de se faire attendre.

Il allait pourtant entreprendre ce jour-là, avec quelque solennité, son plus long périple de l'année.

On était au solstice d'été.

Et lorsque, au-delà des monts dominant l'étroite vallée du Sioulet, apparut enfin le soleil, majestueusement, d'un geste à la fois puissant et précis, empli de son importance, le maître compagnon ficha le gnomon dans la terre fraîchement remuée.

Respectueusement, on s'écarta. Deux haies vivantes et passionnées se constituèrent de part et d'autre de l'ombre portée du mât sacré que venait de planter le chef qu'ils s'étaient donné. Les regards la suivirent, respectueusement, et la prolongèrent, à l'occident, jusqu'à la paroi de roc à vif.

Elle désignait très exactement la source sacrée.

Un murmure à la fois admiratif et craintif courut sur toute l'assemblée.

Le maître compagnon n'avait pas pu ne pas remarquer cette étrange coïncidence. Mais il fit celui qui n'avait rien vu et rien entendu. C'est à peine si un léger sourire éclaira fugitivement son sombre regard.

Se reculant de quelques pas, il prit une massette des mains d'un tailleur de pierre et, symboliquement, la jeta au pied du gnomon. Le manche de l'outil décrivit lentement un demi-cercle et vint délicatement s'appuyer sur le mât dressé.

– Ici sera le point zéro, proclama-t-il aussi solennellement qu'il le put.

La clameur des hourras poussés à gorge déployée par l'assemblée de tous les compagnons fit longtemps vibrer les échos de l'étroite vallée.

Depuis le pas de la porte de leurs chaumières, les rares habitants du lieu, attirés par le bruit, virent alors, ébaubis, le vaste chantier prendre en quelques instants des allures de fourmilière.

Il ne devait s'apaiser, à plusieurs lustres de là, qu'avec l'achèvement complet de la basilique d'Orcival.

La source du narthex ne coule plus. Faut-il y voir le signe de l'extrême lassitude des dieux celtes que l'on vénérait ici bien avant ce matin de solstice où l'ombre du gnomon, en se posant sur le mince filet d'eau jaillissant d'entre deux roches en même temps qu'elle désignait la direction supposée du tombeau de la Vierge, unit, par une étrange ironie, les deux cultes antagonistes ?

Il y avait l'ancien, le vénérable, celui qu'on rendait, depuis toujours, aux dieux païens, autour des sources de cette étroite vallée. Et puis, il y avait le nouveau, celui du Dieu unique, de la mère et du fils. Étaient-ils si différents, dans les premiers temps, lorsqu'il ne s'agissait que de prêcher l'amour et le respect de son prochain ?

Il y avait eu les guerres, tous ces déferlements de peuples venus de l'est. Dans l'adversité, on avait fait front commun. Cela avait duré des siècles.

On avait vu des druides, comme Colomban, devenir évêques sans rien renier d'eux-mêmes ni de leur enseignement. Mais on ne vit jamais l'inverse. La vieille religion, comme l'aïeul au coin du feu que plus rien n'occupe que lui-même et ses souvenirs, n'y prit pas garde. Et l'autre, la nouvelle, forte de sa bouillonnante jeunesse, de ses martyrs et de l'incessante lutte qu'elle avait dû longtemps mener pour exister, lorsque s'apaisèrent les flots barbares venus battre aux riches rivages gaulois, sut bien qu'il lui fallait occuper seule la place ou mourir.

Elle la prit donc. Et sans ménagement. « Laisse, laisse au moins à des misérables la solitude des bois et la paix du désert », croyait entendre saint Germain, lorsque, au VIe siècle, il voyageait d'Autun, sa ville natale, à Paris dont il était évêque. C'était, selon lui, « des légions de druides, mauvais génies », qui l'imploraient ainsi, en « courant à grand bruit, à travers les forêts ».

Et ce fut fort à propos, comme en bon nombre d'autres lieux, que l'on trouva, près de la source d'Orcival, au lendemain des ultimes et dévastatrices invasions normandes, une représentation de la Vierge. Comme elle ne voulut à aucun prix s'éloigner du frais vallon, il ne restait à ses « découvreurs » qu'à tirer les conclusions qui s'imposaient. Il fallait, incontinent, lui bâtir sur place un sanctuaire à l'image de sa miraculeuse présence.

Et les vieux païens qui continuaient de vénérer leurs sources n'avaient plus eu qu'à aller en chercher d'autres ailleurs.

Il se trouva pourtant que le maître compagnon eut un discret sourire lorsque l'ombre portée du gnomon qu'il venait de planter révéla à l'assistance médusée qu'il indiquait aussi bien le Tombeau de la Vierge, à l'orient, que, à l'occident, la source sacrée des druides qui coulait de la paroi rocheuse sur laquelle allait être appuyé le narthex de la basilique.

– Là ! La Vouivre ! dit Paul, médusé, en indiquant du doigt un chapiteau.

Ils avaient découvert le bourg comme il le fallait. Sous les toits de lauzes, tassé sur lui-même, en demi-cercle, au fond de son étroite vallée, dans la contemplation jamais épuisée de l'étonnant sanctuaire, il s'était imposé à eux d'un bloc, comme une évidence, au détour d'un chemin, alors qu'ils descendaient du bois des Bourelles. Le soleil, encore assez bas sur l'horizon, jouait de la force des contrastes que faisaient naître ses éclaboussements de lumière sur les vieux murs de pierres noires.

Au premier instant, sous ses épais toits de lauzes, la basilique, solide, râblée et néanmoins d'une rare élégance, les laissa sans voix. Déjà captivés par l'étonnante harmonie de ses lignes, il leur fallut un long moment d'admiration, immobiles, côte à côte, sur le chemin dont Delphine broutait le bas-côté pendant que le chien, assis devant eux, la langue pendante, semblait déjà s'impatienter de ce trop long arrêt, pour que la conscience leur vienne, progressivement, de ce qui les étonnait.

La basilique d'Orcival n'est pas la projection vers le ciel, l'élan cosmique que l'on attend ordinairement d'un tel édifice. Elle est une émanation de la terre. Elle est un hymne profondément tellurique à ce pays âpre mais solide en dehors duquel elle n'est rien et n'aurait d'ailleurs jamais existé. Et cette sorte d'ancrage puissant, comme celui des sabots du paysan sur sa terre, est probablement, lorsqu'on l'aborde, ce qui fascine le plus. Le parti pris du refus de l'envolée mystique vers l'allégorie cosmique la laisse à l'unisson parfait de son environnement. Son langage n'est autre que celui des collines, des prés, des bois, des épaisses maisons aux toits de lauzes, de la rivière et même des hommes de ce pays.

Lazare en avait déjà le cœur en joie. Mais Paul en était encore à tenter de définir le malaise qui était en lui, un peu comme il l'avait été à Saint-Nectaire.

Lorsqu'ils l'atteignirent, les touristes de l'été n'avaient pas encore envahi la place du bourg. Delphine alla d'elle-même à la belle fontaine ronde qui orne son centre, à deux pas du chevet de la basilique, au pied duquel s'ouvrent, entre les tours trapues des quatre chapelles rayonnantes, les étroites fenêtres de la crypte.

L'un comme l'autre, ils n'avaient déjà plus d'yeux que pour la belle pierre gris fer de la basilique. Lazare attacha la longe de Delphine à l'une des barres de la fontaine auxquelles les commères de jadis appuyaient leurs seaux qu'elles venaient emplir. Le chien reçut l'ordre de tenir compagnie à la mule. Il fit semblant de s'y soumettre et attendit que Paul et Lazare aient tourné l'angle de la porte Saint-Jean pour laisser la pauvre Delphine à sa somnolence forcée et aller à ses propres découvertes.

Paul et Lazare ne s'attardèrent pas à la façade sud étrangement décorée de la basilique. L'ombre, au-delà de la porte Saint-Jean largement ouverte sur le croisillon sud, les captivait. Ils franchirent le modeste seuil de plain-pied avec la place. Ici, point de pompeuse envolée, point de hautes marches à gravir, le front bas, pour mieux s'humilier devant la majesté du lieu. On entre à Orcival la tête haute mais la gorge serrée par le sentiment diffus, dès l'abord, d'atteindre là à un lieu qui s'offre bien plus qu'il ne s'impose.

Au passage, Lazare passa une main admirative sur les pentures de la lourde porte aux vantaux de chêne. Paul, qui les avait ignorées, était parfaitement immobile, les jambes légèrement écartées, au milieu du vaste porche.

– Tu sens ? souffla-t-il.

Lazare, méfiant, se contenta d'une moue dubitative.

– La source, dit encore Paul à mi-voix.

– La source ? Quelle source ?

– Chut !

Lazare avait beau faire, malgré ses louables efforts, sa voix résonnait comme un tonnerre sous les hautes voûtes.

– Là, en dessous de nous, la source, insista Paul. Tu ne sens rien ?

Et il y avait dans sa voix toute la condescendance de celui qui sait pour l'ignorant qui se complaît dans son inculture.

– Ah bon, fit simplement Lazare qui ne se formalisait plus.

– Eh ben oui, quoi. Pourquoi crois-tu qu'ils ont fait la porte là ? Tu trouves ça normal, toi, une porte de basilique dans le croisillon ?

Lazare, à vrai dire, n'avait, sur la question, qu'un point de vue extrêmement limité.

– Ben…, fit-il aussi discrètement qu'il le put. J'sais pas, moi. Peut-être bien qu'ils ont trouvé ça plus pratique. Ou alors, c'est qu'ils n'avaient pas de place ailleurs.

Il y avait du mépris et de l'agacement dans le haussement d'épaules par lequel lui répondit Paul. Mais il y avait aussi une sorte de revanche. Il lui semblait reprendre ici un pouvoir qu'il était bien loin de détenir, la nuit précédente, sur la rive du lac de Servières.

– Là, sous nos pieds, professa-t-il en mettant dans sa voix feutrée toute la commisération que lui paraissait mériter l'ignorance crasse de Lazare, il y a une source. Une source dans la porte ! ajouta-t-il comme on prêche. Tu ne vois pas le symbole ? Tout est symbole, ici. La source où naît la vie, la source que vénéraient les Celtes, la source par où passent tous les courants telluriques qui font germer la vie et qui transmutent la graine en plante…

Il récitait. Les bras tendus le long du corps, les mains largement ouvertes, le regard un peu fou levé vers la croisée d'ogives du transept, il déclamait doucement.

Et Lazare le considérait avec perplexité.

Que faisait-il dans la compagnie de cet illuminé ? Pourquoi, tout à coup, s'imposait à lui l'image des Granges de Gamet ? Que lui était-il arrivé depuis que l'étrange idée lui était venue d'emboîter le pas aux randonneurs qui passaient devant sa porte ?

Mais l'autre ne s'arrêtait pas pour autant.

– Ça ne te dit rien, à toi ? insistait-il. Tu ne peux pas te rendre compte, toi. Une source sacrée sous le porche d'une basilique !

Il s'enflammait et en devenait lyrique.

– Le ver païen dans le fruit chrétien. Plus encore : pas un fidèle, pas un prêtre, pas un évêque, pas même un cardinal qui, en accédant au saint lieu, n'ait dû se soumettre à l'influence de la source. Ah ! il pouvait avoir le sourire, le maître compagnon, en plantant le gnomon. Il savait ce qu'il faisait, le bougre. Et la source du narthex n'est qu'un sourire, un clin d'œil qu'il s'est permis pour mieux dissimuler celle-là, sous le porche.

Lazare, sidéré, essayait de comprendre. Où Paul avait-il pioché toutes ces connaissances ? Et que lui arrivait-il à lui, le bûcheron du Morvan, pour que lui soit assené un tel discours ?

Depuis son départ, c'était la première fois que cela le prenait. Il lui semblait qu'il se réveillait brusquement d'un long, d'un très long rêve, une parenthèse qui, en se refermant, le rendait à son véritable état, qu'il avait curieusement oublié durant des mois, de bûcheron, de paysan, d'homme d'une seule terre.

Il suivit Paul qui, après un dernier haussement d'épaules méprisant, avait dépassé le porche, s'était engagé dans le bas-côté et avançait le nez en l'air.

– Là ! La Vouivre ! dit-il tout à coup en indiquant du

doigt le quatrième chapiteau après la croisée du transept.

Les flots de lumière colorée qui roulaient, depuis l'abside, en longues raies légèrement scintillantes faisaient sortir de l'ombre, l'un après l'autre, les détails de la nef.

Paul fit lentement le tour du pilier lisse comme un tronc de haute futaie en soulignant simplement du doigt, pierre après pierre, les fines inscriptions lapidaires qu'y avaient laissées les compagnons en guise de signature. Mais, de ses yeux plissés, il tentait surtout d'ausculter, jusqu'aux moindres fantaisies du ciseau, la scène que représentait le chapiteau.

– *Fol Dives*, parvint-il à déchiffrer.

C'était gravé dans la pierre au-dessus d'un personnage grassouillet cramponné à une bourse rondelette et que deux diables tentaient d'entraîner en enfer.

Sur l'autre face, était-ce le fruit défendu dont une femme s'était saisie, dans une corbeille débordante, à ses pieds ? Et n'était-ce pas le serpent tentateur qui la surplombait et entourait son visage ?

– Non, voulut se convaincre Paul. C'est la Vouivre. Regarde : on voit l'escarboucle, à son front.

Lazare, à vrai dire, n'y voyait aucun inconvénient. Tout juste s'étonnait-il un peu de retrouver si loin de chez lui l'animal mythique, tour à tour symbole du bien et du mal, des légendes de son enfance, dont l'œil unique, la fabuleuse escarboucle, attisait la convoitise de tous les sots et les cupides.

– Tu crois ? hasarda-t-il tout de même.

Mais Paul n'entendait pas être contredit.

– Je te dis que c'est la Vouivre. Tu vois bien que j'avais raison.

– Ah bon, fit Lazare, peu contrariant et fort peu soucieux, en définitive, de savoir en quoi Paul triomphait ainsi.

– Ben oui, quoi, n'en renchérit-il pas moins. Quand je te le disais que ce sont des druides qui ont bâti tout ça.

Il est vrai qu'il est des non-dits que l'on sent venir de si loin que c'est presque comme s'ils avaient déjà été proclamés haut et fort. Lazare, de toute façon, s'en moquait comme de sa première chemise. Et si Paul pouvait, en lui assenant de telles convictions, se persuader vraiment de ce qui le rassurait, il n'y voyait pas d'inconvénient.

D'autant moins qu'il sentait bien que son tour était venu de se poser des questions. Depuis qu'ils avaient pénétré dans la basilique, à l'instant précis où, surgissant des limbes de sa mémoire, s'était brutalement imposée à lui l'image des Granges de Gamet, il lui semblait que quelque chose venait de s'accomplir. Petit à petit montait en lui la conscience d'une sorte d'aboutissement. Comme si, en atteignant Orcival, il avait touché à un havre auquel, nécessairement, devaient le conduire tous les chemins qu'il avait parcourus.

Sans plus prêter la moindre attention aux vaticinations de Paul, il resta longtemps en contemplation devant la gargouille par où, jadis, la source du narthex s'écoulait dans une belle vasque de pierre gris bleuté.

Il se retourna. Et il lui sembla voir là-bas, au-delà de la nef, dans le chœur inondé de soleil, le gnomon dressé comme au premier jour. Lentement, par l'allée centrale, il marcha vers cette étrange vision sans quitter des yeux la féerie de lumière qui se jouait au travers des vitraux de l'abside. Et c'est alors qu'il passait à pas comptés sous la croisée du transept qu'il comprit. C'était, derrière l'autel, sur la Vierge et l'Enfant que se concentrait toute cette lumière ; elle à peine souriante, énigmatique, les mains ouvertes de part et d'autre de son corps à lui, semblant tout à la fois craindre de le toucher et prête à toutes les offrandes ; lui avec son désespérant visage d'adulte, grave et réfléchi comme jamais ne l'est celui d'un enfant.

Chargés de toutes les couleurs des vitraux, déroutés par un étonnant jeu de prismes dans lequel Lazare ne voulut pas voir un hasard, tous ces rayons du soleil convergents formaient, autour de la statue en majesté, comme une auréole incandescente.

Il y avait là trop d'allusions, trop de mystères pour l'esprit éminemment pratique et terre à terre de Lazare. Se détournant d'un bloc de la surprenante vision, il laissa une dernière fois son regard courir sur le paisible sanctuaire. De l'endroit où il se trouvait, la douzaine de piliers soutenant la voûte de la nef lui parurent une épaisse futaie, de celles au cœur desquelles le bûcheron du Morvan aimait travailler, où il se reconnaissait. Il leva les yeux et son rêve se mêla à la réalité. Jaillie de chaque chapiteau, la voûte de plein-cintre s'animait, bruissait pour ses seules oreilles du perpétuel murmure que fait courir le moindre souffle d'air dans les houppiers.

Lentement, sans plus se retourner, il quitta l'ombre de

la basilique et jaillit à nouveau dans la lumière éclatante de la place.

Paul l'y avait précédé. Les poings sur les hanches, raide de fureur, il contemplait un point précis au-dessus de la porte Saint-Jean.

– Pas possible ! grommela-t-il.

Mais Lazare n'avait plus envie de se prêter au rôle d'auditeur complaisant de ses raisonnements fumeux. Il voulut s'éloigner vers la fontaine au bord de laquelle il voyait Delphine et le chien, qui en avait fini de ses propres découvertes, l'attendant patiemment.

Paul, pourtant, ne l'entendait pas de cette oreille.

– Regarde ! lui intima-t-il en le prenant par le bras.

Lazare préféra céder.

– Là, entre les deux fenêtres.

– Et alors ? grogna Lazare qui, ébloui, plissait les yeux pour tenter de voir.

– Au-dessus de la rose des vents, tu ne vois donc rien ?

– Si. Encore une jérémiade de curé. Une Vierge à l'Enfant, ou quelque chose comme ça.

– Et devant ?

– J'sais pas, moi. On dirait un mec agenouillé.

– Et tu ne vois rien de plus ?

– Oh ! t'as une fameuse vue, toi. Qu'est-ce qu'il y a de plus à voir ?

– Regarde bien. Tu ne vois pas qu'il est enchaîné ?

– Ah oui, peut-être bien. Et alors ?

Paul semblait à la fois au comble de la fureur et du désespoir.

– La faute ! clama-t-il soudain. Encore et toujours la faute ! Ici, juste au-dessus de la source sacrée qui les nargue, il faut encore qu'ils nous assènent cette faute par laquelle ils veulent nous mener.

Lazare ne se sentait pas concerné.

– Ah bon, dit-il simplement et fort imprudemment.

Ce fut comme une douche glacée qui se serait tout à coup abattue sur Paul. Livide, il consentit à détourner son regard de la lointaine sculpture, d'ailleurs surajoutée au XVIᵉ siècle, et à l'abaisser sur Lazare qui, inconscient de ce qui l'attendait, était déjà occupé à une autre découverte.

– C'est tout ce que ça te fait ? dit Paul d'une voix blanche.

– Et alors ? s'enferra Lazare. Tu te sens en faute, toi ? Pas moi. C'est tout ce qui compte, non ?

– Alors, t'as rien compris. On a fait tout ce chemin-là pour rien.

La voix de Paul tremblait de colère. Il s'était légèrement écarté de Lazare et le considérait des pieds à la tête comme s'il avait été la plus abjecte des choses.

– T'es bien qu'un lourdaud de paysan.

Les poings de Lazare se fermèrent tout seuls. Il n'eut qu'un geste, un seul, une sorte de rapide revers, et Paul se retrouva sur le dos, à plusieurs mètres de là.

– Faudrait d'abord que tu sois capable d'en faire un, de paysan. Après, et après seulement, tu pourras parler.

Et Lazare, déjà calmé, s'éloigna d'un pas paisible.

Quelque chose l'intriguait. À droite de la porte Saint-

Jean, sur le mur de la croisée du transept, pendaient des chaînes, des boulets, des fers. Il s'approcha, les détailla, chercha à comprendre, à imaginer ce qu'ils pouvaient bien faire là.

– C'est quoi, ça ? finit-il par demander à un touriste qui se tenait près de lui et dont le regard allait alternativement de ces objets incongrus à un guide qu'il lisait.

– Des chaînes de bagnard, expliqua l'autre, flatté qu'on fasse ainsi appel à sa science toute neuve. On dit là-dedans qu'ils faisaient le vœu d'un pèlerinage à Notre-Dame d'Orcival s'ils revenaient du bagne ou de la galère. Et ils lui laissaient leurs chaînes, en guise d'ex-voto. Curieux, vous ne trouvez pas ?

Lazare trouvait. Il bredouilla un vague remerciement et se retourna pour appeler Paul. Il méritait tout de même cette explication. Mais il avait disparu. Lazare haussa les épaules et s'éloigna vers la fontaine près de laquelle attendaient toujours Delphine et le chien.

Le sac de Paul n'était plus sur le dos de la mule.

Le chien baguenaudant devant lui, fidèlement suivi de Delphine, Lazare, en marchant résolument au sud, s'offrait une débauche de nature.

Il avait admiré les roches Tuilière et Sanadoire, il avait longé les rives du lac Guéry et escaladé la Banne d'Ordanche avant de plonger vers La Bourboule. Il avait vite traversé la vallée de la Dordogne, juste en amont de la célèbre ville d'eaux trop populeuse à son goût. Il s'était fait peur en remontant vers le plateau d'Artense par de minuscules sentiers abrupts où Delphine avait fait preuve de plus de sang-froid que lui en se sortant fort vaillamment de passages pourtant peu à la mesure de sa corpulence.

Depuis le flanc sud du Puy de Sancy, qu'il avait longuement longé, il avait vu, loin au sud, la barrière encore noyée de brumes des monts du Cantal qu'il allait mettre quatre jours à atteindre.

Il descendait tranquillement vers Égliseneuve-d'Entraigues lorsqu'il vit venir à lui un vététiste. Ou plus exactement, une vététiste. Elle portait un casque, dont s'échappait une guillerette queue de cheval blonde qui lui battait joliment les épaules, et une tenue moulante aux couleurs vives. Elle montait la côte à bonne allure mais ne s'en arrêta pas moins net devant Lazare.

– Que voilà un équipage sympathique ! s'exclama-t-elle. Vous venez de loin, comme ça ?

Maladroit, ne sachant pas, comme à l'accoutumée, quelle contenance prendre devant une femme, il crut bon d'ôter sa casquette avant de répondre.

– De… Du… Du Morvan, bafouilla-t-il enfin.

– Eh bé, ça fait une trotte, ça ! Et vous avez fait tout ce chemin-là avec votre mule ?

– Et le chien, oui, fit Lazare, rose de confusion et, malgré tout, heureux comme un roi qu'une femme aussi belle puisse savoir où se trouve le Morvan et admirer ce qu'il avait fait.

Car elle était belle. Ou, du moins, elle avait beaucoup de charme. Ce n'était plus une gamine. Et l'on aurait pu s'étonner de la voir s'adonner avec tant d'allant à l'exercice pourtant très physique du VTT si son regard comme ses traits n'avaient pas reflété sans le moindre fard une grande et néanmoins très souriante énergie.

Mais ce qui mettait Lazare le plus mal à l'aise, c'était la silhouette que révélait complaisamment la tenue très moulante et que la probable pratique assidue du sport rendait plus élégante encore. Il piétinait bêtement devant sa mule, incapable de savoir à quel parti se résoudre. Devait-il passer son chemin ? Devait-il s'effacer pour mieux lui céder le passage ? Mais Delphine ne lui ferait-elle pas peur ? Fallait-il qu'il se montre aimable, voire un tantinet entreprenant ? Mais alors, comment s'y prendre ? Rencontrer une femme au pays, au milieu d'autres hommes, cela allait encore. À force, il avait appris comment se faire discret et au besoin s'éclipser. Mais là, tout seul, en pleine nature, au milieu d'un chemin… S'il s'attendait à celle-là !

– Et vous allez où, comme ça ?

– Les Cévennes, parvint-il à articuler. Je vais dans les Cévennes.

– Vous êtes sur le chemin. Mais ce n'est pas la porte à côté.

Tout à coup, elle fronça les sourcils, mettant Lazare en transe. Avait-il dit quelque chose de travers ? Avait-il dit ou fait ce qu'il ne fallait pas ?

– Mais attendez voir…, reprit-elle. Non, ce n'est pas possible. Il m'a dit qu'ils étaient deux. Pourtant, c'est bien un violon que vous avez là, emballé, sur le dos de votre mule ?

Il acquiesça d'un signe de tête.

– Alors ? C'est donc vous qui êtes passé à La Godivelle, il y a quelques jours ?

Il acquiesça encore, de plus en plus mal à l'aise.

– Et votre copain ?

– On s'est séparés.

– Pas de chance. Et votre spectacle, vous ne pouvez pas le faire seul ?

– C'est pas un spectacle.

– Ça va. Je suis au courant. Imaginez-vous que je suis à la fois médecin et maire de ce pays. Alors, vous comprenez, le VTT, c'est pour la détente. Il en faut bien, de temps à autre. J'ai rencontré hier mon collègue de La Godivelle. Ce n'est pas loin d'ici, La Godivelle. Je le connais bien, ce grand monsieur. Il m'a raconté. Il m'a surtout parlé de vous et de votre tête de cochon. Moi, je m'en fiche. Si vous ne voulez pas qu'on appelle ça un spectacle, libre à vous. Tout ce que je veux, c'est que vous nous fassiez le même numéro ce soir, ici. Vous verrez, vous aurez du monde ! Le maire de La Godivelle m'a dit que c'était vous qui faisiez l'essentiel du… enfin, de votre… comment vous appelez ça ?

– Ça n'a pas de nom.

Elle le toisa un instant d'un œil sombre.

– Il avait bien raison. Vous avez une sacrée caboche. Enfin, là n'est pas l'important. Allez, vous nous le faites ce soir, votre… votre quoi ? Allons pour numéro. On vous héberge, on vous nourrit comme un roi. Comptez sur moi.

Lazare était pris. En tout autre lieu, en toute autre compagnie, ainsi amené, il aurait bien sûr refusé net. On ne lui commandait pas ses balivernes, il les servait lui-même, de sa propre initiative. Et il acceptait, en juste retour, le gîte et le couvert qu'on lui proposait. Il tenait à la nuance.

Mais comment se défiler ? Là, dans ce chemin creux, pouvait-il se permettre de s'obstiner dans son refus, face à une si jolie femme, maire du pays où il comptait bien passer la nuit de surcroît ?

– C'est bon, grogna-t-il. On essaiera.

Elle voulut ignorer le ton fort peu aimable. Un large sourire la fit plus belle encore. Lazare ne savait plus où se mettre.

– Topez là ! s'exclama-t-elle en lui tendant la main large ouverte, ni plus ni moins qu'un maquignon concluant la vente d'un broutard. Cochon qui s'en dédit !

Vous vous souviendrez de votre étape à Égliseneuve-d'Entraigues, je vous en fiche mon ticket !

Il dut toper, maladroitement, en détournant le regard, pour ne surtout pas rencontrer celui, rayonnant et quelque peu espiègle, de madame le maire.

– Savez-vous bien, braves gens, à qui vous avez affaire ?

La salle polyvalente du terrain de camping d'Égliseneuve-d'Entraigues était pleine à craquer. Et elle bruissait déjà avec entrain du parti pris d'en rire animant tous les vacanciers en tenue légère qui l'avaient littéralement prise d'assaut. Madame le maire était assise au premier rang, souriante et très en beauté, dans une petite robe de jersey jaune paille.

Lazare ne savait plus où se mettre. Il venait de découvrir ce qu'était le trac. Il avait fallu le pousser pour qu'il accepte de monter sur cette scène qui le terrorisait. Le manche de son violon dans une main, l'archet dans l'autre, balourd, gêné de lui-même et de tout cet environnement dont il n'avait pas choisi d'être le centre, il fut surpris et un peu affolé par le tonnerre d'applaudissements et de hurlements qu'il déclencha en apparaissant dans le rond de lumière crue qu'un mauvais projecteur braquait sur lui. Tout à coup, de la salle, il ne vit plus rien qu'un grand trou noir. Alors, pour faire quelque chose, pour ne pas rester là, planté comme un poireau, ignorant l'inutile micro qu'on lui avait installé, il brailla la première phrase qui lui vint à l'esprit :

– Savez-vous bien, braves gens, à qui vous avez affaire ?

– Non ! On veut le savoir !

Le cri général, bon enfant, avait roulé depuis les derniers rangs jusqu'à ses pieds comme une lame déferlant sur une grève. Ce fut pour Lazare comme une libération. Sans qu'il sache trop comment, il avait, sur l'instant, oublié sa peur et toute cette masse sombre et grouillante, devant lui. Plus rien ne lui avait importé que les mots qu'il lançait et leur effet sur la puissante rumeur qui montait de toute cette foule décidée, quoi qu'il en soit, à rire et à s'amuser. Très vite, il avait saisi l'ampleur du pouvoir qu'il détenait de moduler à l'infini ces rires, ces grondements de plaisir qu'il provoquait ou faisait taire comme il l'entendait.

Sans même qu'il y prenne garde, sa première terreur s'était muée en une véritable jouissance qu'il fit durer tard dans la soirée.

– La mule, le chien et moi, annonça-t-il comme à son habitude, nous venons d'où le vent nous pousse. Et nous allons là où il lui semblera bon de nous mener.

Le violon, là-dessus, plaquait quelques accords énergiques, le temps que s'apaise le tonnerre d'applaudissements et de hurlements.

– Ça ne nous dit pas qui tu es ! braillait une voix, au fond de la salle.

– Tel que vous me voyez, je suis Lazare, violoneux du Morvan, voyageur au gré des chemins et des vents, venu jusqu'à vous pour vous raconter le monde tel qu'il est et tel que, la mule, le chien et moi, nous l'avons vu tout au long de nos multiples voyages.

Le père aurait été fier de son fils s'il avait pu voir l'ardeur qu'il mettait à faire entendre le violon au-dessus des cris de la foule qui, sur l'air des lampions, scandait à toute force :

– Ra-conte ! Ra-conte ! Ra-conte…

Il raconta. À sa façon. Il en omit. Il en rajouta. Paul ne lui manqua pas, même pas pour affirmer bien haut son émerveillement à La Chaise-Dieu, à Saint-Nectaire ou surtout à Orcival, émerveillement pourtant qui n'était rien, selon lui et Alphonse Servat, comparé à la ferveur avec laquelle il avait découvert la tourbière de la Narse.

– La nature ! clamait-il, emporté par son enthousiasme. La nature, que je vous dis, il n'y a que ça de vrai. Ils l'ont copiée. Ils n'ont rien inventé. Et, ma foi, c'est bien ce qu'ils avaient de mieux à faire. C'est pas beau, ça, qu'un bûcheron, un homme des bois tel que moi, se retrouve comme chez lui entre les piliers de leurs églises et sous leurs voûtes pareilles à celles de mes arbres ?

Il y avait bien quelques moments de flottement. En face, là, dans l'ombre de la salle, on ne suivait pas toujours très bien. Il fallait parfois des temps morts, pour que les idées passent. Mais, somme toute, elles étaient simples, sans fioritures, comme les mots qui les exprimaient. Alors, le temps de quelques mesures bien senties sur les cordes du violon, et la foule, bon enfant, en redemandait encore.

On finit par pousser les chaises, par les ranger le long des murs dans un joyeux tintamarre que le violon persistait à rythmer, inlassable.

Et l'on dansa.

Le projecteur avait enfin admis de ne plus éblouir Lazare. Il avait retrouvé la salle et cette foule bigarrée qui se trémoussait, en prise à un véritable délire collectif, au son de son seul violon. Il faut dire qu'il était presque aussi déchaîné que les danseurs qu'il fatigua bien avant que lui-même ne donnât les premiers signes de lassitude.

Madame le maire s'était éclipsée discrètement, dans le désordre des chaises que l'on repoussait vers les murs. Lazare l'avait totalement oubliée lorsqu'il consentit, tard, très tard dans la nuit, à s'arrêter de jouer.

Il n'en était pas moins debout à l'aube et prêt à partir alors que le confortable gîte d'étape où on l'avait hébergé, le camping et le pays dormaient encore. Il dénouait la longe de Delphine pour s'éloigner lorsqu'il eut la surprise de voir arriver madame le maire.

Dans un tailleur beige très strict, portant sur le nez des lunettes à l'élégante monture d'écaille, elle n'était plus la même. Son charme n'y perdait rien, tout au contraire. Mais elle intimida plus encore Lazare.

– Ah, j'arrive juste à temps. Vous alliez partir ? Je me doutais bien qu'il en faudrait plus que ça pour vous empêcher de vous envoler dès potron-minet.

Complètement déboussolé, n'ayant quasiment rien saisi du discours qui venait de lui être tenu, Lazare, à tout hasard, grogna un vague remerciement en mélangeant, dans les énormes battoirs qui lui tenaient lieu de mains, la longe de Delphine et sa casquette qu'il avait prestement ôtée.

Madame le maire parut ne pas remarquer son trouble.

– Je voulais vous dire à quel point j'ai aimé ce que vous nous avez servi hier soir, enchaîna-t-elle avec un accent de sincérité que parvint tout de même à percevoir Lazare. C'est vrai, continua-t-elle. C'est tout à fait remarquable. Vous en penserez ce que vous voudrez, mais je crois que mon collègue de La Godivelle a raison : ce que vous faites là, c'est un véritable spectacle. Et vous avez tort de ne pas vous faire payer. Ça le mérite. Si, si, croyez-moi, ça le mérite.

Au comble de la gêne, Lazare, tête basse et sourcils froncés, ne savait plus où se mettre. Ah ! s'il avait eu un homme devant lui, comme il l'aurait remis en place, comme il lui aurait cloué le bec ! Mais une femme… Comment faire ? Il enrageait de devoir subir faute d'oser réagir.

– D'ailleurs, reprenait-elle, en accord avec moi, les employés du camping ont estimé qu'on ne pouvait pas en rester là. Ils ont organisé une quête, à la sortie de la salle. Et ils m'ont chargée de vous en remettre le bénéfice.

Et sous le regard horrifié de Lazare, elle tira de son sac une grosse enveloppe qu'elle lui tendit.

Buté, le regard de plus en plus noir, il persistait à triturer maladroitement le nœud informe constitué de la longe de Delphine et de sa casquette.

– Prenez, insista-t-elle. C'est pour vous. Vous l'avez amplement gagné.

– Non, osa-t-il tout de même grogner, furieux.

Elle n'en croyait pas ses oreilles.

– Allons, dit-elle, c'est absurde.

– Non, s'obstina-t-il.

– Mais enfin, c'est votre juste salaire.

Il trouva en lui l'aplomb de lever les yeux et de la défier.

– Je fais ça pour le plaisir, pas pour l'argent.

L'argument parut lui plaire. Mais, bien sûr, elle ne comptait pas s'en satisfaire.

– C'est un beau sentiment qui vous honore, dit-elle. Alors, admettons que ce n'est pas un salaire. Juste un cadeau. Vous ne pouvez pas refuser un cadeau.

Il se sentait piégé. Il y avait longtemps qu'il aurait envoyé paître l'homme qui lui aurait tendu une telle enveloppe. Mais une femme… Avec cette façon toute de gentillesse qu'elle avait de vous emballer tout ça. Que répondre ?

Il restait obstinément silencieux devant elle, fixant l'enveloppe avec une lueur de haine dans les yeux.

– Vous ne pouvez pas refuser, insista-t-elle d'un ton tout à coup impérieux. Vous vous rendez compte de l'affront que vous leur feriez ?

Dans le camping voisin, on entendait les premières conversations. Une bonne odeur de café montait d'une tente toute proche.

– Allons, dit-elle. N'en parlons plus.

Et, si vivement qu'il se laissa surprendre, elle parvint à lui glisser l'enveloppe dans la poche de sa veste.

– Merci encore et bonne route, ajouta-t-elle en se dirigeant vers sa voiture. Je me sauve. J'ai des patients qui attendent.

Il se souvint qu'elle était médecin. Immobile, la main sur la poche qui contenait l'enveloppe, il la regarda partir sans savoir quelle contenance prendre. Il fallut que la voiture disparaisse derrière les haies du premier virage pour qu'il osât écarter lentement la main et baisser sur elle son regard. Éberlué, partagé entre la colère et la honte, il la considéra longuement comme si le contact de l'enveloppe avait pu le brûler.

Puis, lentement, il se mit en marche.

L'enveloppe resta enfouie dans la poche de la veste de Lazare durant toute la matinée. Et, durant tout ce temps, il alla avec le sentiment douloureux qu'on venait de tuer en lui quelque chose d'essentiel.

Comme à l'accoutumée il cassa la croûte au revers d'un talus, à l'ombre d'un arbre. Delphine et le chien, surpris, en furent pour leurs frais lorsqu'ils tournèrent vers lui, comme ils le faisaient chaque jour, leurs museaux aussi intéressés par les reliefs de son repas que par les caresses, qu'il distribuait d'ordinaire sans compter, ou par l'incessant bavardage qu'il avait coutume de leur adresser.

Ce jour-là, silencieux et sombre, il se contenta de les rabrouer d'un geste. Il mangea sans un mot, but une dernière lampée à sa gourde, rangea le saucisson, le fromage et le pain, essuya son couteau sur son pantalon avant de l'enfouir dans sa poche, et se décida enfin à se saisir de l'enveloppe.

Sans compter, il rangea son contenu dans le vieux portefeuille détenteur de toute sa fortune. Il ne voulut pas voir l'embonpoint que cela lui avait tout de même rendu.

– Allons, dit-il enfin. On y va.

Et, mystérieusement, en s'éloignant il ajouta :

– Puisque c'est ça…

Les élus du département du Puy-de-Dôme devaient avoir peu de relations avec ceux du département du Cantal voisin. Car, dès qu'il eut quitté le premier, entre Église-neuve-d'Entraigues et Condat, Lazare, à son plus grand soulagement, retrouva l'anonymat qui lui convenait.

Il resta pourtant méfiant. L'expérience qu'il venait de vivre l'y encourageait. Appréciant, quoi qu'il en soit, le petit pécule que l'aventure lui avait constitué, il réserva ses balivernes, ainsi qu'il persistait à nommer le spectacle qu'il avait nourri de son interprétation des aventures de son voyage, aux plus grandes occasions et à l'envie qui le prenait, parfois, de s'y livrer. Il fut tout de même un usager plus régulier des gîtes d'étapes.

Ainsi finit de se dresser devant lui la barrière sombre des monts du Cantal. En suivant la vallée de la Rhue qui s'enfonce comme un coin entre ces montagnes sur les premiers contreforts desquelles vient se briser le doux moutonnement du Cézallier, il gagna le Claux que domine le Puy Mary.

L'accueil bon enfant qui lui fut fait ainsi qu'à la mule et au chien le poussa à sortir le violon. Une douce soirée d'août, sur la terrasse du foyer de ski de fond reconverti, en été, en caravansérail pour les passagers de tout poil, à un jet de pierre du terrain de camping, eut tôt fait d'attirer une petite foule. On écouta ses vaticinations, on en rit beaucoup, le violon fit danser. Mais on parla aussi beaucoup. Et Lazare, passionné, nota dans le détail tous les avis et les conseils que quelques marcheurs chevronnés lui donnaient sur les chemins de la région.

Il s'était ouvert à l'un d'eux de sa perplexité face à la formidable barre qui fermait l'horizon, entaillée en son milieu par la Brèche de Roland.

– On dirait un vieux chicot dans une bouche édentée ! avait-il jugé, faisant rire ses amis d'un soir.

– Bien sûr qu'il ne faut pas passer par là-haut, lui expliqua l'un d'eux. D'ailleurs, avec ta mule, ce ne serait pas possible. Il y a de véritables parois à grimper.

– Il faut qu'il prenne par la vallée de l'Impradine, estima un autre.

– Il ne va pas à Murat. Il va au Lioran.

– Eh ben, après le col de Serre, il prend à rive droite. Il descend jusqu'à la Gravière. Et là il prend à droite la vallée de la Santoire, jusqu'au col de Cabre. Ça monte très bien et c'est superbe.

Lazare écoutait de toutes ses oreilles. Pour l'instant, il n'y comprenait rien du tout. Mais tous ces noms de lieux, de villages, de rivières, qui sonnaient si clair, étaient pour lui une étonnante chanson dont il ne se lassait pas.

– Tu crois, par le col de Cabre ? reprenait l'un des grands connaisseurs de la région. Les chevaux, ajouta-t-il mystérieusement.

Et l'autre, déjà prêt à défendre son hypothèse, s'arrêtait net.

– Ah oui, c'est vrai, je n'y pensais plus : les chevaux…

Et ils posaient tous les deux sur Lazare un œil perplexe.

– Il y a un beau chemin, là-haut, qui monte de la Gravière jusqu'au col de Cabre. Il redescend même de l'autre côté, sur Mandailles. Mais toi, tu prendras à gauche, au col, pour aller vers Lioran. Seulement… il y a les chevaux.

– Ah bon, fit Lazare qui ne voyait vraiment pas ce que des chevaux pouvaient avoir de si inquiétant.

– Un étalon, qu'est-ce qu'il fait quand il voit une mule ?

Lazare éclata de rire.

– Ce que j'en sais, moi ! J'ai jamais essayé. Ça n'a pas de sexe, ces bêtes-là, c'est mi-chèvre, mi-bouc.

Ils rirent à leur tour.

– C'est que, là-haut, dans les plus hautes estives de la Gravière, il y a un troupeau de chevaux. Des chevaux à moitié sauvages, des juments, un étalon. Tous les ans, à l'automne, ils viennent ramasser les poulains… pour la boucherie. Eh oui, je vois bien ce que tu en penses. Mais qu'est-ce que tu veux ? Et ces chevaux-là, surtout l'étalon, ils sont dangereux. Ça fait plus d'une fois que des cavaliers se sont fait attaquer. Quand ils sont nombreux, ils arrivent encore à tenir tête. Mais tout seul… il y a tout de même un fameux risque.

Lazare les considéra gravement l'un après l'autre. Il fallait tout de même bien qu'il passe.

247

– Et autrement ? essaya-t-il.

– Il y a bien le tour par Murat. Mais c'est diablement long. Et puis ce serait dommage. C'est que c'est beau, par là-haut.

Sans un mot de plus, Lazare se leva et prit son violon, tout de suite salué par un tonnerre d'applaudissements.

On dansa encore, on rit, on chanta longuement. Puis il vint se rasseoir.

– Montre-moi sur la carte votre chemin du col de Cabre, dit-il.

Depuis le col de Serre, Lazare, en découvrant le sillon glaciaire qui, entre Puy Mary et Puy de Peyre-Arse, marque le vieux massif volcanique de sa profonde balafre, s'était senti pris d'une véritable fringale de marche. Il lui fallait arpenter tout cet espace sauvage de son grand pas décidé, depuis longtemps intimement réglé sur celui de Delphine.

Le lieu, le temps, la légèreté de l'air devaient plaire à la mule. Elle allait, les naseaux dans le dos de son maître, en rythmant son allure d'un doux grognement, comme une chanson à sa façon. Le chien n'en finissait pas d'aller et venir, de part et d'autre du chemin, dans l'espace infini des estives.

Par prudence, ils passaient tout de même au large des grands troupeaux de vaches de Salers plus occupées, à l'heure chaude, à ruminer paisiblement qu'à s'inquiéter de leur présence.

Après une longue descente à flanc de coteau, ils franchirent à gué le torrent de l'Impradine et suivirent la vallée, plus proche des barres rocheuses qui la dominaient que du petit cours d'eau. À plusieurs reprises, dans les amas de roches qu'ils côtoyaient, Lazare crut voir des silhouettes furtives qui s'éclipsaient à leur approche. Il se fit plus attentif. Il s'arrêta même deux ou trois fois en entendant fuser devant lui un cri strident, comme un coup de sifflet. Mais il fallut que son regard tombe par hasard sur une roche devant laquelle se tenait dressé un drôle de petit animal pour qu'il se persuade de ne pas avoir rêvé.

Certainement convaincue de fondre sa fourrure rousse dans l'ombre du caillou, une marmotte, effrontée, l'observait. Lazare était, bien entendu, incapable d'identifier le petit animal. Et il ne pouvait pas davantage savoir qu'il n'était nullement originaire du lieu. Il devait de l'avoir rencontré à l'initiative d'écologistes, peu soucieux d'authenticité zootechnique, qui ont cru bon d'en expatrier quelques couples des Alpes vers ces hautes vallées des monts du Cantal. Bonnes filles, les marmottes ont dû trouver le lieu à leur convenance. Elles l'ont tranquillement colonisé.

Prêt à rappeler le chien, qui avait, lui aussi, vu le petit animal mais semblait s'en soucier fort peu, Lazare resta un long moment à l'observer. Ce fut d'ailleurs la marmotte qui se lassa la première et qui, soudainement, lui montra fort impoliment son petit derrière tout rond en plongeant dans ce qui devait être son terrier. Lazare, heureux, reprit sa marche.

Enfin, la vallée s'élargit et un village ne tarda pas à apparaître.

La Gravière, se dit Lazare. Et il trouva, effectivement, sur sa droite, le chemin indiqué par les randonneurs, la veille au soir, qui remontait la vallée de la Santoire. Il eut à franchir plusieurs clôtures. Prudent, chaque fois il auscultait le sol, à la recherche d'éventuels crottins de cheval. Il ne rencontra que des bouses.

Bientôt se dressa devant lui la haute paroi qui fermait la vallée. Il discernait déjà les étroits lacets du chemin qui l'escaladait jusqu'au col, près de quatre cents mètres au-dessus de lui. Entre le Puy de Peyre-Arse et celui de Bataillouse, ce devait être le col de Cabre.

Dans ce décor grandiose et sauvage, Lazare ressentait un rare bien-être. Rien ne venait troubler le sentiment qu'il avait d'être en parfaite osmose avec tout ce qui l'entourait, depuis Delphine qui, dans son dos, ne cessait de chantonner sa propre satisfaction, le chien qui allait et venait et lui lançait au passage des regards de parfait bonheur, jusqu'à la buse qui tournoyait loin au-dessus de lui, dont il avait un moment suivi les lentes évolutions avec délectation.

Au fond de la vallée, il lui fallut franchir une nouvelle barrière. De l'autre côté, son inspection minutieuse des traces laissées par les possibles habitants du lieu ne lui révéla rien de précis. Il y avait bien quelques bouses desséchées et apparemment fort anciennes, mais pas le moindre crottin.

Pourtant, cela ne le rassurait pas vraiment. Perplexe, il cherche méticuleusement une trace de vie dans l'étroit vallon, à sa gauche, d'où naissait le torrent, et sur les grandes parois herbeuses, au-dessus de lui, qui filaient vers les sommets. Rien ne bougeait. Le chien sommeillait à ses pieds en attendant sa décision et Delphine, tête basse, en faisait autant sans omettre de chasser les mouches qui l'importunaient du fouet régulier de sa queue ou de ronds mouvements d'encolure.

– Qu'est-ce qu'on fait ? interrogea Lazare à haute voix. On tente le coup ?

Le chien dressa vers son maître un museau haletant et un regard humide de sympathie qui pouvait, à la rigueur, passer pour de l'acquiescement. La mule, pourtant concernée au premier chef, n'eut pas de réaction notable. Abusivement, Lazare, qui n'avait aucune envie de rebrousser chemin, prétendit qu'elle aussi avait acquiescé.

À tout hasard, il se saisit d'un bâton de coudrier qui traînait là, sur la clôture, à droite de la barrière qu'ils venaient de refermer, probablement oublié par le dernier paysan passé par là. Et, d'un pas qui se voulait résolu, il entreprit de suivre le chemin qui montait à l'assaut du col de Cabre.

Entre le vallon qu'il dominait et un long glacis herbeux et parsemé de gros blocs de rochers qui se perdait sous les barres rocheuses de Peyre-Arse, il s'élevait en lacets réguliers vers le col qu'un vilain effet d'optique semblait rendre étonnamment proche. Mais Lazare, à qui on ne la faisait pas, montait en ménageant ses forces, sachant bien qu'il n'était pas au bout de ses peines.

En s'élevant, il voyait s'élargir sous lui le paysage. Au-delà de Dienne dont les toits d'ardoises et de lauzes scintillaient doucement sous le soleil déclinant, le plateau du Limon puis, beaucoup plus loin, les monts du Cézallier commençaient d'apparaître. Et, au nord, comme il avait découvert, cinq jours plus tôt, la barre bleutée, dans les lointains brumeux, des monts du Cantal, montait, maintenant qu'il dépassait la hauteur des plus proches sommets, la silhouette aiguë du Puy de Sancy prolongée, à l'ouest, par le plateau de l'Artense.

Au plaisir, toujours un peu extasié, qu'éprouvait Lazare devant la beauté d'un paysage, s'ajoutait maintenant celui autrement subtil d'y reconnaître des espaces qu'il avait amplement parcourus. Devant cette immensité, il était comme chez lui et en ressentait un indicible bonheur.

Il fut malheureusement de courte durée.

Il montait régulièrement, de son pas bien cadencé, s'appuyant légèrement sur son bâton, quand, en sortant d'un lacet, il les vit venir juste avant que lui parvienne l'étrange grondement qu'ils faisaient naître du sol martelé par leurs sabots.

Ils étaient encore très loin, sous une des falaises de Peyre-Arse qu'ils venaient probablement de franchir, par un passage d'eux seuls connu. Lazare, la mule et le chien avaient dû être immédiatement repérés. Et toute la troupe fondait sur eux de toute la vitesse dont elle était capable.

Lazare serra plus fort son bâton. Il jeta un coup d'œil

rapide vers le sommet du col. On voyait, là-haut, une sorte de croix, à moins que ce ne soit un piquet de balisage. Il distinguait même la clôture et le portillon par lequel il caressa un instant l'espoir de pouvoir fausser compagnie au troupeau qui déboulait sur lui avant qu'il ne l'atteigne.

Mais, non. Il ne fallait pas y compter. Il était encore trop loin. Restait à se battre. Déjà Delphine avait dressé l'oreille et commençait à donner quelques signes de nervosité. Le chien s'était rapproché de son maître et marchait à son pas, très raide, en grognant doucement.

– Va pas falloir se laisser faire, dit Lazare, comme pour se rassurer.

Car le spectacle était étonnant et rien de moins qu'inquiétant. Il devait y avoir six ou sept juments, toutes accompagnées d'un poulain qui semblait rivé à leur flanc. Et l'énorme animal qui suivait la troupe, la poussant au besoin devant lui, ne pouvait être que l'étalon. Déjà, Lazare, dans le formidable grondement qu'ils levaient en dévalant la pente, avec une étonnante agilité, pouvait distinguer les couinements aigus qu'il poussait en forçant les juments, devant lui, à toujours accélérer l'allure.

Ils débouchèrent sur le chemin, à moins de cent mètres devant eux, comme un train lancé à pleine vitesse. C'était d'épais chevaux de trait dont les crinières hirsutes, s'ébouriffant dans le vent de leur course, ajoutaient encore à leur aspect quelque peu monstrueux.

– Comment je vais faire pour les arrêter ?

Lazare, malgré la peur qui le glaçait, s'était planté au

milieu du chemin. Il brandissait déjà très haut son dérisoire bâton, luttant contre Delphine qui n'avait pas d'autre idée que de fuir, alors que là, juste devant lui, se déportant brusquement sur le bord extrême du chemin, au-dessus du vide qu'il méprisait, l'étalon, la gueule grande ouverte, doublait toutes les juments et fondait sur lui.

En vérité, il n'eut pas le temps de faire ou de voir grand-chose. Ce n'était évidemment pas lui qui intéressait l'étalon. Et Delphine l'avait bien compris. À l'instant précis où, courageusement, il prétendait assener un vain coup de bâton sur le chanfrein de l'animal déchaîné, la mule tira si violemment sur sa longe qu'elle l'arracha des mains de Lazare. Déséquilibré, il boula sur le chemin.

Il crut s'y faire écraser. Des sabots volèrent devant ses yeux effarés, projetant sur lui toute une mitraille de cailloux levés du chemin. Il y eut d'étonnants hurlements, les aboiements furieux du chien, et, en dramatique contrepoint, le braiment affolé de Delphine. Il comprit qu'ils s'éloignaient très vite alors que le calme était retombé autour de lui. Il bondit sur ses pieds.

Il était seul…

C'est à peine s'il eut le temps de voir Delphine, les flancs battus de son bagage qui brinquebalait, disparaître, tout en haut du vallon, derrière un bouquet de maigres arbrisseaux. Elle avait réussi à maintenir, entre l'étalon et elle, une belle distance à laquelle le chien, qui harcelait l'animal en furie, n'était peut-être pas tout à fait étranger.

Lazare eut encore le temps d'admirer le courage de son chien. Quelques silhouettes furtives défilèrent encore de l'autre côté du vallon, puis plus rien…

– Delphine, le chien, fit Lazare d'un ton plaintif.

Une insupportable sensation d'infinie solitude le figeait sur place. Il lui parut qu'il n'était plus rien qu'un point infime voué à l'écrasement, au milieu de cette immensité dont l'hostilité brutalement réveillée effaçait, d'un geste, le plaisir qu'il ressentait, l'instant d'avant, à détailler ce qu'elle lui avait de familier.

Il y eut, loin au-dessus de lui, le cri aigre d'une buse. Il leva les yeux, suivit un instant son long vol plané. Et il lui sembla, tout à coup, entendre de nouveau le martèlement sourd de la folle cavalcade. Ce fut ce qui, douloureusement, le ramena à la conscience de la terrible réalité.

– Delphine ! hurla-t-il tout à coup en se ruant droit devant lui pour couper au plus court, au travers du vallon, vers la dernière trouée, entre les branches et les rochers, où il avait vu s'agiter les ultimes silhouettes.

Bondissant de pierre en pierre, se retenant vaille que vaille aux branches des buissons, il dévala jusqu'au fond de la dépression qu'emplissaient les sources d'où naît la Santoire. Et, sans se soucier de l'eau et de la boue, il voulut traverser tout droit. Il piétina quelques buissons, s'en extirpa pour jaillir dans un espace dégagé et sentit soudain que plus rien de solide ne le portait.

– Vingt dieux d'ours, grommela-t-il, une tourbière.

Et, se retournant le plus vivement qu'il put, il se jeta à plat ventre. C'était comme une visqueuse succion qui l'aspirait inexorablement vers le bas. Il sentait sous lui s'ouvrir comme une gueule monstrueuse, un monde flasque d'inconsistance qui lui faisait place, qui s'écartait doucement pour mieux l'absorber, l'assimiler, l'anéantir. Et l'eau, glacée et noirâtre, qui montait en clapotant légèrement, tout autour de lui…

– J'vais tout de même pas crever là ! gronda-t-il.

Lentement, très lentement, pour ne pas accélérer l'effroyable enlisement, il tendit le bras. Il y avait là, juste devant lui, le frêle rameau d'un verne qui s'étendait au-dessus de la tourbière. L'attraper, s'y cramponner. Ne surtout pas tirer trop fort, ne pas le casser. Il y parvint et sentit avec soulagement qu'il ne s'enfonçait plus.

Mais cela ne le ramenait pas sur la terre ferme. Toujours aussi lentement, précautionneusement, il chercha des yeux, autour de lui, le détail qui pouvait le sauver. Mais rien, rien que cette branche frêle et cette mousse spongieuse qu'irisaient les mille teintes de son étonnante végétation. Le souvenir de la Narse l'effleura brièvement. Mais il avait d'autres chats à fouetter. Il serait bien temps plus tard, s'il s'en sortait.

Longtemps il chercha. En vain. Et le froid commençait à le gagner. Sa main toujours cramponnée au rameau de verne commençait à s'ankyloser. Il fallait agir, vite. Il se résolut à lever doucement son bras resté libre et, le tendant aussi loin qu'il le put devant lui, en veillant à ne surtout pas tirer trop fort sur le rameau de verne, il tenta de prendre appui sur lui pour s'extraire de la gangue visqueuse qui l'enserrait et de ramper vers la berge. Ça marcha. Il gagna quelques petits centimètres. Il put faire glisser sa main un peu plus loin, là où la branche était déjà un peu plus solide. Alors il recommença, il s'obstina, s'obligeant au calme, luttant contre la tétanie qui se saisissait peu à peu de ses muscles.

Il lui fallut des heures de cette lente reptation, de cette angoisse mortelle qui le contraignait à l'immobilisme le plus complet, lorsqu'il lui sembla sentir comme un infime déchirement dans les quelques fibres de bois auxquelles tenait sa vie.

Lorsque, trempé, couvert de boue, il s'effondra enfin au pied du verne qui avait tenu bon, il n'avait plus aucune conscience du temps passé.

À bout de forces, oublieux de tout, il sombra dans une sorte de sommeil comateux agité de violents soubresauts.

Ce fut une sensation de chaleur mouillée qui sortit Lazare de son état de semi-inconscience. D'abord, il ne vit rien. Il faisait nuit noire. Ensuite, il ressentit douloureusement le froid qui le mordait de la tête aux pieds. Ensuite encore, il y eut à nouveau ce contact chaud, humide et râpeux sur sa joue.

Il voulut y porter la main. Et ce fut comme s'il devait déplacer un poids énorme. Mais le geste qu'il avait ébauché avait suffi à faire bouger quelque chose d'autre, à côté de lui. Il y eut, dans la nuit, tout près de son oreille, comme une très douce plainte.

– Le chien ? demanda-t-il.

La plainte se mua instantanément en gémissements de joie. Et les broussailles, alentour, furent froissées par le frétillement de bonheur et d'impatience de l'animal.

Mais Lazare ne revenait que lentement aux réalités.

– T'es venu me chercher. Brave bête, va.

Il n'en était encore qu'à se souvenir de sa mésaventure de la tourbière.

– Il s'en est fallu de peu, tu sais. Un rien de plus, et tu ne retrouvais même pas un trou dans l'eau.

Et le reste, tout le reste, s'imposa d'un coup à son esprit remis en marche.

– Delphine ! Bon Dieu, Delphine ? Où qu'elle est ?

C'est-y que tu l'as abandonnée ? Et si on ne la retrouve pas ?

Péniblement, il se releva. Ses vêtements, ses mains, ses cheveux étaient pris dans une véritable gangue de boue. À grands gestes maladroits, il se battait contre les buissons qui entravaient ses efforts.

Le chien, en pleurnichant, filait déjà devant lui. Mais Lazare n'y voyait rien.

– Attends-moi donc, qu'on y voit goutte, ici. Quelle heure il peut bien être ? C'est donc que je suis resté esquinté là si longtemps ?

Enfin, il réussit à s'extraire des broussailles qui lui avaient caché la tourbière. D'un ciel parfaitement étoilé mais encore sans lune, ne tombaient que de vagues lueurs dessinant à peine la silhouette des montagnes qui l'entouraient mais semblant ne pas parvenir jusqu'au sol dont Lazare n'arrivait pas à discerner les pièges. Il butait dans chaque pierre, se tordait les pieds dans les racines, trébuchait sur la moindre inégalité du terrain.

– Attends, répéta-t-il au chien dont il comprenait bien qu'il voulait l'entraîner loin de là. J'y vois rien et je ne tiens pas debout. Attends que je me reprenne un peu.

Mais il savait aussi qu'il lui fallait bouger, se remuer pour ne pas laisser le froid l'engourdir totalement. En tournant lentement le regard de droite à gauche, il tenta de se situer, de percer un peu mieux cette obscurité poisseuse. Il réalisait que le chien, en revenant tout naturellement vers son maître, lui offrait une chance ultime de ne pas sombrer définitivement dans le gigantesque trou noir qui s'était ouvert sous ses pieds lorsque les chevaux avaient fondu sur eux.

Peut-être même Delphine… Il ne voulait pas trop y croire. Mais l'insistance que mettait le chien à vouloir l'entraîner dans une direction apparemment précise lui mit tout de même la puce à l'oreille.

– Ce serait-y ?... Allez, le chien, on y va. Il faut bien.

Butant, trébuchant, jurant, il s'obstina. Devant lui, pas un instant le chien ne cessa de geindre. Mais il savait où il allait, c'était évident. Lazare, suspendu au fol espoir qu'il faisait naître en lui, s'acharnait, apprenant peu à peu à marcher en aveugle, à lever haut les pieds, à les reposer avec précaution.

Ils allèrent ainsi longtemps, très longtemps, le chien geignant doucement devant, et l'homme qui peinait à le suivre.

Et puis, tout à coup, Lazare eut conscience d'une présence près d'eux.

– Attends, le chien. Bouge pas.

Il s'accroupit. Le chien, tout à coup silencieux, vint se blottir contre lui. Et il écouta. Il ne s'était pas trompé. Là, sur le côté, légèrement en dessous d'eux, on bougeait. C'était comme un lent froissement de tissu. Et puis peut-être aussi un souffle, régulier, paisible, puissant.

Lazare, figé, n'osait plus bouger. Il se sentait étonnamment démuni, faible, les mains nues, face à des éléments hostiles qu'il ne comprenait plus.

– C'est quoi, ça ? souffla-t-il comme pour se donner du courage.

Le chien émit une plainte à peine audible et voulut repartir.

– Attends, dit encore Lazare. Regarde.

Au-dessus des barres rocheuses, à l'est, le ciel commençait à s'éclaircir.

– La lune, dit-il avec ravissement. Dans trois minutes, elle sera là. On pourra y aller.

Le chien se tut. Lazare, ramassé sur lui-même, sentait le froid le gagner à nouveau. Mais il préféra l'endurer en attendant d'y voir mieux. Sous eux, on entendait toujours ce murmure régulier d'étoffe froissée et de souffle puissant.

Un cheval, réalisa soudain Lazare. Ils sont là.

Et il se fit encore plus petit, au ras du sol, dans l'ombre bienvenue de quelques buissons que la lueur froide de la lune commençait d'étirer au-dessus d'eux.

Ils étaient là. Il les vit naître peu à peu de la nuit, un à un, en même temps qu'une lumière diffuse, sans nuance, paraissait extraire le paysage du néant de l'obscurité. Ils se tenaient à bonne distance les uns des autres. Certains broutaient paisiblement. D'autres, immobiles, la tête basse, semblaient dormir. Il fallut que l'un d'entre eux bouge pour que Lazare comprenne que ce qu'il avait d'abord pris pour quelques rochers épars n'était autre que les poulains, couchés dans l'herbe.

Le chien, à nouveau, émit un faible gémissement et voulut repartir. Un cheval l'entendit. Il leva la tête, écouta quelques instants sans cesser de mâcher. Puis, rassuré, il se remit à brouter.

Lazare était perplexe. Rien, dans les silhouettes qu'il découvrait, ne lui révélait la présence de Delphine. Pourtant le chien insistait pour avancer. Il ne parvenait pas à localiser l'étalon. Que ferait-il en le voyant ? En bon Morvandiau, il était plus habitué aux vaches qu'à ces animaux-là, à l'égard desquels, pour ne les avoir jamais trop approchés, il professait une prudente méfiance.

Et le monstrueux animal qu'il avait vu le charger, sur le chemin, crinière au vent et toutes dents à l'air, n'était évidemment pas de nature à le faire changer d'avis. Il avait beau se répéter que ce n'était pas à lui mais à Delphine que l'étalon en voulait, il se sentait nu, désarmé, incapable d'affronter le danger.

Ce fut le chien, en définitive, qui décida pour lui. Avec une dernière plainte un peu rageuse, il bondit tout à coup hors de la portée de Lazare. Et, décidé, il fila droit devant lui.

– Le chien !

Lazare avait crié. Et ce fut comme si la nuit se déchirait dans un grand tintamarre. D'un seul mouvement, tous les chevaux avaient levé la tête. Les poulains avaient bondi comme des ressorts et avaient fusé vers leurs mères auprès desquelles ils se tenaient, prêts à la fuite éventuelle.

Le chien s'arrêta à quelques dizaines de mètres de Lazare toujours tapi au pied de ses buissons. Il fit face à son maître, émit un aboiement bref, comme un appel, et, très sûr de lui, reprit sa marche, sans se presser.

C'est alors seulement que Lazare vit la construction massive vers laquelle il semblait se diriger.

Un buron, ici. Si je m'attendais…

C'était surtout un abri, un toit vers lequel, dans l'égarement qui était le sien depuis que Delphine lui avait échappé, une envie folle lui vint de se précipiter.

Mais l'image terrifiante de l'étalon se ruant vers lui était encore trop présente. La peur continuait de le clouer au sol. Malgré la distance, dans le clair de lune, il vit le chien disparaître dans l'ombre du bâtiment.

Il faut que j'y aille, se raisonna-t-il.

Il se redressa lentement, très lentement. Les chevaux, apaisés, étaient retournés à leur somnolence ou à leur repas d'herbe. Un à un, les poulains se recouchaient. Lazare, prudemment, se hasarda à sortir de la zone d'obscurité qui l'avait dissimulé jusque-là. Pas une bête ne bougea, sauf le chien qu'il vit revenir vers lui en trottinant et en donnant d'évidents signes de satisfaction.

Il s'arrêta net à quelques pas de son maître, se livra à quelques cabrioles guillerettes, puis, avec un drôle d'aboiement, comme une invitation à le suivre, toujours en trottinant et en remuant la queue, il reprit le chemin du bâtiment dont la sombre silhouette se découpait sur la luminosité du ciel.

Lazare, encore méfiant, tenta d'évaluer la distance qui le séparait de ce toit inespéré.

Au pire, se dit-il, je serai bon pour une fameuse course à pied. Tout de même, je ne peux pas rester là jusqu'à la fin des temps. Tant pis, je risque le coup.

Et il avança lentement dans la lumière blanche de la lune, calculant soigneusement son itinéraire pour passer le plus loin possible de chacune des bêtes. Aucune ne leva le nez. Il reprit courage et accéléra légèrement le pas. Le bâtiment approchait. Autant qu'il pouvait en juger, il n'était plus qu'à une bonne trentaine de mètres. La tentation lui vint de courir. Il allait y céder et ébauchait déjà le geste de se jeter en avant lorsqu'un prodigieux hurlement, un hennissement, qui lui parut dément, déchira à nouveau la nuit, le glaçant d'horreur.

Jaillissant de derrière la bâtisse, monstrueux, l'étalon n'eut que trois pas à faire pour en barrer l'accès à Lazare. Alors, il comprit. La détermination du chien, ses allées et venues, et l'étalon, maintenant, qui défendait comme une propriété la large porte qu'il commençait à discerner, noir d'encre sur noir de velours, sur le côté du buron... Delphine était là. L'espoir si fou qu'il n'avait pas voulu, jusque-là, s'y arrêter, s'était tout à coup mué en certitude. Elle était là, à l'abri de ces vieux murs entre lesquels le chef du troupeau la tenait prisonnière.

D'avoir acquis cette certitude rendit son courage à Lazare. Il attendit quelques instants, le temps que l'étalon, vite calmé, se remette tranquillement à brouter. Puis, en lui parlant doucement, il reprit sa marche.

– Là, disait-il. T'es beau, va. Tout doux, on se calme. Bon cheval...

Sans cesse, il répétait les mêmes paroles apaisantes. Il ne s'interrompit pas lorsque l'autre, pour la forme, eut encore deux ou trois brèves velléités de démonstrations

265

d'agressivité. Mais Lazare n'y croyait plus. Enfin libéré de sa peur panique, il avait compris que l'étalon jouait la comédie pour mieux l'impressionner.

Non sans rester à bonne distance, il put le dépasser. Il dut encore se contraindre à ne pas accélérer le pas jusqu'à ce qu'il ait atteint la porte du buron. L'obscurité y était totale. Mais, debout, sur la pierre de seuil, il sentait une présence devant lui.

– Delphine ? appela-t-il, la gorge serrée.

Le chien, frétillant, fut, sur l'instant, dans ses jambes. La paille craquait doucement, au fond de l'obscurité, sous les pieds d'un autre animal.

– Delphine ? répéta-t-il, angoissé.

Ça continuait d'évoluer, là-dedans, sans qu'il puisse discerner le moindre détail. Et puis, tout à coup, sans qu'il l'ait vu venir, quelque chose heurta sa poitrine. Malgré lui, il eut un mouvement de recul, juste assez pour qu'apparaisse, dans la lumière grise de la nuit, le museau de la mule. Il l'aurait reconnu entre mille !

– Delphine !

Il avait jeté vivement les bras en avant, et, bêtement, comme un gosse, il les avait noués autour de son cou et il bénissait la nuit de dissimuler ses larmes de joie.

Pour autant qu'il pût en juger, dans l'obscurité totale du petit bâtiment, le chargement de Delphine n'avait pas trop souffert de son aventure. C'était une chance. À tâtons, il parvint à y trouver sa lampe électrique. Et ce halo jaune qui se mit à danser autour d'eux fut comme une résurrection. À nouveau, il n'était plus nu, sans défense, dans l'immensité. À nouveau, il retrouvait les gestes qui le rendaient maître de chaque instant.

Il s'empressa de débarrasser la mule de son bât. Un peu de foin, au fond du bâtiment, était largement en mesure de l'occuper pour le restant de la nuit. Rangés le long du mur au milieu d'autre matériel, il trouva quelques solides pieux. Il les traîna devant la porte et parvint à se persuader qu'il l'avait assez solidement barricadée pour ne plus avoir à redouter les attaques de l'étalon.

Il put enfin penser à lui. À vrai dire, ce fut vite fait. Il apaisa sa faim d'un bout de saucisson et d'un morceau de fromage trouvés dans ses bagages, il arrosa le tout de ce que contenait encore sa gourde.

Puis, s'enveloppant dans son manteau, à même le foin que broutait paisiblement Delphine, contre le chien déjà roulé en boule, il n'eut qu'à fermer les yeux pour sombrer aussitôt dans un profond sommeil.

Au petit matin, il n'y avait plus un cheval autour du buron.

Lorsque Lazare parut dans le jour gris, l'œil glauque, le cheveu plus broussailleux que jamais, la montagne, paisible, s'éveillait doucement dans le chant des oiseaux sous-tendu par le murmure persistant d'un minuscule ruisseau, à peine visible, entre les pierres et les hautes herbes qui le bordaient.

Lazare, incrédule et prudent, chercha longtemps la troupe des chevaux qui avait bien failli, la veille, marquer à tout jamais la fin de son voyage. Il finit par la trouver. À la queue leu leu, réduits par l'éloignement à l'état de petits points que seuls leurs mouvements permettaient de distinguer des roches entre lesquelles ils progressaient, les chevaux n'étaient plus loin d'atteindre les barres rocheuses sous Peyre-Arse. Lazare attendit de les voir disparaître, un à un, probablement dans un étroit passage ouvrant sur l'autre versant.

Partis pour leur randonnée quotidienne et toujours identique à travers leur vaste domaine, ils ne réapparaîtraient pas avant la fin de l'après-midi. Lazare, la mule et le chien avaient largement le temps de monter jusqu'au col de Cabre et de franchir le portillon au-delà duquel tout cela ne serait plus qu'un mauvais souvenir.

Lazare se laissa tomber lourdement sur la grosse pierre mal équarrie qui, le long du mur du buron, évoquait encore le temps où des hommes vivaient là tout l'été. À réaliser tout à coup qu'ils n'étaient plus prisonniers, c'était comme si une énorme tension s'était tout à coup relâchée en lui. Il en avait les jambes coupées.

Mais il ne parvenait pas pour autant à retrouver en lui la joie et le simple plaisir d'exister qu'il aurait pu en attendre. C'était comme si toute cette sombre aventure avait verrouillé une porte qui refusait de se débloquer.

Le chien, trempé de rosée, rentrant d'une petite expédition de découverte autour du buron, vint quémander un bonjour. Il s'assit contre la jambe de Lazare et posa la tête sur sa cuisse, levant sur son maître un regard humide.

– T'as bien de la chance, toi, lui dit Lazare en lui caressant doucement le haut du crâne. Les choses sont simples, pour toi. Hier, tu as fait ton boulot. Drôlement bien, d'ailleurs. Sans toi, qu'est-ce que j'aurais fait ? Et la Delphine, qu'est-ce qu'elle serait devenue ? Voire ! Si ça tombe, c'est toi qui l'as fait entrer dans ce buron-là. C'était une riche idée. Sans ça… Et puis, maintenant, te voilà satisfait. Pour toi, la vie est comme avant. Le moment est beau, tu le vis, voilà tout. Ce que sera tout à l'heure, demain, tu t'en moques. Tu ne te compliques pas la vie, toi.

La chanson des mots de son maître suffisait amplement au bonheur du chien qui, immobile, semblait, de tout son être, se délecter de cette musique. Elle devait, pour lui, avoir quelque chose de divin.

La mule, dans le buron, dut en avoir l'intuition. Mâchonnant quelques brins de foin, elle vint passer la tête à la porte, au-dessus des pieux dont Lazare l'avait barricadée.

Sur son banc de pierre, il eut conscience de ce bien-être paisible dont ses animaux se délectaient, autour de lui. Et il lui fut d'autant plus pénible de se sentir incapable d'accéder à la même tranquillité. Quelque chose s'était brisé en lui qui lui faisait brutalement prendre la mesure de la folie qui l'avait jeté sur les chemins.

Il avait fallu tout ce temps, toutes ces aventures, toutes ces distances parcourues, pour qu'il réalise brusquement l'incongruité de son geste. Il était seul tout à coup, infime point perdu dans l'immensité, à tendre désespérément ses pensées vers la longue bâtisse des Granges de Gamet, fermée, là-bas, si loin, dans la vallée dont il avait compris, un jour, parce que passaient des étrangers, qu'elle n'était pas le centre du monde tel qu'il l'avait imaginé.

Elle était la sécurité, le confort douillet des habitudes, de l'abri, des gestes jamais pris en défaut. Il le savait. Cela faisait longtemps qu'il avait évalué sans déplaisir l'ampleur de l'inconnu dans lequel il avait plongé en tournant le dos à la vieille ferme familiale. Jusque-là, il lui avait suffi, pour se rassurer, de se souvenir qu'elle existait toujours, là-bas, très loin, dans ses collines morvandelles.

Or, la réalité venait de lui rappeler sans ménagement la part de risque qui cohabite inévitablement avec le simple plaisir d'aller par les chemins. Et Lazare, sur son rus-

271

tique banc de pierre, en était à se demander, pour la première fois depuis son départ, si tout cela n'était pas une très grande folie.

Oh, bien sûr, le rêve des Cévennes, sinon de Saint-Jacques-de-Compostelle, était toujours là. Mais la raison, maintenant, le contrebalançait, et faisait, en pendant, miroiter le souvenir des Granges de Gamet.

Toujours entouré du chien et de la mule, il resta longtemps là, adossé au mur de pierres grises. Il laissa le soleil apparaître et commencer son voyage quotidien d'un bord à l'autre du ciel. Sans trop y prendre garde, il laissa s'établir, pour la journée, le subtil et changeant jeu des ombres et des lumières que compliquaient encore, avec l'heure qui avançait, les ondes de chaleur montant du sol.

– On ne peut tout de même pas rester là jusqu'à la fin des temps, dit-il lorsque lui revint la conscience du temps qui passait. On ne peut tout de même pas attendre qu'ils reviennent.

Sans avoir vraiment pris de décision, par habitude, il rejoignit le chemin et entreprit l'escalade de la dernière côte avant le col de Cabre.

Personne ne l'avait averti. Les grands immeubles en béton, le modernisme outrancier, les innombrables remontées mécaniques de Super-Lioran achevèrent de le déboussoler. D'autant plus que, plus sale que jamais, hirsute, hagard, il vit la foule des vacanciers s'écarter de lui, les mères interdire à leurs enfants de s'approcher de la mule et des hommes chasser le chien avec mépris.

Personne ne lui demanda d'où il venait ni où il allait. Seul, décontenancé, il ne trouva de réconfort qu'au chemin, dans lequel il s'empressa de se perdre, qui partait à l'assaut des pentes du Plomb du Cantal. Encore y fut-il longtemps gêné par les bennes du téléphérique sous lesquelles il cheminait et qui inquiétaient beaucoup la mule et le chien.

Mais, à marcher paisiblement, dans la longue côte, en mesurant son allure et son souffle, il retrouva un peu de son ancienne sérénité. Il redevint le voyageur pour qui rien n'importe que d'aller, d'avancer, toujours et encore, sans autre but que de repousser l'horizon à d'autres lointains, d'autres collines, d'autres vallées, d'autres villages sans cesse à découvrir.

Il ne s'attarda pas au sommet du Plomb du Cantal sur lequel le téléphérique déversait des flots ininterrompus de touristes en bermuda et en tongs. Il prit un certain plaisir à la longue descente sur son flanc sud, où Delphine, imperturbable et ayant, pour sa part, visiblement retrouvé tout son plaisir à marcher derrière son maître, sans cesser de chantonner son habituel petit ronflement d'aise, lui fit de superbes démonstrations d'agilité au passage de quelques grandes plaques de basalte en dévers.

L'après-midi tirait à sa fin lorsqu'il atteignit enfin le col de Prat-de-Bouc. Il y avait là deux ou trois hôtels, une colonie de vacances et, à l'écart du hameau, sur la route de Paulhac, une ancienne petite ferme transformée en gîte d'étape. On l'avait simplement entourée d'une clôture pour l'isoler de l'estive que broutait un troupeau de vaches.

L'heure n'était pas encore à l'arrivée massive des randonneurs du soir. Lazare put s'installer paisiblement. D'autorité, il décréta que le petit enclos entourant le gîte convenait très bien à Delphine. Et, sans plus se soucier des allées et venues des arrivants, il s'adonna avec un rare plaisir au décrassage complet de sa vieille peau comme des oripeaux dont il la couvrait ordinairement.

Rasé de près, le cheveu pour une fois presque discipliné, vêtu de la chemise à carreaux et du pantalon de velours qu'il gardait au fond de son sac pour les éventuelles grandes occasions, il reparut juste à temps pour assister au débarquement haut en couleur d'une dizaine de gamins étroitement encadrés par deux moniteurs.

– C'est à vous, cet animal ? demanda l'un d'eux à Lazare.

Le ton n'eut pas l'heur de plaire au bûcheron du Morvan sur qui une bonne douche et un peu de repos commençaient à produire leurs effets bénéfiques.

– Et alors ? Ça vous gêne ? fit-il avec plus de gouaille dans la voix que de colère.

L'autre ne l'entendit pas de cette oreille.

– Oui ça nous gêne, fit-il d'un ton pincé. Ça risque surtout de gêner les enfants. Ils vont jouer dans la cour. Il faudra la mettre ailleurs, votre bête.

Lazare n'écoutait déjà plus. Il admirait. Les enfants, effectivement, avaient tout de suite pris possession de la cour. Et Delphine, qui broutait paisiblement, jusque-là, le long de la clôture, s'était subrepticement approchée. Les gamins, tout de suite, avaient fait cercle autour d'elle. Les plus hardis en étaient déjà à lui caresser l'encolure, le chanfrein et, très délicatement, la peau d'un gris presque noir, si douce et si sensible, de part et d'autre des naseaux. La mule, tête basse, parfaitement immobile, semblait attentive à chacun de leurs gestes.

– Regardez, dit Lazare. Elle vous gêne encore, ma mule ?

– Non, mais…, fit encore l'autre.

– Ben alors ! trancha Lazare en s'éloignant.

Il n'avait pas envie de discuter et Delphine venait, très tranquillement, de lui rendre une bonne part de la joie d'exister qu'il redoutait, l'instant d'avant, d'avoir irrémédiablement perdue sur les pentes de Peyre-Arse.

Les enfants et la mule ne se quittèrent pas de toute la soirée. Et Lazare, qui observait la scène avec ravissement, ne sut pas bien, lorsque vint l'heure du coucher, pour qui, des premiers ou de la seconde, la séparation fut la plus difficile à admettre.

– Allons, dit-il au chien, en le poussant dehors avant d'aller s'installer dans le coin du dortoir qu'il s'était réservé. Va donc retrouver Delphine. Va lui tenir compagnie. Elle le mérite bien, va.

Le lendemain matin, lorsque Lazare écarta doucement le rideau du dortoir encore endormi, un sombre couvercle de nuages gris avait mangé les montagnes. Et Delphine, qu'il voyait aller et venir, dans le petit enclos, cueillant délicatement au passage les fins épis des graminées, supportait apparemment avec résignation une pluie fine et obstinée dont elle semblait déjà avoir accepté qu'elle soit leur lot de toute la journée.

La pluie du matin n'arrête pas le pèlerin, se dit Lazare une fois de plus.

Il dut tout de même se contraindre à secouer une lassitude, une sorte d'ennui qu'il ne se connaissait pourtant pas et dont il comprit qu'il était l'irréparable séquelle d'un choc suffisant pour que son voyage, désormais, ne soit plus tout à fait le même qu'avant.

Les jours qui suivirent furent gris. Mais Lazare, indifférent à la pluie qui s'obstinait, continuait d'aller au sud, sans plus se poser de questions.

Pour tenter d'oublier qu'une certaine joie de marcher l'avait tout de même abandonné, il chantait à tue-tête et à longueur de journée. Mais il savait bien que ce n'était là qu'un pis-aller.

Il ne vit pas s'éloigner les monts du Cantal perdus dans les nuages. Il aperçut Saint-Flour que dominaient les flèches de sa cathédrale, mais n'eut pas la tentation de s'approcher de la ville. C'est à peine si, en marchant vers Ruynes-en-Margeride, il put voir la masse sombre du vieux massif de granit vers lequel il allait.

Dans la rue du bourg qu'animaient les flonflons d'une fête foraine, une forte voix l'apostropha :

– D'où tu sors, comme ça ? Et tu vas loin ?

Les deux questions rituelles à la fois ! Il n'en fallut pas plus pour rendre tout à coup à Lazare son ancienne faconde.

– De nulle part ! clama-t-il. Nous venons d'où le vent nous pousse et nous allons où il voudra bien nous conduire.

À sa grande surprise, l'effet qu'il obtint ne fut pas du tout celui auquel il était habitué. Il y eut des éclats de rire, quelques vagues protestations.

– Hé, vieux, osa le fort en gueule qui l'avait interpellé, c'est du réchauffé, ton baratin. On connaît. On l'a déjà eu pas plus tard qu'hier soir.

Lazare en resta bouche bée.

– Hier soir ? bredouilla-t-il. Pas possible, j'étais à Valuéjols.

– Qui te parle de toi ? répliqua l'autre avec un rien de mépris dans la voix.

On s'attroupait autour d'eux. On rigolait gras. Le souvenir du café du dimanche matin, en Morvan, lui revint. Ainsi riaient ses copains quand ils avaient trouvé un prétexte à s'amuser à ses dépens. Et l'autre, qui n'entendait évidemment pas en rester là de ses effets :

– Même qu'ils nous ont bien fait rigoler, tes copains. Pas vrai, vous autres ?

Et la petite foule qui les entourait de confirmer bruyamment. Que répondre à ça ? Lazare était complètement perdu et cherchait désespérément le moyen de s'en sortir.

– Parce que ce sont tes copains, les autres, continuait le gros homme un peu rougeaud qui l'avait interpellé. Sûr. Faudra vous mettre d'accord sur vos itinéraires, les mecs. Ça fait pas sérieux, votre truc.

Et comme il était bon prince et qu'il voyait bien l'embarras de Lazare, il lui tapa sur l'épaule.

– Allez, viens. Une erreur, ça peut arriver à tout le monde. Attache donc ta mule. Et viens boire un coup. C'est le meilleur moyen de se quitter bons amis.

Lazare ne se le fit pas dire deux fois. Il n'espérait déjà plus s'en tirer à si peu de frais. Et il ne lui déplaisait pas de trouver là l'occasion d'en savoir plus sur ce qu'il commençait vaguement à pressentir.

– Un gars et une fille, lui confirma l'autre lorsqu'ils furent attablés devant deux bières bien fraîches. Lui, la quarantaine, à peine. Petit, maigrichon, un peu illuminé. Elle, pas franchement belle, mais du charme, beaucoup de charme. Tu les connais ? C'est bien eux ?

– Peut-être, pas sûr, éluda prudemment Lazare.

L'autre eut l'air étonné, vaguement incrédule.

– Tout ce que je sais, reprit-il tout de même, c'est qu'ils nous ont bien fait rigoler, tes copains. On en a eu pour notre argent.

– Parce qu'ils vous ont fait payer ?

– Évidemment. Ils n'allaient pas faire leur numéro pour nos beaux yeux. Oh, pour dire, vu ce qu'ils demandaient, c'était pour la forme plus qu'autre chose. Mais… s'ils en vivent !

Cette fois, les soupçons de Lazare avaient sérieusement tendance à se préciser.

– Et lui, demanda-t-il, il a dit d'où il venait ?

L'autre, une fois de plus, fronça les sourcils.

– Vraiment, tu ne les connais pas ?

– C'est pas ce que j'ai dit. Mais je veux être certain.

– Parce que c'est pas tes copains, c'est ça ?

– Mettons. Alors ? Tu ne m'as pas dit. Il venait d'où, le maigrichon ?

– Ben, pour dire vrai, je ne me souviens pas. Je ne crois même pas qu'il l'ait dit. Faut comprendre. On ne leur a pas demandé. Qu'est-ce que ça pouvait nous faire ?

Lazare admit.

– Sûr, dit-il. Mais… Il ne vous a même pas dit comment on l'appelait ?

Le visage un peu poupin de son interlocuteur s'illumina tout à coup d'un large sourire.

– Attends voir ! Mais si qu'il nous a dit d'où il venait. Je l'entends encore. Moi, qu'il disait, on me nomme…

– Paul de Belleville, l'interrompit Lazare.

Mais le gros homme, contre toute attente, ne confirmait pas. Au contraire, il prenait un air totalement désolé.

– Ah non, dit-il. C'est pas comme ça qu'il a dit. « On me nomme Paulo de Belleville. » J'm'en souviens bien. C'est Paulo de Belleville, qu'il a dit.

Le rire tonitruant de Lazare dut s'entendre de l'autre côté du pays.

– Paulo de Belleville ! Une promotion, pour ainsi dire. Ouais, une belle promotion. Et facilement gagnée, avec ça. Attends voir, je m'en vais lui en passer le goût, moi, de sa promotion. Par où qu'il est parti, l'arsouille ?

L'autre eut l'air sincèrement désolé.

– Ce que j'en sais, moi. Je sais qu'ils ont dormi au gîte. Pour le reste… Ouais… Peut-être bien qu'ils ont dit qu'ils allaient au sud. Ils ont parlé des monts de la Margeride. Ou peut-être bien de l'Aubrac. Ou des deux à la fois. J'sais plus bien, moi.

Lazare, tout à coup très à l'aise, lui posa une main apaisante sur le bras.

– T'inquiète, dit-il. J'en sais assez. J'en fais mon affaire.

Ils trinquèrent. Le gros homme tenta bien d'en savoir un peu plus.

— Alors, comme ça, c'est pas tes copains ? demanda-t-il.

— Bof, fit Lazare, conciliant. On peut pas dire. Il a voulu copier, quoi. Mais c'est pas tout de vouloir. Il faut être capable.

Quelque chose, tout de même, le tracassait.

— Tu m'as bien dit qu'il avait une femme avec lui ?

— Sûr. J'te dis, une fille, une grande brune plutôt bien balancée. Une femme, comment te dire ? Tu ne te retournerais pas sur elle dans la rue, mais alors, sur scène, une présence, un charme. Vrai, on ne voyait plus qu'elle.

— Ça alors, grogna Lazare.

L'autre se méprit.

— C'est… C'est pas ta femme, des fois ?

Une fois de plus, tous les échos résonnèrent du rire tonitruant de Lazare.

— C'est bien la première fois que j'entends parler de cette femelle-là, dit-il avec dans la voix toute l'élégance que sa misogynie ordinaire savait exprimer à l'égard du sexe faible.

Mais il était évident qu'il entendait bien en savoir plus sur l'acolyte inattendue que Paul Trévoux avait réussi à se dénicher.

— Et ils voyagent ensemble ? s'étonna-t-il.

— Ben, oui, j'te l'ai dit.

— Et c'est lui qui porte son sac ?

— Ah non, ils ont un âne. Un beau petit âne gris, équipé

281

un peu comme ta mule. Et, par-dessus le tout, ils installent le gamin.

– Le gamin ? Quel gamin ?

– Ce que j'en sais, moi ! Ils ont un petit gamin avec eux. Quoi ? Six-sept ans, pas plus. À cet âge-là, ça marche bien, mais ça fatigue vite, tout de même. Alors, de temps à autre, hop ! sur le dos de la bourrique.

Le détail n'intéressait que moyennement Lazare. Mais, à la réflexion, il se dit qu'il avait son importance. Ça ne passe pas inaperçu, un pareil équipage.

– C'est bon, dit-il, en finissant sa bière. Je sais ce qu'il me reste à faire.

L'autre, tout à coup, s'alarma.

– Pas de bêtises, hein ? J't'ai rien dit, moi.

– T'inquiète, fit Lazare, rassurant. Mais, dis-moi, toi qui connais le pays, si tu étais à leur place, tu serais parti vers où ?

– Qu'est-ce que tu leur veux ? fit le gros homme soudain sur ses gardes. Vos histoires, moi…

Lazare hésita. Le courage de l'autre faisait peur à voir ! Il eut bien, un instant, la tentation de lui jouer le grand numéro de la colère, histoire de finir de le décomposer. Mais, au fond, il n'avait rien à faire de la trouille veule de celui qui, jusque-là, avait trop aimé se faire valoir en le renseignant complaisamment.

– C'est bon, s'obligea-t-il à dire très calmement. Je me débrouillerai tout seul. Tu peux me croire.

Même si le motif en avait changé, Lazare avait retrouvé toute son ardeur à marcher. Et son allure, depuis Ruynes-en-Margeride, à la plus grande surprise du chien et de la mule, s'apparentait plus au pas de chasse qu'à sa paisible promenade ordinaire.

C'est à peine s'il prêta attention à la beauté sauvage et grandiose du pays dans lequel il s'enfonçait. Il entrevit, depuis les hauteurs de Prat-Long, la fine dentelle d'acier du viaduc de Garabit qui se profilait, loin à l'ouest, derrière l'élégante lame de béton du pont de l'autoroute franchissant là la gorge au fond de laquelle scintille le lac de Grandval. Mais il ne pensa pas à s'étonner du surprenant spectacle de ces modernes prouesses techniques noyées dans un océan de verdure.

Au mont Mouchet, il ne fit qu'une brève halte au mémorial de la Résistance, comparant avec étonnement la similitude des dates avec celles portées sur les modestes stèles érigées dans sa forêt morvandelle, après la dernière guerre. En reprenant sans tarder sa marche vers le sud, il ruminait tout de même la découverte qu'il venait de faire d'un lien étonnant entre son pays et ceux qu'ils traversaient. Après tout, ils ne devaient pas être si différents que ça les uns des autres puisque, au même moment, sans se connaître autrement, ils avaient mené le même combat.

Cette idée qui lui venait le réconforta. Il n'était donc pas si perdu qu'il l'avait redouté un moment, vers Peyre-Arse, sur des terres totalement étrangères.

En atteignant Auzenc, il vit venir à lui un homme superbe. Très grand, probablement très âgé mais remarquablement droit, le cheveu et la moustache de neige, l'œil bleu d'une étonnante profondeur, vêtu, sur une chemise de grosse toile bleue, d'un gilet de velours noir et d'un pantalon de coutil gris, il avançait d'un pas ample et régulier qu'il rythmait en s'appuyant sur un grand bâton.

– Le bonjour, fit-il d'une profonde voix grave en s'écartant pour livrer passage à l'équipage de Lazare.

– Le bonjour, répondit Lazare en s'arrêtant.

Sur le bord du chemin, simplement, comme s'il n'y avait rien d'étonnant à leur rencontre, ils échangèrent quelques inévitables considérations sur le temps qu'il faisait, qu'il avait fait et qu'il ferait. Mais Lazare, pressé de continuer son chemin, en vint vite au fait.

– Vous n'avez pas vu passer par là un homme, une femme, un gamin et un âne ? demanda-t-il.

– Si fait, pas plus tard qu'hier, dit l'homme sans marquer le moindre étonnement.

Lazare remercia et coupa court à une conversation que l'autre, à l'évidence, n'aurait pas demandé mieux que de prolonger. Il jubilait.

C'est donc que j'ai vu juste, se félicitait-il. Grandrieu, c'est là qu'ils vont. Un gros bourg, un peu à l'écart. C'est pas trop mal vu. Les distractions sont rares, dans ces pays-là. Il y a du monde. Tout ce qu'il faut pour faire une bonne recette. Attends voir, je m'en vais la leur réduire, leur recette, moi !

Et il allait d'un si bon pas que Delphine, dans son dos, commençait à s'en lasser et à laisser la longe se tendre.

– Oh ! criait-il. C'est-y que t'as la flemme, la Delphine ? C'est bien la première fois que ça t'arrive. Mais ça tombe mal, ma belle. Parce qu'il va falloir se presser.

Ils traversèrent Paulhac-en-Margeride sans même s'arrêter et gagnèrent les hauteurs désertes, de bois et d'immenses herbages alternés, qui sont comme l'épine dorsale de ce pays où la présence de l'homme en vient à se faire si discrète que la sensation de solitude y est parfois poignante.

Mais Lazare, qui l'avait pourtant si cruellement ressentie quelques jours auparavant, n'y pensa pas un seul instant. Sa chasse occupait tout son esprit. Au point qu'il ne vit pas l'orage qui montait rapidement vers eux.

Lorsque le jour eut suffisamment baissé pour qu'un éclair, presque aussitôt suivi d'un violent coup de tonnerre, le fasse sursauter, il était déjà quasiment sur eux. Il n'eut que le temps de sortir son manteau.

En quelques instants, il ne resta du paysage que quelques proches rangées d'arbres, des buissons que tordait violemment le vent et que giflaient des bourrasques d'eau, et le chemin, droit devant eux, dont les ornières se noyaient déjà de grandes flaques.

Le chien, la mule et l'homme, tendant le dos, n'avaient d'autre choix que d'aller, obstinément, sur ces larges voies qui n'en finissaient pas de promettre, à leur terme hypothétique, des pays qui ne venaient pas.

Et l'orage semblait prendre un malin plaisir à feindre l'éloignement, en glissant dans l'axe d'un petit vallon aux mystérieux méandres, pour mieux réapparaître de derrière la crête et leur hurler aux oreilles ses insanités.

Au point qu'ils en perdirent peu à peu la notion du temps. Ils allaient, endurant toutes les claques du vent, les gifles de la pluie, les monstrueux déchirements des éclairs, les hurlements déments du tonnerre. C'était comme une fatalité qu'il leur fallait accepter en continuant d'aller obstinément, le dos rond.

Enfin, le chemin se mit à descendre dans une étroite gorge où l'orage, sentant qu'ils allaient lui échapper, s'offrit le dernier plaisir de les frôler de si près qu'ils ne purent pas douter qu'il les prenait pour cible.

– Vite, grommela Lazare. Il faut qu'on s'en sorte. Sinon, ça va mal tourner.

L'instant d'après, au débouché de la haute futaie de sapins qu'ils traversaient, il vit naître de la pluie et de la brume la forme vague d'un village.

– Allez, la mule, le chien ! Un abri. On fait vite.

Il se précipita. Au coin de la première maison du hameau, un hangar agricole lui parut un havre salvateur. Il allait l'atteindre lorsque, tout à coup, une silhouette se dressa devant lui.

Une houe à la main, dégoulinant d'eau, l'air un peu

hébété, un brave homme les considérait en roulant de gros yeux effarés comme si l'orage, non content d'inonder sa cave, dont il essayait désespérément, avec sa houe, de détourner les torrents d'eau et de boue dévalant de la sapinière, se faisait un malin plaisir, par-dessus le marché, de lui envoyer des apparitions.

– Oh, l'homme ! cria Lazare en le dépassant. Restez pas là. Ça sert à rien ce que vous faites. Venez donc vous mettre à l'abri.

– Mes patates ! Mes carottes ! braillait l'autre en s'acharnant à vouloir dévier, de sa houe, le flot qui allait à coup sûr les noyer.

– Et le bon vin ? voulut le taquiner Lazare. Il ne craint rien, le bon vin ?

– Si encore ! disait l'homme, sérieux comme un pape en s'obstinant.

Mais le flot d'eau, de boue et de graviers se faisait de plus en plus violent. Tout à coup, il baissa les bras.

– J'y pourrai rien, dit-il, navré en voyant l'infime rigole, qu'il avait seule réussi à tracer, se faire emporter comme fétu de paille pendant que le déluge reprenait obstinément le premier chemin qu'il s'était choisi, le long du mur de la maison, jusqu'au soupirail dans lequel on le voyait s'engouffrer en gargouillant.

– Mes pommes de terre, mes carottes, mes navets, continuait à se lamenter l'homme en se résignant à venir se mettre à l'abri. J'avais pourtant fait une si belle récolte.

Il en attendrissait Lazare.

– Bah, fit-il en regardant l'eau qui tombait en cataractes du toit dont elle devait déborder la gouttière. Peut-être que tout ne sera pas perdu. Quand ça sera fini, il faudra vite aller curer le puisard de la cave. Il y en a un, au moins ?

L'homme acquiesça de la tête sans perdre pour autant son air désolé.

– C'est pas le tout, fit Lazare qui avait aussi ses soucis. Où c'est qu'on va dormir, nous, avec tout ça ?

Et si l'autre, malgré ses pommes de terre, ses carottes et ses navets immergés, avait le sens de l'hospitalité fait comme Lazare l'aimait ? Qu'est-ce que ça coûtait d'essayer ?

Mais l'homme ne se départait pas de son air malheureux. Il ne se résignait évidemment pas à la perte probable de ses légumes. Il consentit tout de même à porter un regard atone sur la mule et sur le chien qui, derrière elle, sous un outil agricole, se léchait consciencieusement.

– Le Sauvage, grogna-t-il.

– Le quoi ?

Lazare le regardait avec des yeux ronds. Qui traitait-il ainsi de sauvage ?

– Le Sauvage, répéta tranquillement l'homme sans rien modifier de son air profondément abattu.

– L'orage ? hasarda Lazare. Ah oui, sûr, il est sauvage, celui-là.

– Qui vous parle de l'orage ? Vous cherchez un gîte pour la nuit, oui ou non ?

Cette fois, Lazare n'y comprenait plus rien.

– Ben oui, fit-il à tout hasard. Mais…

– Mais quoi ? l'interrompit l'autre que la perte de ses

tubercules ne rendait pas gracieux. Vous me dites que vous cherchez un gîte. Moi, je vous dis le Sauvage, voilà tout.

– Ah bon, fit Lazare que tout cela n'éclairait pas davantage.

– Le Sauvage. Vous ne connaissez pas le Sauvage ? fit l'homme avec colère en agitant énergiquement sa houe dans une direction apparemment très précise.

Lazare dut admettre son ignorance.

– Ben, non. Je ne connais pas.

– Vous êtes randonneur ou pas ? Qui c'est qui m'a fichu des empotés pareils ? Déjà, pas plus tard que tout à l'heure, il a fallu que j'explique. J'ai pas que ça à faire, moi. Vous sortez d'où, pour pas connaître ?

– Du… Du Morvan, dit Lazare qui se faisait tout petit devant la colère de l'homme.

– Du, comment vous dites ?

– Du Morvan.

– Connais pas.

– C'est comme moi le Sauvage, remarqua Lazare avec quelque logique.

– C'est vrai, reconnut l'homme qui parut s'apaiser. Et c'est loin, ça, le Morvan ?

– Encore assez, dit Lazare, modeste. Et le Sauvage ?

– Pas trop, dit l'homme.

– Et c'est quoi, le Sauvage ? risqua Lazare.

La colère, instantanément, revint.

– C'est-y que vous vous fichez de moi, ou quoi ? Vous me demandez un gîte d'étape, oui ou non ?

– Sûr, osa Lazare prudemment.

– Alors.

– Parce que le Sauvage, c'est un gîte d'étape ?

– Et quoi que vous voulez que ce soit ? Un couvent de bonnes sœurs, peut-être ?

– Ah bon, fit Lazare à qui il suffisait de savoir qu'il serait hébergé ce soir-là.

Mais un détail avait tout de même retenu son attention, qu'il voulait éclaircir.

– Comme ça, il y a du monde qui est déjà passé cet après-midi ? demanda-t-il comme pour entretenir la conversation.

– Ah ben oui, tu parles ! reprit l'autre de plus belle, comme s'il fallait à tout prix qu'il nourrisse de mots sa colère. Si c'est pas un malheur ! Des gens comme ça, on devrait pas leur laisser leurs gosses. Un gamin, quoi… six-sept ans, pas plus, trempé, grelottant, sur le dos d'un âne, sous l'orage. Ils ne se sont même pas arrêtés. J'avais beau leur expliquer, comme vous, ils ne voulaient rien y comprendre. Mais, quand ils ont eu enfin saisi… pfft ! comme s'ils avaient le diable aux trousses… ils ont filé sous la pluie.

Il eut un geste fataliste dans la direction qu'ils avaient prise et qu'envisageait déjà Lazare.

– Allons, conclut-il, bon vent. Ça ne me rendra pas mes pommes de terre.

Lazare jubilait.

– Tu vois, la mule, que ça valait la peine de se presser.

Il n'en prenait pas moins son temps. Cette fois, il les tenait. Il en était sûr.

L'orage avait tout de même fini par renoncer. Et le ciel s'était assez vite dégagé, offrant à la nature, en guise de consolation pour tous les outrages que la tourmente lui avait fait subir, l'enchantement d'un soir d'une rare luminosité.

La pluie avait lavé les feuillages et l'herbe des prés de toutes les poussières qu'y avaient déposées des semaines de canicule. Et la multitude de fines gouttelettes qui perlaient encore, aux pointes des feuilles ou sur les tiges des graminées qu'elles faisaient élégamment ployer vers la terre, scintillaient au soleil couchant comme autant de minuscules étoiles semées sur le foisonnement des fruits de la terre et du soleil.

Au long des haies, le parfum des chèvrefeuilles en fleur entêtait. Et les sous-bois, en se gorgeant d'eau, libéraient de leur humus une solide odeur de moisissures et de champignons qui faisait naître des idées de grandes flambées et de moments paisibles, au coin de la cheminée, pendant que venait l'automne.

L'automne… La force vive de ces senteurs et une certaine opulence de la nature, réveillée de sa somnolence estivale par l'orage, en imposaient tout à coup la conscience à l'esprit de Lazare. Des semaines, des mois entiers, il avait marché sans que lui vienne le souci de l'été qui devrait bien finir.

Curieusement, l'envie lui venait de vivre l'enchantement de ces journées sans canicule, au soir vite venu dans l'embrasement des couleurs dont se pare la nature avant son grand sommeil hivernal. Il lui fallait se raisonner pour envisager aussi la difficulté qu'il y aurait à poursuivre son voyage sous la pluie et dans le froid que ne manqueraient pas de lui apporter les prochaines semaines.

Il avait beau faire, rien, pas même sa grande peur de Peyre-Arse ou la fin des beaux jours, qu'il se prenait tout à coup à envisager, ne parvenait à le faire renoncer à marcher au sud. Même les Cévennes, dont il avait si longtemps nourri son rêve, n'avaient plus grand-chose à voir avec ce rythme qu'il avait pris et l'idée qui lui plaisait d'un voyage perpétuel.

Et la rencontre, vers laquelle il allait nécessairement, ce soir-là, ne lui semblait qu'une péripétie, une anecdote de plus à ajouter au conte fantastique de ses pérégrinations.

Il ne pouvait évidemment pas savoir…
Et peut-être cela valait-il mieux.

Les ultimes rayons du soleil couchant déversaient à foison leur pluie d'or et de vieux rose sur la nature lorsque Lazare s'arrêta soudain, le souffle court.

Il sortait de l'ombre déjà dense d'une futaie de grands sapins. Et, d'un seul jet, comme un coup qu'on assène, le site du Sauvage s'imposa à lui. Une immense clairière sertie de forêts épaisses montait en pente douce jusqu'à une étonnante construction. Sur un fort promontoire, elle commandait à l'impeccable ordonnancement de la large allée qui y conduisait, aux prés qui la bordaient et aux troupeaux qui y disséminaient les taches rousses et blondes des vaches d'Aubrac.

Lazare s'engagea dans l'allée et monta vers les murs massifs et les lourds toits de lauzes qui semblaient les écraser. Superbement solitaire, dans son écrin de verdure, et sans que rien puisse en détromper l'œil, l'énorme bâtisse de pierres grises paraissait tout droit jaillie des temps lointains où quelques Templiers étaient venus là prendre prétexte de la sécurité des pèlerins de Saint-Jacques pour mieux s'enrichir à leurs dépens.

Le Paul, il doit être dans tous ses états, pensa Lazare, lui-même captivé par la formidable puissance émanant de cette commanderie de Templiers restée, par quelque miracle inexplicable, très exactement identique à ce que les moines-guerriers avaient bâti.

Seuls, dans la cour de la ferme qui occupait désormais le site, quelques outils agricoles modernes trahissaient notre époque. On le reçut fort aimablement mais on le prévint que la mule devrait partager son pré avec un âne comme eux de passage. Il sourit et se permit, en lieu et place de Delphine, d'assurer qu'il n'y voyait aucun inconvénient.

Installé dans des dépendances de la commanderie, le gîte aux étroites ouvertures chichement ménagées dans des murs étonnamment épais avait vu affluer, dès le milieu de l'après-midi, un grand nombre de randonneurs trempés comme des soupes par l'orage.

Ils avaient allumé un feu d'enfer dans la grande cheminée de la salle commune, avaient rangé devant son foyer une quantité impressionnante de chaussures de marche plus détrempées les unes que les autres, et avaient réparti tout le contenu de leurs sacs sur des ficelles tendues à travers la pièce.

La vapeur qui s'élevait de tout cela, mêlée à la fumée d'un feu alimenté de bois mouillé, créait dans la pièce surpeuplée une indescriptible ambiance d'ombres aux mouvements lents et imprévisibles que n'aidait pas à dissiper le pauvre éclairage de quelques ampoules pendant d'un plafond de poutres noires de suie et d'ans.

Ce clair-obscur ne déplut pas à Lazare qui put s'installer sans se faire remarquer. Il eut tôt fait de repérer Paul. Installé à une table, au plus près d'une des étroites fenêtres dont tombait encore un jour gris, il semblait totalement accaparé par la lecture d'une brochure ouverte bien à plat devant lui.

De la jeune femme et du gamin dont on lui avait tant parlé, il n'y avait pour l'instant pas trace. C'était le moment rêvé pour célébrer les retrouvailles !

Lazare, sans bruit, et profitant du véritable brouillard qu'épaississaient sans cesse la fumée de la cheminée et la vapeur exhalée par les vêtements et les chaussures mis à sécher, s'approcha de la table et se glissa sur le banc, en face de Paul.

– Attention, Paul, dit-il aussi doucement qu'il le put. Tu vas t'abîmer les yeux à lire comme ça !

L'autre bondit.

– Mince alors : Lazare ! Si je m'attendais…

C'était l'évidence. Mais, de surcroît, malgré l'effort qu'avait fait Paul, Lazare n'aurait pas juré qu'il n'y avait que du plaisir dans sa voix.

– Eh ben voilà, dit Lazare, on se retrouve. Tu parles d'une surprise. Ça va comme tu veux, pour toi ?

– Ma foi, fit Paul, laconique.

Il était clair qu'il hésitait désespérément sur le comportement qu'il lui fallait adopter.

– Ça a marché, depuis Orcival ? T'as marché comme t'as voulu ?

Lazare n'était pas mécontent de la perfidie de sa question.

– Tu vois, dit Paul sans se mouiller. Et toi ?

– Ma foi, lui renvoya Lazare. Delphine et le chien vont

bien. Merci pour eux. La mule, tu peux aller la voir, si ça te chante. Elle est dans un pré, là derrière, en compagnie d'un âne. Il paraît qu'il y en a ici qui voyagent avec un âne. T'es au courant ?

Paul marqua le coup. Cette fois, si brève que soit sa réponse, il fallait bien qu'elle l'engage. Il renâclait toujours devant la vérité, c'était visible. Son regard, furtivement, chercha autour d'eux. Émergeant de la brume ambiante, il ne devait y avoir personne qui l'intéressât car il revint se poser sur Lazare qui attendait.

– Sûr, admit-il tout de même. C'est moi qui voyage avec cet âne.

Faudra bien que tu la dises toute, la vérité, jubila Lazare.

– Tiens donc, feignit-il de découvrir. C'est toi qui voyages avec cet âne ? Une bonne idée, ça. Et originale, avec ça. Où donc que tu l'as pêché, cet animal-là ?

De plus en plus mal à l'aise, Paul dut convenir qu'il lui faudrait en passer par un récit complet. Mais il ne savait pas par quel bout se jeter à l'eau.

– C'est pas à moi, dit-il simplement.

– Oh ! Tu l'as pas volé, au moins ?

Paul, que le ton de Lazare horripilait, haussa les épaules.

– Pour qui tu me prends ?

– Eh ben, j'sais pas moi. Tu me dis qu'il n'est pas à toi, cet âne. C'est donc qu'on te l'a prêté ?

– Pas vraiment.

Lazare se gratta énergiquement la nuque.

– Ça m'a l'air bien compliqué, ton histoire. Mais enfin, c'est tes oignons. Ce que j'en disais… Alors, comme ça, ça va ? Tu sais que ça me fait plaisir de te retrouver ? Vrai, ça m'a fait de la peine, à Orcival, quand j'ai vu que t'étais parti. Sûr, j'en ai eu de la misère. Mais enfin… C'est comme ça qu'on avait décidé, non ? Et maintenant, qu'est-ce que tu vas faire ?

Paul se crut sauvé. Lazare n'insistait pas.

– Continuer, dit-il simplement.

– Ah bon ? fit Lazare. Vers où ?

– Grandrieu.

– Il y a une abbaye ? Une église ?

– Heu… Non, je ne crois pas.

– Ben alors, qu'est-ce que tu vas y faire ? Ça ne t'intéresse plus, le travail de tes moines et de tes compagnons ?

– Si, bien sûr.

– Alors, qu'est-ce que tu vas faire à Grandrieu ?

Ça recommençait. Le piège était à nouveau tendu. Paul, faute d'argument, se contenta de hausser les épaules.

– Faut bien passer, dit-il.

Lazare se grattait la nuque avec plus d'énergie que jamais.

– Attends voir, dit-il. Ton histoire, y a pas à dire, elle n'est pas claire. Tu voyages avec un âne, c'est bon. C'est ton affaire. Mais, cet âne-là, tu ne sais pas d'où il sort. Tu vas à Grandrieu, c'est toujours bon. T'as le droit, après tout. Mais, à Grandrieu, il n'y a rien qui t'intéresse. Alors ? Faudrait voir, Paul. Faudrait surtout voir à te souvenir qu'on ne prend pas Lazare, violoneux du Morvan, pour une andouille. Vieux gars, tu me dis tout ou tu me dis rien, c'est comme tu veux. Mais tu ne m'en dis pas la

297

moitié. Tu sais bien que ça ne marche pas, avec moi, des trucs comme ça.

Cette fois, Paul ne savait plus à quel saint se vouer. L'autre, c'était évident, l'avait bel et bien piégé. Et le brouillard toujours aussi épais, autour d'eux, qui ne se décidait pas à laisser jaillir la silhouette que ses regards furtifs persistaient à chercher – en vain.

– Ben…, fit-il, à bout de ressource. C'est que…

Lazare coupa court à ses tergiversations en étalant brusquement une main épaisse et velue sur la table.

– C'est donc si dur à dire que ça que tu voyages avec une poule et que tu te fais payer les numéros que je t'ai appris ? Le prochain, c'est à Grandrieu, c'est bien ça ?

Éberlué, Paul en resta sans voix, fixant Lazare d'un regard effaré et vaguement paniqué.

– Tu vas le dire, oui ou m… ? T'es attendu à Grandrieu pour jouer au Paulo de Belleville ? Oui ou non ?

– Ben… oui, lâcha enfin Paul.

– Eh ben, mon petit gars, c'est fort simple. On y sera ensemble. Et on fera part à deux. Tu vois : j'suis pas chien.

– Ah, non. Pas part à deux. Ça ne marche pas.

Sitôt dits, les mots, qui lui avaient échappé, embarrassaient déjà Paul. Son regard, soudain, s'était fait trop mobile. En évitant soigneusement d'avoir à croiser celui de Lazare, il allait de la brochure toujours ouverte devant lui au fond de la pièce, que la fumée persistait à dissimuler et dont rien ne semblait venir. De là, il s'échappait brièvement vers un point mystérieux au-delà de l'épaule du Morvandiau, puis repartait à nouveau se perdre furtivement dans l'ombre dont il espérait que naîtrait son salut.

– Ça ne marche pas ? gronda Lazare. Et pourquoi donc que ça ne marche pas ? Qui c'est qui a voulu qu'on se fasse payer ? C'est pas toi ? Moi, je ne voulais pas. Et puis, tu vois, j'y viens. Ça n'a même pas l'air de t'étonner. Tout ce que tu vois, c'est que tu ne veux pas partager. Vrai, Paul, je ne te reconnais plus. Faudrait voir à te reprendre.

Paul entendit-il ce que lui recommandait Lazare ? Ce fut peu probable. Tout à coup, son visage s'illumina en même temps qu'il se fixait enfin sur un point précis au fond de la pièce. Lazare, intrigué, le suivit. Et, d'entre quelques ombres qui continuaient inlassablement de se mouvoir dans la buée et la fumée, il en distingua vite deux qui s'approchaient de leur table. L'une était petite et dansante, l'autre, dans son simple mouvement, évoquait irrésistiblement une plante vigoureuse bercée par une douce brise.

Vingt dieux d'ours ! Et l'autre gros de Ruynes qui disait qu'elle n'était pas belle ! Eh ben, mon salaud, je me demande ce qu'il lui faut.

Lazare ne pouvait plus détacher les yeux de la haute silhouette qui avançait vers eux, semblant naître de l'ombre. Très brune, grande et mince, les traits du visage sans réelle finesse mais semblant taillés dans un matériau d'une grande noblesse, elle posait sur lui un regard qui le subjuguait. Il y avait du velours sur son œil noir. Mais un velours fait pour ne pas laisser le choix. On ne s'élevait pas contre la décision de cet œil-là, c'était trop évident.

Pour l'heure, souriant, il se contentait d'interroger.

– Paul, fais donc les présentations, grogna Lazare.

– Lui, c'est Lazare, fit Paul sans dissimuler le moins du monde l'ennui qu'il ressentait à devoir en passer par cette corvée. Tu sais, Lazare dont je t'ai parlé.

Une ombre de dureté effaça fugitivement le velours de l'œil noir. Lazare en fut doublement peiné. D'abord parce qu'il n'aimait pas que s'éteigne, si brièvement que ce soit, la lumière à la fois très forte et très douce de ce regard-là, ensuite parce que, le temps qu'il réapparaisse, il avait imaginé l'image peu flatteuse que Paul avait dû donner de lui à sa compagne.

– Lazare, violoneux du Morvan, pour vous servir, osa-t-il tout de même déclarer en ôtant sa casquette.

Et, histoire d'accroître encore l'embarras de Paul, il déclama :

– Venu de nulle part et n'allant nulle part, je vous raconte le monde tel qu'il est et tel que je l'ai vu !

Elle parut surprise. Mais elle dut sentir qu'il valait mieux n'en rien laisser paraître. Le velours était plus doux et brillant que jamais lorsqu'elle jugea opportun de détourner la conversation en achevant les présentations.

– Voici Simon, dit-elle en levant la main lovée dans la sienne d'un blondinet aux yeux vifs qui dévisageait Lazare avec aplomb. Et moi, on me nomme Cécile. Ni de Belleville, ni du Morvan, Cécile de partout, Cécile la vagabonde. Ça vous va ?

Il y avait dans ces trois derniers mots comme un clin d'œil, l'ébauche d'une complicité qui plut à Lazare.

– Ça ira, confirma-t-il, bourru.

Et il se pencha vers l'enfant.

– Alors, comme ça, toi aussi t'es un vagabond ?

– Ouais, fit le gamin. Passepoil et moi, on est des vaga-
bonds.

– C'est qui Passepoil ?

L'ignorance de Lazare parut scandaliser Simon.

– Ben, c'est mon âne, tiens !

Ils rirent. Cécile avait une voix chaude, un peu grave,
qui convenait bien à son physique. Lazare aurait aimé le
lui dire. Mais il ne savait pas comment s'y prendre. Il
leva les yeux. Elle couvait son fils d'un regard amusé et
très tendre. Il se tourna vers Paul. Il devait en être resté au
problème du partage de leurs futures recettes. Ça se lisait
dans ses yeux trahissant le prodigieux ennui qu'expri-
mait tout son être.

Lazare lui-même ne savait plus très bien où ils en
étaient. Mais pouvait-on parler affaires devant une
femme ?

– C'est bon, dit-il en se levant. Je vais voir la mule.

– La mule ? T'as une mule ? Tu m'emmènes la voir,
dis ?

À sa grande surprise, la petite main de Simon avait
trouvé son énorme battoir avant même qu'il ait pu la dissimuler au fond de sa poche. Et, toute chaude, elle avait
très bien su y trouver sa place.

– Laisse monsieur, dit à tout hasard Cécile, sans conviction.

Lazare, instantanément, se rebiffa.

– Y a pas de monsieur ici, proclama-t-il. Je m'appelle Lazare, et pas autrement. Et puis, ce gamin, s'il veut venir voir Delphine, il vient avec, voilà tout.

– Elle s'appelle Delphine, ta mule ?

– Oui, Delphine. C'est son nom.

Lazare avait répondu sans y prêter trop attention, sidéré qu'il était, et bien embarrassé, par l'éclat de velours qu'il avait rencontré en levant les yeux sur Cécile.

– C'est bon, allez-y, dit-elle. Et Simon, tâche d'être sage.

Il y avait dans son regard, qui n'avait pas quitté celui de Lazare, une flamme qui remua des tas de choses en lui. Ça va pas être simple, grogna en lui, par habitude, sa vieille misogynie. Elle avait pourtant partie perdue. Car, déjà, alors qu'il s'éloignait, remorqué par Simon brûlant de faire la connaissance de Delphine, l'envie le tenaillait de revenir, encore et toujours, vers la sombre caresse de ce regard-là.

Lorsqu'ils revinrent du pré, Lazare et Simon étaient les meilleurs amis du monde.

– Maman, annonça d'emblée le gamin d'une voix claironnante, je suis monté sur le dos à Delphine. C'est drôlement bien. Lazare, il m'a fait faire le tour du pré comme ça, avec le chien qui courait devant. Passepoil, il suivait.

Et son regard, sans transition, comme seuls les enfants savent le faire, échangea la lueur d'excitation qu'y avaient éveillée toutes ces aventures, contre la douce cajolerie à laquelle il savait que personne ne résistait bien longtemps.

– Dis, demanda-t-il à sa mère en se blottissant contre elle, pourquoi on ne voyagerait pas avec Lazare ? Je l'aime bien, Lazare. Et puis j'aime bien Delphine, et le chien.

Elle eut l'air embarrassée et leva sur Lazare un regard noir qui avait, pour cette fois, oublié de se vêtir de velours.

– On verra, dit-elle sèchement.

Et elle ajouta sur un ton qui ne souffrait pas de discussion :

– On mange dans cinq minutes.

– Mais…, voulut commencer Lazare.

Elle ne lui laissa pas le temps d'aller plus loin :

– Vous mangez avec nous.

C'était plus un ordre qu'une invitation. Elle avait d'ailleurs déjà dressé le couvert. Et Simon effectua quelques belles cabrioles de joie en découvrant que son nouvel ami allait dîner à côté de lui.

À vrai dire, Lazare n'avait évidemment pas plus l'habitude de la fréquentation des enfants que de celle des femmes. Et il s'étonnait lui-même du plaisir qu'il ressentait au contact de celui-là.

– T'as intérêt à être sage ! lui dit-il en s'installant sur le banc et en démentant du regard le ton faussement grondeur de sa voix.

Le gamin, bien trop heureux de ce nouveau voisinage, ne pensait qu'à en rire.

– Tu te tais et tu manges.

Par contre, l'expérience le lui ayant enseigné, il savait que, lorsque sa mère prenait ce ton-là, mieux valait filer droit. Il s'y résolut donc et se calma instantanément. Lazare en fut tout surpris mais aussi un peu admiratif. Une autorité comme ça, ça ne se discute pas ! Du coup, il plongea lui aussi le nez vers son assiette. Paul, assis en face de lui, s'y était appliqué depuis longtemps et, silencieux, semblait vouloir faire durer le plaisir. Cécile s'assit en dernier et attaqua tout de suite.

– Voilà, dit-elle. On a parlé, avec Paul. Vous vous étiez séparés. Vous vous retrouvez. C'est bien. Si vous voulez qu'on aille ensemble, on est d'accord. Seulement, voilà. Il y a le spectacle. Quand on s'est rencontrés, avec Paul, vers Besse-en-Chandesse, c'était vraiment pas terrible, ce qu'il faisait. C'est moi qui l'ai monté, son spectacle. Vous me direz, je n'ai pas eu de mal : je suis comédienne. Oh, ne riez pas, c'est pas la peine. Comédienne sans rôle, si vous voulez, c'est vrai. Mais je suis comédienne tout de même. Les planches, je connais. Et, depuis que j'ai arrangé son truc, ça marche. Pas vrai, Paul, que ça marche ?

Il confirma d'un geste de la tête, mais sans se départir de l'air maussade qui ne le quittait pas depuis que Cécile parlait.

– Alors, voilà, continua-t-elle. Si vous voulez venir avec nous, moi, je veux bien. Mais il faudra tenir votre rôle. Il ne faudra pas flanquer par terre ce que j'ai monté. Si ça marche, on fait part à trois. Ça vous va ?

C'est peu de dire que Lazare se trouvait bien ennuyé. Discuter affaires, ça le connaissait. Surtout quand il s'agissait de négocier quelques génisses, sur le champ de foire ou dans la cour des Granges de Gamet, avant de trinquer à l'amitié avec un marchand de bestiaux roublard. Mais là… devant des assiettes, dans cette drôle d'atmosphère et, surtout, avec une femme… Sans compter l'étrange façon qu'elle avait eue de présenter les choses et dont Lazare se demandait bien comment il allait faire pour les rétablir dans le sens de la vérité.

– Ça me va, ça me va…, tergiversa-t-il.

– Oh, c'est très simple, l'interrompit-elle. Si vous voulez recommencer comme avant, allez-y, faites. Moi, je vous quitte. Après tout, puisque vous êtes si forts…

Paul se trémoussait désespérément sur son banc. Mais, malgré son évident désaccord, il restait toujours obstinément silencieux. Il exaspérait Lazare.

305

– T'as qu'à lui dire, toi, lui lança-t-il.

Mais l'autre n'était évidemment pas près de sortir de sa bouderie.

– Me dire quoi ? demanda Cécile avec un peu d'emportement dans la voix.

Ce fut au tour de Lazare de se trémousser sur son banc. Mais lui n'était pas décidé à se taire.

– Ben, pour dire, voyez-vous, se lança-t-il enfin, mal à l'aise mais résolu, tout ça, pour commencer, j'ai pas attendu de trouver Paul à demi noyé dans un ruisseau du Pilat. Mes balivernes, depuis le début ou presque que je les raconte. Et que ça marche ! Jamais j'aurais eu l'idée de me faire payer, moi. C'était comme ça, pour le plaisir. Et si, en échange, on me donnait un toit pour la nuit et la soupe, ça suffisait à faire mon bonheur. Seulement voilà, vous y avez mis les sous. Comment faire autrement, maintenant ? Sûr que je veux continuer, moi. Ça me plaît de voyager comme ça. Mais si vous le faites dans un coin et moi dans l'autre, ça ne marchera pas. On va se marcher sur les pieds.

L'évidence même. Il était non moins évident que Lazare, plus ou moins innocemment, venait de révéler à Cécile une brève genèse de toute cette aventure quelque peu différente de la présentation que lui en avait faite Paul. Qui devait-elle croire ? Il y avait, dans la spontanéité des propos de Lazare, quelque chose de très attirant. Et le silence de Paul plaidait peu pour une remise en question de cette vérité-là. Elle se tourna tout de même vers lui.

– C'est vrai ce qu'il dit ? Tu as failli te noyer ?

Sans rien céder de sa bouderie, il se contenta d'opiner du chef.

– Alors, tout ce qu'il dit, c'est la vérité ?

Paul eut pour sa compagne un rapide regard de chien battu. Puis il haussa les épaules en feignant de s'intéresser de nouveau à son assiette.

– Alors ? demanda-t-elle. C'est d'accord ? On fait part à trois ?

Lazare regimbait. Tout ça, c'était bien beau, mais où étaient ses balivernes ? Il sentait bien qu'on les tuait à trop organiser et à vouloir à tout prix en faire un spectacle en bonne et due forme.

– Tu viens avec nous, dis ?

Simon lui avait donné un léger coup de coude. Lazare baissa les yeux vers le gamin. Il levait sur lui un lumineux regard dans lequel brillaient déjà tous les bonheurs qu'il escomptait du voyage avec le chien, Delphine et son nouvel ami.

Lazare lui rendit son sourire. Un bref instant, il se revit seul, perdu, démuni de tout, sur les pentes de Peyre-Arse. Et il pensa à l'automne, qui n'allait pas tarder.

– C'est bon, dit-il. Part à trois.

Lorsqu'ils arrivèrent, il y avait déjà du monde, au café de Grandrieu où on les attendait.

– C'est là-bas, leur dit une serveuse affairée en leur montrant une large baie, au fond de l'établissement.

Elle ouvrait sur une sorte de grand hangar aux charpentes de bois dont les murs étaient barbouillés de dessins aux couleurs criardes représentant des scènes de la vie des champs dans un étrange style mi-impressionniste, mi-naïf. Depuis une large mezzanine qui courait d'un bout à l'autre du bâtiment, ils surplombaient une vaste piste de danse qu'occupaient déjà quelques couples. Sur la scène dominée, au fond de la salle, par l'extravagante peinture, très réaliste, d'un vieux tracteur rouge vif, deux corne-muses, deux vielles et deux accordéons diatoniques ryth-maient consciencieusement une bourrée trop sage.

Tout de suite, Lazare se sentit des fourmis dans les doigts. Pourtant, il fronçait les sourcils. Le patron était venu les voir. En leur payant un coup à boire, il leur avait servi quelques platitudes et leur avait enjoint de patienter là jusqu'à ce que vienne leur tour.

C'était là une entrée en matière dont les simagrées ne convenaient guère au bûcheron du Morvan. Comme à Égliseneuve-d'Entraigues, il allait lui falloir attendre qu'on lui donne le feu vert pour qu'il attaque ses bali-vernes. Ce n'était évidemment pas son style.

Accoudé à la balustrade de la mezzanine, il balançait entre le trac, qu'il sentait venir, et la folle envie montant en lui de se mêler spontanément de cette ambiance bien trop somnolente à son goût. Pour ne pas céder au premier, il finit par se résoudre à la seconde. Il sortit discrètement son violon de son étui et, sous le regard effaré de Paul, attendit que s'achève une danse.

Alors, du haut de la mezzanine, avant même que les couples aient tous quitté la piste de danse, dressé de toute sa hauteur, le violon déjà au menton et l'archet brandi comme un glaive, il brailla :

– Scottish !

Et, parfaitement ignorant de la stupeur générale, il se mit à jouer, à son rythme à lui.

Il y eut dans la salle un grand brouhaha. On vit le patron jaillir du bar, qui occupait tout l'espace sous la mezzanine, et se planter au milieu de la piste de danse, levant vers le violoneux impromptu un regard affolé, puis courroucé, puis intéressé. Une vielle, sur la scène, tenta de suivre. Il lui fallut deux ou trois essais pour trouver le rythme. Un accordéon les rejoignit, puis la seconde vielle, puis, progressivement, tous les instruments.

Sans même se rasseoir, les couples revenaient vers la piste de danse, vite rejoints par d'autres.

Lazare était heureux. Dansant et virevoltant sur la mezzanine, tout en jouant, il ne quittait pas des yeux le petit Simon qui, aux anges, s'appliquait avec ardeur à imiter ses pas.

Le gosse se précipita vers sa mère.

– Viens, maman, on danse !

Souriante, elle le suivit.

Paul, adossé à la balustrade, se contentait de regarder en souriant mais sans trop savoir quelle contenance prendre. Lazare, sans quitter sa mezzanine, enchaîna plusieurs danses. Puis, lorsqu'il estima que l'ambiance était assez chaude, il prit Paul par le bras et fit signe à Cécile.

– Allez, on y va, dit-il.

Ils dévalèrent l'escalier qui menait à la piste de danse,

la traversèrent en diagonale sans que Lazare cesse de jouer et, sous le regard effaré du patron dont ils bousculaient allégrement tout le programme, ils investirent la scène.

Les six musiciens qui l'occupaient grognèrent bien un peu, pour la forme. Mais ils n'avaient guère d'autre choix que de céder la place. Ce fut fait en un tournemain.

– Savez-vous bien, braves gens, à qui vous avez affaire ? beugla Lazare.

Paul et Cécile n'eurent plus qu'à enchaîner. Et le patron s'apaisa vite, consolé de son programme tourneboulé par l'ambiance délirante de sa salle.

Lorsque Lazare lança triomphalement sa formule désormais rituelle : « Voilà, voilà, compagnons, comment va le monde. Le monde tel que nous l'avons vu et tel qu'il est », cela aurait été beaucoup dire que tous en étaient convaincus, mais personne n'eut le mauvais goût d'en faire la remarque. Ils s'étaient même étonnés entre eux en se lançant, chacun à son tour, dans de désopilants récits de choses qu'ils n'avaient pas vécues ensemble. Et Lazare jubila en voyant la bouche ouverte et les yeux tout ronds de Simon, au premier rang, lorsqu'il brossa un tableau dantesque des chevaux de Peyre-Arse en folie.

Cécile, adroitement, ne s'était guère mêlée de leurs numéros. Elle avait simplement relancé, aux bons moments, et assuré une sorte de cadence à l'ensemble, qui avait plu à Lazare.

Le patron, oubliant ses frayeurs, était venu les féliciter. Même les musiciens, que Lazare avait encore accompagnés longuement, jusque tard dans la nuit, n'avaient pas tari d'éloges sur ses talents de violoniste.

Ma foi, pensa Lazare avant de s'endormir. Peut-être que ça peut marcher comme ça.

L'épaisseur de l'enveloppe que leur avait remise le patron au moment de se quitter aidait tout de même singulièrement à cette vue optimiste des choses.

Alors, le spectacle devint presque quotidien.

Pris par le tourbillon du succès, de village en village, servis par le bouche-à-oreille qui portait toujours un peu plus loin leur réputation, profitant frénétiquement de cette fin d'été qui retenait encore quelques vacanciers oisifs sur les campings ou dans les maisons de famille, ils multiplièrent les représentations.

Sans se soucier d'autre publicité que le coup de téléphone qu'ils donnaient chaque matin pour annoncer leur arrivée le soir même, dans les salles communes des campings, les salles des fêtes, les arrière-salles des cafés, les préaux d'école, ou même sur les places publiques, qu'il y ait foule ou qu'ils jouent pour des rangées de chaises vides, pour la griserie des rires et des applaudissements ou pour leur seul plaisir, parce qu'ils ne pouvaient plus faire autrement, ils récitaient leurs balivernes, improvisaient chaque jour un peu plus, en rajoutaient sans cesse, selon ce qui leur passait par la tête et dont ils savaient maintenant, comme de vieux routiers du spectacle, que naîtraient les rires des spectateurs.

On les hébergeait, on les nourrissait, comme avant. Peut-être même mieux qu'avant. Et puis il y avait l'enveloppe qu'on leur remettait après le spectacle. Jamais ils n'en contrôlèrent le contenu. Celui qui la recevait la tendait telle quelle, sans même l'ouvrir, à Cécile dont il avait été tacitement convenu qu'elle assurait le matériel de la petite troupe. Elle l'enfournait dans son sac. On pliait bagage. Et on retrouvait les chemins.

Avec Cécile, Simon et Passepoil en plus, c'était presque une petite caravane qui défilait ainsi dans les pays. Elle passait encore moins inaperçue qu'auparavant. Et il ne déplaisait pas à Lazare de parader en tête, le chien trottinant à ses pieds, la longe de Delphine à la main et Simon fièrement juché sur les bagages, juste à côté du violon.

On passa ainsi à Sainte-Eulalie où Lazare s'amusa beaucoup des grands yeux tout ronds que Simon ouvrit en découvrant les bisons du parc zoologique, on traversa Saint-Alban-sur-Limagnole. On fit un triomphe à Saint-Chély-d'Apcher, à Aumont-Aubrac.

Près de Sainte-Luce, on dut renoncer à aller rendre visite, ainsi qu'on l'avait pourtant promis à Simon, aux loups du Gévaudan qui eurent la mauvaise idée d'émettre quelques hurlements bien sentis alors qu'ils approchaient. Administrant énergiquement la preuve qu'ils avaient tout à la fois de la mémoire et l'esprit de famille, Delphine et Passepoil, d'un commun accord, refusèrent catégoriquement de faire un pas de plus en direction de ces redoutables croqueurs de leurs ancêtres, pendant que le chien, hérissé comme une brosse de chiendent, se traînait en geignant dans les jambes de Lazare.

Tout bien réfléchi, le spectacle de ses copains, les animaux de la caravane, totalement terrorisés, refroidit suffisamment les ardeurs de Simon à qui il ne fut pas trop difficile de faire admettre qu'on n'irait pas voir les loups.

On continua donc vers Marvejols où le succès et la recette furent, une nouvelle fois, à la hauteur de la réputation grandissante de l'étrange troupe.

Alors se posa la question de la direction à prendre.

– Mes Cévennes ! réclamait Lazare.

– L'été est fini. On n'a plus le temps, estimait sagement Cécile.

– Alors, quoi ? Qu'est-ce que tu proposes ? disait Lazare sans cesser de faire danser Simon sur ses genoux.

– On glisse à l'est, vers la vallée du Rhône. Il y a des villes, des grandes salles, des théâtres, des maisons de jeunes.

Elle s'y voyait déjà.

– Ça va plus, non ? osait Lazare. Tu nous vois en ville avec le chien, la mule et l'âne ?

– C'est justement. Ça attirerait le monde.

– Les pauvres bêtes ! Pas question. J'emmènerai jamais Delphine et le chien à la ville.

– Et toi, Paul, qu'est-ce que t'en dis ?

De s'être trouvé une femme et de gagner sa vie si plaisamment suffisait, pour l'heure, au simple bonheur de Paul qui, depuis Grandrieu, plus ou moins perdu dans ses rêves, se contentait de suivre et de s'en remettre passivement à ce que décidaient les deux autres. Pourtant, puisqu'on lui demandait son avis, ses vieilles pierres lui manquaient bien un peu.

– On pourrait aller vers l'Aubrac, dit-il. On n'en est pas bien loin.

Ils le regardèrent avec des yeux ronds.

– L'Aubrac ? Il n'y a rien, là-haut.

– Si, fit Paul très tranquillement. Il y a la croix de la Rode.

– La quoi ? s'exclama Cécile.

– Ça y est. Voilà qu'il recommence, commenta Lazare qui avait de bonnes raisons d'imaginer quelque abbaye ou basilique depuis longtemps repérée par l'indécrottable rêveur.

– C'est une croix, dit simplement Paul.

– C'est tout ?

– Oui, mais une croix celte.

– Ah bon, fit Lazare.

– Ça pourrait être une idée pour notre spectacle, suggéra Cécile, toujours très pratique.

Manifestement, Paul ne le pensait pas.

– Elle est toute seule, expliqua-t-il d'un air désolé.

– Et tu veux nous emmener dans ce désert pour voir une croix toute seule ?

– Oui, admit Paul avec candeur. Mais il y a des bourgs pas loin, s'empressa-t-il de se rattraper. Il y a Nasbinals, Saint-Urcize, Laguiole, Espalion.

Lazare souriait doucement. Tous ces noms-là étaient beaux. Ils chantaient bien à son oreille. Et l'idée, au fond, ne lui déplaisait pas. Au milieu de cette course aux spectacles dans laquelle ils s'étaient lancés, c'était un peu de leurs vieux rêves, ceux qui les avaient guidés, entre La Chaise-Dieu, Saint-Nectaire, Orcival, qui reprenait vie.

– C'est dans quelle direction, tout ça ? demanda-t-il tout de même. C'est au sud ?

– Non. À l'ouest.

– Et mes Cévennes ? réclama-t-il encore, sans grande conviction.

– C'est trop tard, insista Cécile. Avec vos histoires, on va se faire prendre par le froid dans ces pays-là. Moi, ça ne me dit rien. Alors que dans la vallée du Rhône…

– Il y a des villes et du mistral, trancha tout sec Lazare qui ne tenait plus guère à ces Cévennes que comme monnaie d'échange contre un projet qui lui convienne.

La croix de la Rode et les noms de pays si plaisants qui lui succédaient finissaient par le tenter.

– C'est loin, ta croix de la Rode ?

– Une journée de marche, pas plus. Il y a même un gîte, là-haut.

L'air de rien, Paul avait bien préparé son coup.

– Ben alors, pour une journée, on y va.

L'œil de Cécile n'était plus de velours.

– Juste pour une croix ! tempêta-t-elle. C'est du temps perdu. Et après, qu'est-ce qu'on fera ?

– D'abord, c'est pas du temps perdu.

Lazare, tout à coup, n'en était plus à redouter de tenir tête à une femme. Et il ressentait même un curieux plaisir à entreprendre de la convaincre, de la plier à sa volonté.

– T'y comprends rien, dit-il d'un ton vaguement méprisant. Des semaines qu'on a marché, tous les deux, le Paul et moi, pour le seul plaisir des pierres. C'était le plus beau de notre voyage. Pas vrai, Paul ?

L'interpellé se contenta de se trémousser sur sa chaise. Il y avait là matière à une sévère scène de ménage qu'il se souciait fort peu de provoquer. Mais Lazare n'attendait évidemment pas de réponse.

– T'es incapable de rêver, ou quoi ? continuait-il à l'adresse de Cécile. La croix de la Rode, toute seule, en haut de l'Aubrac, t'as pas envie de voir ça ? Toi, c'est même pas nos balivernes qui t'intéressent. C'est les sous. Tu vois rien que par les sous.

Elle voulut se défendre.

– Mais non, mais non, fit-elle.

Curieusement, elle avait déjà abdiqué. Lazare en prit conscience et s'étonna lui-même du plaisir qu'il en ressentait.

– Les sous ! reprit-il en faisant la grimace. Est-ce qu'on a besoin de sous ? Rien qu'à vendre mes vaches et trois bricoles, j'ai eu de quoi traverser tous ces pays-là. Et il y en a de reste. Alors…

– On voit bien que vous n'en avez jamais manqué, dit-elle d'un air sombre.

Et Paul, dans son coin, s'empressa d'approuver du chef.

– C'est pas que j'en ai manqué, s'esclaffa Lazare. C'est que j'en ai jamais eu. Ah oui, mais, quand on n'a pas de sous, faut pas se mettre dans des situations où on en a besoin, voilà tout.

– Il en a de bonnes, lui ! Je voudrais vous y voir, vous, à la ville avec un mioche.

Lazare jubilait. Elle en venait juste là où il voulait la

conduire. C'était donc si facile que ça à manipuler, une femme ?

Tête penchée, mains grandes ouvertes devant lui, un large sourire aux lèvres, il prit un air très entendu.

– Et qu'est-ce que je disais d'autre ? Il a toujours raison, le vieux Lazare. Souviens-toi de ça, petite.

Elle n'avait pas l'air convaincue.

– La ville ! expliqua-t-il. Qu'est-ce que tu vas te percher en ville quand t'as à t'occuper d'un petit homme comme celui-là et que t'as pas de sous ? La ville, ça ne marche qu'avec les sous, c'est simple. Tes villes de la vallée du Rhône, elles ne seront bonnes qu'à nous manger nos trois sous. Alors qu'à la croix de la Rode, tu peux me croire, on n'en dépensera pas. C'est pourtant simple, non ?

C'était là une logique qui la laissait sans voix. Elle capitula d'un simple haussement d'épaules, à la plus grande surprise et à la plus grande satisfaction de Lazare.

– Allons, le petit homme, fit-il joyeusement en faisant bondir Simon sur son genou, on va à la croix de la Rode ?

– Chic ! La croix de la Rode ! On va à la croix de la Rode !

C'en était trop pour Cécile. Elle leur tourna le dos. Pas assez vite pourtant pour que Lazare ne reçoive pas comme une fugitive caresse la douceur du velours revenu dans son regard.

Un petit vent aigrelet les accueillit au sommet du Mailhe-Biau.

Sur le conseil de la patronne du gîte des Rajas, ils avaient installé Delphine et Passepoil dans leur enclos et, remettant la visite à la croix de la Rode au lendemain, ils s'étaient dépêchés d'entreprendre l'escalade du point culminant de l'Aubrac qui, tout au sud de l'immense plateau d'herbe, domine la vallée du Lot.

– Par un soir pareil, avait dit la brave dame, faut pas louper ça.

Elle savait ce qu'elle disait. La lumière était de cristal. La journée avait été chaude. Ce n'était pourtant déjà plus la canicule. Il y avait dans l'air une douceur apaisante qui leur avait rendu la marche plus agréable encore. Simon en avait même oublié de se faire porter par Delphine. Et il fut encore le premier à atteindre la lande qui s'étend au sommet de la débonnaire colline.

Il n'eut qu'un cri :

– Venez voir comme c'est beau !

C'était peu dire. La fraîcheur du soir avait lavé l'atmosphère de toutes ses brumes. La transparence était telle qu'une sensation de vertige les saisit lorsque, atteignant le sommet, la conscience leur vint avec une étonnante acuité de l'inouïe profondeur du ciel.

À l'ouest, le Truc de Fortunio, comme une tête dressée au bout du long corps de granit de la Margeride, semblait défier la masse énorme du mont Lozère.

– Tiens, tu vois : tes Cévennes, c'est là-derrière, crut bon de préciser Paul.

Lazare, dont le rêve avait fini par prendre d'autres tournures, réagit à peine.

– Ah bon, dit-il sans que son regard dévie d'un pouce du paysage qu'il détaillait avec délectation.

Au sud, les causses étendaient leur immensité grise. Sauveterre, Méjean, causse Noir, Larzac… Lazare dégustait littéralement ces mots magiques égrenés par Cécile à l'intention de Simon. On devinait, à l'ombre qui l'avait déjà gagnée, la longue balafre des gorges du Tarn. Puis, à gauche, dans le lointain, la haute tour de l'Aigoual.

– Et derrière ! dit simplement Paul qui, le premier, avait eu la curiosité de se retourner.

Un immense toboggan d'herbe, d'un vert si dense qu'il en prenait des reflets bleutés, filait à l'infini vers le nord, doucement vallonné, piqueté par places des petits parallélépipèdes gris-bleu des burons. Et, tout au bout, très loin, brillant doucement dans le soleil couchant, la masse puissante du Plomb du Cantal.

Lazare en reçut un choc. De retrouver ainsi un lieu désormais familier, et surtout attaché aux moments les plus dramatiques de son voyage, fit naître en lui une émotion si violente qu'il en resta un long moment comme étourdi.

Malgré le froid, il fallut que l'ombre grise du soir, bien après que le soleil eut basculé derrière l'horizon, noie peu à peu tout le prodigieux paysage qui les entourait, pour qu'ils se résolvent à redescendre vers le buron des Rajas.

La patronne les y attendait sans impatience.

– Hein que c'est beau ? fit-elle simplement, lorsqu'ils apparurent.

Ils étaient les seuls clients, dans ce minuscule gîte d'étape installé si loin de tout, en pleine montagne, que l'électricité lui était fournie par des panneaux solaires et que le véhicule tout terrain de la patronne était un des moins frimeurs qui puisse se trouver.

– Installez-vous donc. Je vous ai préparé un aligot, vous m'en direz des nouvelles.

Et, sans façons, après les avoir servis, elle vint s'installer au bout de la table.

– C'est beau, hein, là-haut ? insista-t-elle.

Elle attendit qu'ils aient fini d'abonder dans son sens et d'y aller tous, l'un après l'autre, de leur petit couplet admiratif. Même Simon qui fit l'effort de résister quelques instants encore au sommeil qui le gagnait pour donner son avis.

– J'ai jamais rien vu de si beau, confirma-t-il d'un ton péremptoire. On dirait qu'on voit toute la terre.

– Mon pauvre ami ! Ce n'est pourtant qu'un bien petit bout, que tu vois là, lui expliqua la patronne qui avait enfin trouvé le terreau sur lequel faire pousser tout ce qu'elle avait, elle aussi, à raconter.

– Tu es comme les pèlerins de Saint-Jacques, toi.

Lazare bondit.

– Saint-Jacques ? Quel Saint-Jacques ?

– De quel Saint-Jacques voulez-vous qu'il s'agisse ? Vous en connaissez d'autres, vous ? De Compostelle, bien sûr. Le Saint-Jacques vers lequel ils se précipitaient tous, voici mille ans.

– C'est dans le coin ?

Lazare retrouvait tout à coup son premier rêve et s'y voyait déjà. La brave femme éclata de rire.

– Dans le coin ? Tu parles ! Des centaines et des centaines de kilomètres. J'sais pas, moi. Sûrement plus de mille, deux mille, peut-être. Seulement, à l'époque, tous ces braves gens que les curés poussaient à partir, ils étaient comme vous, ils ne savaient pas trop où ça se trouvait. Ils n'en avaient pas idée. Pour eux, au-delà de l'horizon, c'était déjà l'inconnu. Alors, comment pouvaient-ils imaginer que tant de terres existaient avant ce Saint-Jacques où on leur serinait qu'il fallait qu'ils se rendent ?

– Les curés, grogna Paul. Sous prétexte de la faute à racheter. Quelle faute ? Je vous demande un peu.

La patronne du gîte, dont le plaisir était, à l'évidence, de raconter, posa sur Paul un regard amusé.

– Vous, faut pas demander ce que vous en pensez, dit-elle en souriant.

– Ce que j'en pense, c'est que la foi, là-dedans, elle n'y était plus pour grand-chose.

– Chez les pèlerins ? s'écria la patronne.

Elle n'était manifestement pas d'accord. Et son indulgence de l'instant d'avant s'était muée en réprobation vaguement indignée.

– Comment pouvez-vous dire que ce n'était pas la foi qui animait les pèlerins ?

– C'est pas ce que j'ai dit, se défendit Paul. Eux, sûr, c'était la foi qui les faisait marcher. Du moins, la foi qu'on avait mise en eux. Ils y croyaient dur comme fer, au rachat de leurs fautes et tout le bataclan. Mais vous ne me direz pas que tous ceux qui leur avaient mis ça dans la tête y croyaient, eux. C'était juste un fameux moyen qu'ils avaient trouvé pour mieux faire baisser la tête à tous ces pauvres gens, pour mieux les manipuler.

Vu sous cet angle-là, la brave femme préférait. Et elle n'était même pas loin de partager le point de vue de Paul.

– Et pour mieux lever les troupes de la chrétienté, dans l'Espagne très catholique, contre les musulmans qui en occupaient tout le sud.

Paul admit.

– C'est comme les croisades, dit-il.

Simon somnolait dans son assiette. Cécile écoutait sans se passionner. Lazare sentait bien que ce devait être très intéressant mais il avait beaucoup de mal à suivre.

– Moi, voyez-vous, reprit la patronne, je ne suis pas d'ici. J'ai juste marié le fils d'un éleveur des Salces, par là-bas, un peu en dessous. On s'est rencontrés, un beau jour de mai, à Espalion, à la montée des bêtes vers les estives. Ah, pour une fête, c'est une belle fête ! Tous les printemps, même encore aujourd'hui, tous les troupeaux qui montent du Rouergue vers les montagnes d'Aubrac. Ce que c'est beau ! Les bêtes décorées, fleuries, les hommes en habit, des couleurs, la musique des cloches, le bruit, les senteurs… Vous ne pouvez pas vous imaginer. Faut voir pour bien comprendre. Moi j'y étais venue comme ça, pour le spectacle, pour la fête. Je suis du Quercy, moi, à la limite du Limousin. Et le Périgord n'est pas bien loin. Un petit pays en dessous de Brive qui avait trois châteaux sur un rocher. Curemonte, qu'on l'appelle. Si vous saviez ce que c'est beau !

Elle parlait avec tant de passion qu'ils en oubliaient de manger. Même Simon avait émergé de son demi-sommeil et écoutait, la tête appuyée au bras de Lazare.

– Eh ben, à Curemonte, reprenait la brave dame, on raconte l'histoire de quelques bourgeois du pays qui, il y a bien longtemps, quand ça se faisait d'enfiler le chemin de Saint-Jacques, ont pris le bâton, y ont attaché la coquille par laquelle on les reconnaissait, et sont partis non sans avoir reçu toutes les bénédictions nécessaires. Ils étaient de retour moins de deux mois plus tard. Bien sûr qu'ils n'y sont pas allés. Vous pensez bien, si loin en moins de deux mois. Ce n'était pas possible. On les a tout de même reçus en grande pompe et on les a sacrés pèlerins de Saint-Jacques. C'est que ce n'était pas rien, à l'époque, de pouvoir se dire pèlerin de Saint-Jacques.

– Mais eux, ils savaient. Alors, ils ont menti, dit Simon d'une petite voix un peu traînante mais pleine de bon sens.

On rit. Il ne s'en offusqua pas. La patronne étendit le bras et lui caressa doucement la joue.

– Tu as raison, lui dit-elle. Et peut-être aussi que tu n'as pas totalement raison. Ce n'est pas si simple que ça. Sûr qu'ils savaient. Ça ne pouvait pas être autrement.

Mais il n'est pas impossible que les autres savaient aussi. Peut-être que tout le monde savait. Mais on a fait comme s'ils y étaient vraiment allés. Pourquoi ?

Elle eut de la main un geste fataliste. Ils restaient suspendus à ses lèvres, attendant la suite du récit.

– Faudrait pas être de notre siècle pour comprendre une chose comme celle-là, reprit-elle. C'est que ce n'était pas rien de courir les chemins, en ce temps-là. On ne réalisait pas très bien où c'était, Saint-Jacques. On n'imaginait même pas qu'il puisse exister tant de terres. Tout ce qu'on savait, c'est qu'il était bigrement dangereux de voyager. Alors, pour ces gens-là qui n'avaient jamais quitté Curemonte, l'important, c'était moins d'aller jusqu'au bout de tous ces chemins que d'avoir la vraie volonté d'entreprendre le voyage. On jugeait moins sur le résultat obtenu que sur la sincérité de l'intention.

Elle marqua un temps d'arrêt et parut découvrir qu'ils en avaient oublié leurs assiettes.

– Mangez vite que ça va être froid, dit-elle d'un ton presque grondeur.

Silencieusement, l'esprit encore occupé de son étrange récit, ils se remirent à manger. Durant quelques instants, on n'entendit plus que le cliquetis des fourchettes sur les assiettes.

– Ben, vous voyez, moi, reprit-elle enfin, cette histoire-là, je l'aime bien. Je trouve ça beau qu'on les ait tout de même faits pèlerins de Saint-Jacques, qu'on ne les ait pas privés de ce plaisir sous prétexte qu'ils n'avaient pas pu aller jusqu'au bout. Vous ne trouvez pas ?

– Sûr, firent-ils en chœur.

Mais sur des tons différents. Paul, éternel chercheur d'absolu, n'était pas totalement convaincu. Cécile, à vrai dire, n'avait pas d'opinion très arrêtée. Et Lazare ruminait encore toutes ces paroles en se demandant pourquoi, lui qui avait eu l'intention si bien arrêtée d'y aller, ne pour-rait pas être à son tour sacré pèlerin de Saint-Jacques ! Cette fois, Simon s'était endormi profondément sur le bras de Lazare.

Ils mangèrent un moment en silence. Elle leur apporta le fromage, puis une grosse corbeille de fruits.

– Et la croix de la Rode ? demanda enfin Paul que la question travaillait depuis longtemps.

– Ah ! Notre croix de la Rode ! s'exclama la brave femme avec des trémolos dans la voix. Vous verrez, demain matin, ce qu'elle est belle.

– Mais pourquoi une croix celte ?

Elle eut l'air embarrassée. Est-ce qu'on posait si direc-tement des questions pareilles ?

– Ben, pour ce que j'en pense, dit-elle gravement, c'est pas bien facile à dire. Depuis le temps qu'elle est là.

– Et pourquoi là ?

Paul, à l'évidence, aurait aimé s'entendre apporter les réponses dont lui-même s'était fait depuis longtemps une conviction.

– Oh, fit-elle, c'est pas écrit dessus. Mais, ma foi, ça peut paraître assez simple. Vous savez, en ce temps-là, tra-verser l'Aubrac à pied, ce n'était pas une mince affaire. Dès l'automne et jusque tard au printemps, le plateau connaît des tempêtes terribles. Et encore ! À ce qu'on dit, celles qu'on connaît aujourd'hui sont de la rigolade à côté de celles du temps passé. Moi, ce que je crois, c'est que les hivers étaient peut-être plus rigoureux que maintenant, mais, surtout, on est mieux équipés, on a des routes, des chasse-neige. Eux, ils allaient pieds et mains nus, par des chemins à peine tracés. Ils ne connaissaient pas les vêtements imperméables. Il y avait les loups et tout le reste. On ne sait plus ce que c'est, de nos jours. Et le pire c'est que beaucoup de pèlerins qui partaient du Puy s'imposaient comme pénitence de traverser l'Aubrac en hiver. Vrai, vous pouvez me croire, il y en a plus d'un qu'on a retrouvé raide au bord du chemin ou même plus qu'à moitié mangé par les bêtes. C'est plus rien, l'Aubrac, aujourd'hui. Il faut essayer de mesurer ce que ça pouvait être, à l'époque.

Elle insistait, comme si, au plus profond d'elle-même, elle nourrissait le regret de ce temps où l'homme devait encore rendre des comptes à la nature.

– Alors, vous comprenez bien que ceux qui débouchaient sans dommages là-haut, tout au bout du plateau, au-dessus de la vallée du Lot, ils poussaient un fameux ouf de soulagement. Leur façon à eux de l'exprimer, à ce qu'on dit, c'était de tomber à genoux, avant de s'engager dans la descente qui les mettait hors de danger, et de rendre grâce à Dieu par leurs prières. Au pied de la croix, bien sûr. Et puis il y avait ceux qui revenaient de Saint-Jacques. Comme si ça ne leur avait pas suffi d'une fois, il fallait qu'ils retraversent l'Aubrac à la mauvaise saison.

Alors, avant de se jeter à l'aventure, en haut de la côte au-delà de laquelle ils quittaient l'abri de la vallée du Lot, ça faisait leur affaire de trouver la croix. Ils s'agenouillaient à son pied pour implorer le ciel de les protéger tout le temps qu'ils chemineraient sur le redoutable plateau.

Tout en racontant, elle avait trouvé le temps de servir le café. Dans l'atmosphère douillette du gîte, avec la vague conscience de leur solitude, au cœur des immensités désertiques qui les entouraient, après un bon repas, ils étaient bien. Et ils écoutaient avec ravissement. Ils les voyaient, ces pauvres pèlerins, appuyés sur leur bâton orné de la coquille, la besace au dos, allant dans la tourmente de l'Aubrac au-devant de la croix de la Rode.

– Ben oui, fit tout de même Paul qui ne trouvait pas là le compte de ses trop rapides convictions, ça ne nous dit toujours pas pourquoi elle est celte, cette croix-là.

La patronne lui jeta un regard noir. S'il voulait lui faire dire ce qui ne se prononce pas, celui-là, il n'était pas au bout de ses peines.

– Ah, ça…, dit-elle simplement.

– Récupération ! s'exclama tout à coup Paul qui n'y tenait plus. C'est clair, continua-t-il sur le ton un peu hystérique qu'il aimait prendre lorsque la passion l'emportait. Elle était là bien avant qu'on invente la fable de la barque chargée du corps de saint Jacques atterrissant à Compostelle, votre croix. Et les curés l'auront récupérée, comme tout le reste.

Debout au bout de la table qu'elle débarrassait, elle le toisa d'un tel air de mépris qu'il dut se taire.

– Et après ? laissa-t-elle dédaigneusement tomber.

– Eh bien, voulut-il argumenter, c'est une preuve de plus…

Elle l'interrompit sèchement.

– Taisez-vous donc. Vous n'y comprenez rien. Peut-être bien qu'elle était là longtemps avant le pèlerinage de Saint-Jacques, notre croix de la Rode. Qu'est-ce que ça change ? Moi, je dis que c'est beau, ces hommes qui se prosternaient devant cette croix, ces hommes qui n'avaient rien d'autre que leur foi. Vous l'avez belle de prétendre juger. Qui vous le permet ? Parce que vous avez lu des livres ? Parce que vous avez une instruction que ces braves gens n'avaient pas ? Parce que vous allez au cinéma et que vous regardez la télévision ? Eux, ils n'avaient pas tout ça. Ils faisaient selon leur conscience. Oh, je ne dis pas qu'on ne les a pas manipulés, qu'on ne s'est pas servi d'eux. Et vous, avec tout votre beau savoir, vous croyez qu'on ne vous manipule pas ? Tout ce que je sais, moi, c'est que ceux à qui vous reprochez d'avoir profité de tout ça, ils ne venaient pas s'agenouiller au pied de la croix de la Rode. Au mieux, ils venaient jusqu'au Sauvage, là-bas, en Margeride, où les Templiers les recevaient dans leur belle commanderie. Après, sur l'Aubrac, il n'y avait plus que les gueux, les pauvres parmi les pauvres, qui allaient parce qu'ils croyaient. Et ce sont eux qui m'intéressent.

Et, à mi-voix, avec tout à coup une grande tendresse dans le regard, elle ajouta :

– Ce sont eux que j'aime.

Assis côte à côte sur le faible talus du bas-côté, dans le matin naissant, ils admiraient la croix.

Sur l'autre rive du chemin, à même le pré, protégée du bétail par une simple clôture, elle se dressait à hauteur d'homme, épaisse, robuste et néanmoins d'une rare élégance, ses croisillons émergeant à peine du puissant cercle les contenant. Immémoriale et solitaire, dans ce désert battu de tous les vents de l'Aubrac, elle les subjuguait.

Même Cécile, pour qui tout cela était bien nouveau, s'étonnait de l'émotion qui l'étreignait. Simon, lui, était venu se planter contre Lazare, entre ses jambes. Le vieux bûcheron du Morvan avait entouré le gamin de ses deux bras. Et ils rêvaient ensemble.

Le ciel s'éclaira derrière la croix. Assis comme ils l'étaient, elle les dominait et se découpait avec une absolue netteté sur la tenture de lumière qui montait de l'horizon. Ce ne fut d'abord qu'un mince trait d'argent surlignant très finement la crête des collines encore vêtues d'ombre. Puis, en s'élevant derrière la croix, elle lui fit peu à peu une gloire d'argent et d'or sur laquelle la pierre gardait des nuances de nuit.

Toujours silencieux, ils se laissaient envoûter par l'étonnant miracle quotidien de la naissance du soleil derrière la croix de la Rode.

Enfin, l'astre parut au-dessus de l'horizon, juste derrière la croix. Le spectacle atteignit une telle magnificence qu'il en devint insupportable.

– Peut-être faut-il se prosterner ? émit Paul d'une drôle de voix un peu interrogative.

Ils rirent. Sans excès. L'éclat du soleil les avait contraints à détourner les yeux. Ils s'observèrent et virent dans le regard de chacun le reflet de leurs propres émotions. Ils en furent gênés.

– Allons, dit Cécile à qui revenait de remettre la première les pieds sur terre. On est attendus ce soir à Nasbinals.

Lazare haussa les épaules, agacé. Il fut le dernier à se relever. Déjà Simon filait devant, aux trousses du chien. Il interrompit le repas d'herbe du bas-côté, que s'offrait Delphine en patientant, et, taciturne, il prit la tête de la petite caravane.

De toute la journée, on ne l'entendit pas.

Lorsqu'ils atteignirent Nasbinals, nombreuses étaient encore les bêtes qui piétinaient les litières défraîchies du foirail. Elles attendaient, mufle bas et œil exorbité, leurs nouveaux acquéreurs partis fêter ça dans les cafés du bourg, autour de la belle église en pierres presque noires qui avait tout de suite attiré le regard avide de Paul.

La foire de septembre se terminait et il régnait sur le pays une curieuse atmosphère faite de soir de fête, de beuveries en même temps que d'activité un peu brouillonne, un peu bouillonnante, de bêtes qu'on embarquait dans les camions, à grand renfort de cris et de coups, de tracteurs allant et venant, attelés de lourdes remorques, et d'hommes en bottes et en blouse, le bâton à la main, qui parlaient fort et s'interpellaient d'une rive à l'autre de cet étonnant océan d'animation.

Dès l'entrée du pays, Lazare avait humé l'air avec délectation. Blondes aubracs ou blanches charolaises, le remugle de la foire et la puissante clameur qui en montait étaient les mêmes.

Sans se départir du sombre mutisme qui avait été le sien depuis qu'ils avaient quitté la croix de la Rode, et sans en prévenir Paul et Cécile, il se dirigea vers le foirail et attacha Delphine à la première barre libre qu'il trouva. Puis, donnant la main à Simon qui ne le quittait pas, il partit traîner au milieu des bêtes.

– Eh bien, Lazare ! cria Cécile, stupéfaite.

Sans même se retourner, il se contenta d'un vague geste de la main au-dessus de son épaule.

– Attention au petit, lança-t-elle encore à tout hasard.

Il haussa les épaules et fit un clin d'œil à Simon qui le lui rendit des deux yeux.

– Comme si j'allais pas faire attention à toi !

Le gamin gambadait en riant, indifférent aux bandes de bovillons qu'on poussait dans les allées, vers les quais d'embarquement, et qui les croisaient au galop de charge.

Lazare allait à grands pas décidés. Simon, suspendu à sa main, tricotait aussi vite qu'il le pouvait de ses petites jambes. Et, tous les deux, à gorge déployée, ils riaient. Ils riaient tant qu'ils en avaient, l'un comme l'autre, l'enfant et le vieux gars du Morvan, des larmes dans les yeux, qu'on se retournait sur eux et que les maquignons qu'ils croisaient, après les avoir dévisagés, échangeaient des regards entendus.

Ils traversèrent ainsi tout le foirail. Puis Lazare, avisant un ballot de paille posé à même le sol, vint s'y asseoir. Un long moment, sous l'œil perplexe du gamin dont il ne lâchait pas la main, il contempla les groupes qui continuaient d'aller et venir, les bêtes encore entravées et là-bas, tout au fond, un peu dérisoires, Delphine et Passepoil attachés, face à face, à une barre à laquelle s'appuyaient, côte à côte, Paul et Cécile. Seul manquait le chien déjà parti à la découverte du pays.

– Tu vois, dit Lazare au gamin qui l'observait en ouvrant de grands yeux étonnés. Ah ! T'es trop petit, toi. Tu ne peux pas comprendre. Mais si tu savais comme je suis content. Il y a des fois, c'est à se demander s'il y a du hasard. Enfin, c'est bien comme ça. Maintenant, je sais… Allons, c'est pas ton problème. Viens, on va rejoindre ta mère. Mais, tout de même, souviens-toi bien de tout ça. Souviens-toi toujours de la foire de Nasbinals. Il n'y a rien de plus beau qu'une foire. Toute la vie est là-dedans, petit, souviens-toi bien. Souviens-toi bien que l'homme n'a rien inventé qui ne soit pas déjà dans la nature.

Le gamin n'y avait évidemment rien compris. Mais il crut bon tout de même d'acquiescer gravement de la tête.

– C'est bien, dit très sérieusement Lazare.

Puis il se leva et, toujours la main dans la main, ils retraversèrent tout le foirail.

Une fois de plus, le velours avait quitté les yeux de Cécile lorsqu'ils se retrouvèrent. Mais elle ne dit rien. Ce n'était pas le moment. Il fallait penser au spectacle.

Il eut lieu près du foirail, sur un parquet dressé pour les danseurs. Il régnait là-dedans une chaleur étouffante. Et l'énorme foule qui l'avait investi au sortir des cafés pensait beaucoup plus à rire et à brailler qu'à écouter les balivernes de ces drôles de comédiens dont la mule et l'âne en avaient déjà réjoui plus d'un.

Lazare, pourtant, n'était pas d'humeur à s'en laisser conter.

— Savez-vous bien, braves gens, à qui vous avez affaire ? lança-t-il comme de coutume.

— Ce qu'on en a à foutre ! lui répondit tout à trac une voix presque aussi forte que la sienne, au fond du parquet.

Paul et Cécile échangèrent un regard paniqué. Mais il en fallait plus pour démonter Lazare.

— Vingt dieux d'ours, lança-t-il comme un tonnerre qui roula si fort sur la tête des spectateurs qu'il y eut le très bref instant de silence qu'il escomptait. Qui c'est qui m'a fichu une bande de paysans pareille ? Et quand je parle de paysans, je sais ce que je dis, vu que j'en suis un moi-même. Et même un éleveur de vaches, comme vous. Alors, si vous êtes venus pour pas écouter ce qu'on a à vous dire, vous n'avez qu'à retourner à vos étables. Et comptez pas sur nous pour venir vous aider à en sortir la bonne couche de merde qui doit les encombrer.

Il s'interrompit un instant. Juste assez pour qu'une voix s'élève encore du même fond de la salle :

– Prouve-le donc que t'es un éleveur de vaches !

– Ben, mon salaud, si, par chez nous, nos bêtes avaient moitié moins de varons que ce que les vôtres traînent sur le dos, on dirait encore qu'on est des sagouins.

Il y eut des cris, des protestations, même quelques poings levés. Mais les rires l'emportèrent.

– Et ta mule, elle en a, des varons ? tenta encore le même fort en gueule.

Mais toute l'attention de la salle était déjà tournée vers ce qu'allait répliquer Lazare.

– Ma mule, elle te dit bien des choses, conclut-il vertement.

Et il estima que le moment était enfin venu de passer aux choses sérieuses.

– Delphine, qu'elle s'appelle, ma mule, clama-t-il pour enchaîner. Et moi, je suis Lazare, violoneux du Morvan quand je ne suis pas au cul des vaches. Et voilà Cécile de partout et du voyage, et encore Paulo de Belleville…

C'était parti. Mais ils avaient eu chaud. Toute la soirée, l'ambiance fut survoltée. Parfois, leurs vieux monologues, pourtant si bien rodés, devaient se transformer en dialogues mouvementés avec une salle survoltée, toujours prête à céder à la tentation du chahut. Paul, tétanisé, perdait tous ses moyens dès qu'on l'interpellait. Alors Lazare, que cela finissait par amuser, prenait le relais et trouvait toujours la pirouette qui leur permettait de rebondir.

Par chance, il était prévu qu'un orchestre prenne leur suite pour faire danser cette foule déchaînée. Lazare se fit tout de même un devoir de l'accompagner durant quelques danses. Puis, à son tour, il s'éclipsa.

Cécile l'attendait dans la salle commune du gîte d'étape où ils étaient hébergés. Paul et Simon dormaient déjà. Seule au milieu de la grande pièce, accoudée à une des grandes tables, elle somnolait, le menton dans les mains.

– Ouf ! fit Lazare en posant son violon sur la table. Bande de sauvages !

– Vous vous en êtes bien sorti, dit-elle en se redressant.

Mais son regard indiquait clairement que ce n'était pas pour lui servir des compliments qu'elle avait attendu Lazare.

– Bof, fit-il, désabusé. Moi, des trucs comme ça, ça me casse. Si ça ne leur plaît pas, ce qu'on fait, ils n'ont qu'à le dire. J'aurai tôt fait de laisser tomber. Je retrouverai mes balivernes, pour mon plaisir et rien de plus. Ça, au moins, c'était quelque chose !

– Alors, pourquoi vous continuez ?

Elle n'y était pas allée par quatre chemins. Lazare, abasourdi, toujours debout au bout de la table, resta un moment sans voix, fixant la jeune femme d'un regard vide. Il se laissa lourdement tomber sur le banc.

– Est-ce que je sais ? dit-il en haussant les épaules.

C'est alors seulement qu'il remarqua que le velours

était revenu dans le regard de Cécile. Il s'y ajoutait même quelque chose d'autre, comme une grande question, avec, en même temps, beaucoup de douceur.

– C'est à se demander, c'est vrai, ajouta-t-il en baissant les yeux.

– Depuis hier, vous n'êtes plus le même.

– Ça se voit tant que ça ?

– Vous croyez que je vous aurais laissé filer avec Simon, tout à l'heure, sur le foirail, si je n'avais pas compris ?

– Parce que tu as compris, toi ?

Elle marqua le coup. Il allait lui falloir expliquer, définir. Quoi dire ? Elle aussi baissa les yeux. Et elle se perdit longuement dans la contemplation de ses mains qu'elle avait posées l'une contre l'autre, bien à plat, sur la table.

On entendait, dans le lointain, quelques bribes de musique. Comme c'était le seul bruit qui montait dans la nuit, bien que modeste et étouffé par la distance et les fenêtres closes, il semblait emplir totalement leur espace.

– J'ai compris que, pour vous, c'est un peu comme pour les pèlerins de Curemonte. À la croix, là-haut, vous avez atteint votre Saint-Jacques.

Il eut un petit geste admiratif du menton.

– Tu as vu ça toute seule ? s'étonna-t-il.

– J'ai pas compris tout de suite. Même, je m'inquiétais. Vous n'étiez plus vous-même. Et puis toute cette journée sans dire un mot. J'ai bien vu que ce n'était pas après nous que vous en aviez, que c'était en dedans de vous que ça se passait.

– Et alors ?

Elle lui lança un bref regard très sombre mais en même temps très doux.

– Alors ? C'est quand vous avez filé à travers le foirail, avec Simon, que j'ai commencé à me douter. Et c'est là, ce soir, devant cette bande d'enragés, que j'ai vraiment compris.

– Il n'y a rien à comprendre.

– Mais si, vous le savez bien.

– Puisque tu le dis.

Il avait admis pour tenter d'échapper aux mots après lesquels il est trop tard pour faire machine arrière. Elle, pourtant, entendait bien les prononcer.

– J'ai compris quand vous avez clamé, comme un serment, que vous aussi, vous étiez éleveur de vaches. Et puis vous avez dit… Comment vous avez dit ? En vous présentant, vous avez dit : Lazare violoneux du Morvan quand je ne suis pas… quelque chose.

– Au cul des vaches, précisa-t-il, maussade.

– C'est ça, au cul des vaches.

– Et c'est le cul des vaches qui t'a fait comprendre ?

Sans sourire, d'un geste, elle acquiesça doucement.

On entendait toujours les flonflons de la musique, dans le lointain. Ils les laissèrent quelques instants emplir l'espace de la grande pièce sonore.

Quand elle reprit, elle parlait d'une étrange voix sourde qui étonna Lazare.

– J'ai compris que vous aviez le bourdon, dit-elle. Pour vous, le voyage, c'est fini. Pas vrai ?

Elle avait levé brutalement les yeux sur lui et scrutait avidement ses réactions. Il se garda bien de les montrer. C'est à peine si son regard, en croisant furtivement celui de la jeune femme, se fit plus sombre.

– Qu'est-ce qui te fait dire ça ?

– C'est de ma faute, dit-elle.

Cette fois, il ne cacha pas sa surprise.

– Ta faute ? Et pourquoi ta faute ?

– J'ai cassé votre voyage. Tant que vous alliez pour votre plaisir, pour vous, rien d'autre ne comptait que le chemin et les gens que vous rencontriez, à qui vous racontiez vos balivernes, comme vous dites. Eux aussi vous racontaient des tas de choses. Ils vous hébergeaient, vous donnaient la soupe. C'était simple. Ça vous suffisait. Et moi, j'ai mis les sous là-dedans.

Il voulut l'interrompre.

– C'est pas toi. C'est le Paul qui s'est fait mettre ça dans la tête, bien avant que tu le rencontres, avant même qu'on se sépare.

– Mais c'est moi qui ai tout mis en route. Et maintenant, vous n'êtes plus dans votre voyage. Vous allez, nous allons d'un spectacle à l'autre. C'est plus du tout la même chose. C'est la routine. Vous vous ennuyez.

Se détournant légèrement d'elle, il avait posé les coudes sur les genoux. Le dos voûté, le regard dans le vague, il souffrait du cheminement que les mots opéraient en lui. Il savait bien qu'elle avait raison. Et il l'admirait pour avoir su ainsi mettre au jour et exprimer ce que lui-même refusait d'admettre.

Et les mots qu'il aurait fallu dire, qu'il aurait voulu dire, qui lui échappaient et faisaient qu'il n'avait pour toute réponse que le silence.

Il se prolongea, toujours haché par les lointains échos du bal. Ils restaient là, elle les mains bien à plat devant elle, sur la table, lui voûté, au bout de son banc, perdus dans leurs pensées.

– Si vous voulez, dit-elle enfin, vous pouvez vous arrêter. Je vous donne votre part. Et c'est tout.

« C'est tout. » Ces deux mots-là lui firent mal. Mais il ne le montra pas car il savait qu'elle ne les avait pas lâchés de gaieté de cœur.

– Allons, dit-il en se levant. Il se fait tard. Et, demain, on joue à Laguiole. Dors bien, petite.

– Et d'abord, savez-vous bien, braves gens, qui je suis ?

Debout sur une table, au fond de la salle du café, Lazare s'étouffait de rire et se tapait énergiquement sur les cuisses. Ils n'étaient guère qu'une vingtaine, devant lui. Mais tous riaient avec une telle ardeur qu'ils en pleuraient.

Seul le patron, derrière son bar, le sourcil froncé, s'obstinait à essuyer ses verres en grommelant que son établissement n'était pas un lieu de spectacle et que ce n'était ni convenable ni propre de piétiner comme ça une table qui n'était pas une estrade et sur laquelle les consommateurs posaient leur verre.

Personne, bien sûr, ne l'écoutait. Tous comme un seul homme, ils lui avaient tourné le dos lorsque Lazare avait pris au mot celui d'entre eux qui l'avait mis au défi de leur faire, là, tout de suite, devant tout le monde, ce numéro qu'il prétendait traîner depuis le début de son voyage.

– Parce que vous ne me croyez pas, bande d'ignares. Je le vois bien.

– C'est pas ce qu'on a dit, voulut rectifier l'autre. Seulement, tu vois, moi, je suis un peu comme saint Thomas. Je ne crois que ce que je vois.

– Quand je te le disais ! Et, vous autres, vous attendez aussi que je vous montre ?

345

S'ils attendaient ! Ce fut un tonnerre de réclamations.

– Vous l'aurez voulu. Après, ne venez pas vous plaindre.

Le violon dans une main, l'archet dans l'autre, sous l'œil attentif du chien qui, bien que roulé en boule au coin du poêle, ne perdait pas un de ses gestes, Lazare fendit la foule, traversa la salle et se hissa sur une table poussée contre le mur du fond.

– Si tu casses, tu paies, avertit le patron, toujours aussi gracieux.

– Crois-y ! T'avais qu'à interdire le spectacle dans ton établissement.

– J'l'ai pas autorisé.

– Essaie donc de l'interdire.

Il y eut un violent remous dans l'assistance.

– L'écoute pas. Il n'est bon qu'à râler. Sors-nous tes bêtises.

– Mes bêtises ? Écoutez-le, celui-là. Mes balivernes, jeune homme. Souviens-toi de mes balivernes à qui le chien, Delphine, quelques autres et moi devons l'étonnant numéro que je vais avoir l'honneur et le plaisir d'exécuter, après qu'il nous a valu les plus grands succès dans la France entière ou presque, devant votre minable petite société.

– Hé va donc, hé, minable toi-même !

– Vous voudrez bien, mesdames et messieurs, réserver vos avis et vos commentaires pour la fin du spectacle. Je serai alors très heureux d'y répondre devant le verre de l'amitié que vous ne sauriez manquer de m'offrir.

– Cours toujours !

Le ton était donné. Et leurs chahuts, pour la forme, n'étaient que l'expression un peu brouillonne de leur étonnement. S'ils s'étaient attendus à ce que Lazare, l'ours, l'homme des bois, le lourdaud, dont ils s'amusaient, jadis, chaque dimanche matin, à l'heure de l'apéritif, s'exprime ainsi, sans rien perdre de la redoutable puissance de son organe vocal, ni de la rocaille de son accent, mais avec des mots, des tournures de phrases dont ils n'auraient jamais imaginé qu'il puisse en être capable !

Et voilà que, tout à trac, sans prévenir, il leur demandait s'ils savaient bien qui il était. Il y avait de quoi rire. Et ils ne s'en privaient pas. Il les laissa faire et les accompagna même tout le temps qu'il jugea nécessaire. Puis, se redressant sur sa table, prenant un air très grave, il étendit devant lui deux énormes mains calleuses et velues qui se voulaient apaisantes. Les rires se calmèrent doucement.

– Le savez-vous bien, qui je suis ? insista-t-il.

Et sa dextre se fit plus pressante pour prévenir le retour des fous rires. Ils se turent et le silence se fit attentif.

– Hein ? Le savez-vous ? les provoqua-t-il encore.

– Oh, c'est ça tes fariboles ? s'énerva tout de même une voix dont il voulut ne pas s'inquiéter de savoir à qui elle appartenait. T'es le Lazare, le vieux gars du Morvan qu'a eu la folie, un jour, de vendre ses vaches et de partir se faire pendre ailleurs, avec sa mule et son chien. Voilà ce que tu es. Pas vrai, vous autres ?

On acquiesça énergiquement, non sans perdre de vue

le grand lascar toujours perché sur sa table dont l'air entendu annonçait, à ne s'y pas tromper, une autre version des faits.

Pour l'heure, sans avoir l'air de s'en faire, de son archet, il taquinait distraitement les cordes de son violon. Et, ma foi, ce n'était pas désagréable du tout. On notait déjà dans l'assistance que c'était encore là un aspect du personnage qu'on ignorait. La précédente description, pour n'avoir rien de faux, péchait tout de même par l'omission qu'elle faisait de ces compétences musicales aussi oubliées de l'assistance que tranchant avec l'image qu'on se faisait ordinairement du personnage.

Prétendant ignorer la curiosité avide des regards qui convergeaient sur lui, il joua ainsi quelques instants de son instrument et, par la même occasion, de la patience de son auditoire. Puis, avec un art désormais consommé de la manipulation de son public, à l'instant précis où allaient s'élever des protestations, cessant de jouer, il bomba le torse, et brandit son violon d'une main, son archet de l'autre, bras en croix, écrasant tout son public de sa formidable masse comme déployée au-dessus de lui.

– Je suis Lazare, violoneux du Morvan, voisin de l'horizon et pèlerin de Saint-Jacques-de-Compostelle ! clama-t-il plus fort qu'il ne l'avait jamais fait.

Les verres et les bouteilles en tremblèrent sur les étagères, derrière le patron toujours aussi renfrogné.

– Et je m'en vais vous raconter, pour le seul prix d'un coup à boire, parce que c'est vous, que je vous aime bien et que je suis un boit-sans-soif, le monde tel qu'il est et tel que je l'ai vu depuis que je cours les chemins avec le chien, la mule Delphine et quelques autres.

– Mon vieux…, laissa tomber une voix perplexe et quelque peu abasourdie.

– Ah! si vous m'interrompez tout le temps…

Le violon, de quelques mesures alertes, mit tout le monde d'accord. Et personne, durant l'intermède, n'eut l'idée de bouger. Captivées, toutes les attentions étaient concentrées sur l'étonnant spectacle du bûcheron rustique dont tout le monde avait oublié qu'il avait hérité de son père des talents de musicien et dont personne n'imaginait qu'il puisse, par-dessus le marché, être si bon conteur.

Seul le patron n'y trouvait pas son compte.

– Vous buvez quelque chose? parvint-il à glisser à l'instant précis où Lazare baissait son instrument et ouvrait la bouche pour commencer son récit.

Ce fut comme une douche froide. Il y eut des soupirs exaspérés, quelques vagues protestations. Lazare, sur sa table, les bras ballants, regardait le patron d'un air navré.

– T'auras pas bientôt fini de nous assommer? Est-ce qu'on parle de boire quelque chose quand il s'agit des chemins de Saint-Jacques et du monde tel qu'il est et tel que je l'ai vu? Tiens, pour la peine, toi qui nous sers des ballons de piquette à longueur de journée, sais-tu bien ce qu'est le monde où se fait le vin, le vrai?

Enfin, c'était parti. Et plus rien ne pouvait arrêter Lazare. Tout y passa. Ou, du moins, tout ce qu'il jugea bon de raconter. Ainsi fut-il, sans le dire, infiniment reconnaissant au patron de lui avoir fourni l'occasion d'escamoter quelque peu l'épisode peu glorieux de sa première nuit en Morvan. Certes, le portrait qu'il fit de Paul n'aurait pas particulièrement réjoui l'intéressé. Mais son récit des conditions très particulières de leur rencontre fut un modèle d'habile modestie dont il ressortait néanmoins que ce personnage, par ailleurs très falot, ne devait d'exister encore qu'au courage, voire à l'héroïsme de Lazare.

Il lui suffit d'être sincère pour faire partager à son auditoire l'admiration avec laquelle il avait découvert le travail des moines et des compagnons de La Chaise-Dieu, de Saint-Nectaire et surtout d'Orcival. Il parvint adroitement à faire naître en eux la conviction que la nature était à l'origine de l'inspiration des hommes qui avaient su réaliser ces merveilles. Il eut, pour la Narse, les collines du Cézallier ou le plateau de l'Aubrac, des mots d'une telle sensibilité qu'ils sidérèrent et captivèrent son auditoire.

Il oublia quelque peu ce qui s'était passé au matin de leur étape à La Godivelle, se fit un triomphe plus grand encore que nature de son spectacle d'Égliseneuve-d'Entraigues et omit bien sûr d'évoquer son entrevue avec madame le maire, à l'instant où, le lendemain matin, il allait quitter le pays.

Ah, évidemment, l'étalon des monts du Cantal, la tourbière, où il s'en fallut de peu que le Morvan ne perdît un de ses plus notables enfants, et la façon dont le chien lui épargna ce drame en parvenant à réunir le maître et la mule eurent droit à un autre ton. Ce fut presque tragique.

Quelques mesures du violon entre chaque épisode permettaient de souffler, d'assimiler tout ce qui venait d'être dit et de se préparer à de nouveaux rebondissements.

La déconvenue de Ruynes-en-Margeride fut passée discrètement par pertes et profits. On en vint sans transition à l'orage de la Margeride et au Sauvage dont l'atmosphère saturée de fumée et de vapeur d'eau montant des chaussures et des vêtements mis à sécher fit beaucoup rire l'assistance. Lazare, pourtant, ne fit qu'une brève allusion à Cécile, Simon et Passepoil. Paul était là, voilà tout. Comment y était-il arrivé ? Allez donc l'imaginer vous-mêmes si le cœur vous en dit !

Il fut bref et modeste sur la tournure qu'avait prise alors leur tournée, après le spectacle de Grandrieu. Il en vint vite à Marvejols et à leur décision de monter vers la croix de la Rode.

– Vrai, vieux, disait-il, j'ai pas regretté. Fallait voir ça. Déjà, le soir, depuis le sommet du Mailhe-Biau – c'est comme ça qu'ils appellent leur montagne la plus haute –, c'est tout juste si on voyait pas la terre entière. C'était une lumière… Tiens, toi, Octave, quand tu nous dis, par les matins d'hiver, que tu vois le Mont-Blanc depuis ta porte. Mais là, tout autour, comme un cercle sans vraie limite, tu vois la terre, avec ses montagnes, ses plaines, ses déserts, ses vallées. Et même, de là-haut, j'ai vu les Cévennes, pas bien loin, à ce qu'il semblait.

« C'est pas pour dire, mais ça m'a fait quelque chose. Et puis, le lendemain matin, cette croix. Eh ben oui, quoi, une croix. J'ai pas le droit d'admirer une croix ? Pas la

351

peine d'en rire. Faudra pas le dire au curé, voilà tout. Mais, que voulez-vous, elle est belle, cette croix-là, il n'y a pas à en revenir. Elle est belle et elle va si bien à l'endroit où elle est plantée.

Rêveur, il s'accordait quelques mesures de violon.

Puis il reprenait son récit. Ou, plus exactement il accommodait à sa façon ce que leur avait raconté la patronne du gîte des Rajas. Il n'allait tout de même pas encombrer son récit déjà bien fleuri d'un pays – « Comment qu'il s'appelait, déjà, celui-là ? » – là-bas, au diable Vauvert, en Quercy, à moins que ce ne soit en Limousin, ou peut-être bien en Périgord, à moins que ce ne soit à la rencontre des trois… Va savoir ! De toute façon, il n'y était pas passé. Alors, quelle importance ? Et les pèlerins de Curemonte se retrouvaient pris dans une tourmente de neige de l'Aubrac. Ils ne devaient leur salut qu'à la croix de la Rode sur laquelle ils tombaient miraculeusement, parvenant ainsi à échapper aux redoutables colères du plateau en s'esbignant vers la vallée du Lot.

Ainsi naissent les légendes.

Ébahi, son auditoire buvait littéralement ses paroles, découvrant avec ravissement qu'était tout de même un peu courte leur vue du monde extérieur à leurs vallées. Ils avaient fini par croire, pour se l'être tant fait répéter par ceux qui en étaient partis et par ce qu'ils en voyaient ordinairement à la télévision, qu'il n'était fait que de villes tentaculaires. Et s'il restait, hors de celles-ci et de leurs collines, quelques lambeaux de nature, la vue qui leur en était donnée par les mêmes, au travers du prisme citadin, était si plate, si morne que les paroles de Lazare parlant de la terre, de ce que les hommes qui l'habitent en ont fait, de leur vie et de leurs croyances étaient pour eux comme une véritable révélation.

– Et pourquoi que t'y es pas resté, vu que c'était si bien ?

Vexé de l'attention que captait Lazare au détriment de son commerce, le patron mettait lourdement les pieds dans le plat. Il en fut pour ses frais. Car Lazare, loin de s'en formaliser, parut se réjouir de la question. Tout souriant, il vint s'asseoir sur le bord de la table dont, jusque-là, il avait fait son estrade. Et il s'accorda le temps de mettre de l'ordre dans la suite de son récit en régalant la salle toujours aussi attentive d'une gigue guillerette.

Lorsqu'il eut fini, il laissa encore un instant l'archet en suspens au-dessus des cordes du violon, comme s'il ne savait pas encore très bien par où il allait reprendre. Puis, posément, il posa l'instrument sur la table, à sa gauche, et l'archet à sa droite.

– C'est justement ! dit-il enfin, toujours aussi souriant.

– Justement quoi ? fit le patron qui commençait tout de même à se prendre au jeu et qui, vaisselle finie, était venu s'accouder à son bar.

– Justement que t'y comprends rien et que tu te mêles de ce qui ne te regarde pas. Alors, t'écoutes et tu te tais, d'accord ?

– Ah ben, elle est un peu forte, celle-là ! Ils sont là, chez moi, à jacasser sans rien boire et c'est encore moi qui dois me taire. Qu'est-ce que vous buvez ? Sinon, la porte !

Lazare n'était plus souriant. Ses épais sourcils noirs avaient instantanément adopté la forme caractéristique d'un trait épais dans l'ombre duquel roulait un regard peu amène.

– Toi, le cabaretier, tu la boucles. T'as pas l'impression que t'es pas trop majoritaire, par les temps qui courent ? Alors, ta cabane, si tu veux pas qu'on te la casse une fois pour toutes, t'attends gentiment que j'aie fini. Par-dessus le marché, t'évites de m'interrompre. Ce sera mieux, nettement mieux. Et si t'es sage, très sage, peut-être – je dis bien peut-être – qu'on évitera d'aller fêter tout ça chez ton concurrent. Vu ?

Un bagou, le Lazare ! Ils n'en revenaient pas. Où donc avait-il pris cette assurance dont il n'aurait jamais eu l'idée, par le passé, avant que l'étrange idée lui vienne de partir ?

Après tout, le patron n'avait pas totalement tort. Pourquoi donc était-il revenu, lui qui avait, jadis, si radicalement coupé les ponts et qui racontait si bien les merveilles de tous les pays qu'il avait traversés ?

– Hein, Lazare, pourquoi donc que t'es rentré au pays ? lança tout de même un spectateur qui n'y tenait plus.

La colère était passée. Le sourire était revenu. Mais un demi-sourire, comme pour mieux laisser la place, au fond du regard du vieux gars, à une sorte de douce mélancolie qui les captivait déjà. Avaient-ils jamais pensé que le gars à l'Amélie, l'ours, le bûcheron mal équarri, était capable d'exprimer une telle sensibilité ?

– C'est justement, répéta-t-il enfin. C'est toute une histoire.

Toujours assis au bord de sa table, les jambes ballantes, il ne jouait plus la comédie. Ils l'avaient vu tout de suite. Il racontait, Lazare. C'était son cœur qui parlait. Et ils en retinrent leur souffle.

– Après, dit-il, après la croix de la Rode, il y a eu Nasbinals. Les sauvages ! Un pays rude, superbe. Mais des hommes… faut dire…

Il ne savait plus dire. Tout s'embrouillait avec l'émotion dont ils constataient avec stupeur qu'elle lui faisait les yeux brillants et la lèvre légèrement tremblante. Il voulut continuer.

– Faut dire, reprit-il, que c'est la faute aux sous.

Les sous ? Quels sous ? Déraisonnait-il ?

– Quand je leur racontais mes balivernes comme ça, pour le plaisir, ça leur plaisait, ça leur plaisait pas, je n'en avais rien à faire. Et puis ça leur plaisait, sinon, ils ne seraient pas restés. Mais quand on s'est mis à faire payer, ça n'a plus été la même chose. Les gens, quand ils paient, ils n'ont plus le respect de ce qu'ils achètent. Sous prétexte qu'ils ont donné leurs sous, ils veulent qu'on leur donne ce qu'ils ont envie d'avoir, pas ce que toi tu as envie de leur donner. D'ailleurs, tu ne donnes plus rien, tu vends. Tu comprends ? C'est plus la même chose.

« À Nasbinals, c'était le soir de la foire aux bestiaux. Les aubracs, qu'ils ont, là-bas. Des petites vaches fauves aux yeux cerclés de noir, aux grandes cornes en lyre, un peu comme nos vaches rouges du Morvan de jadis. Peut-être même bien qu'elles devaient être un petit peu cousines, ces bêtes-là. Des belles bêtes, ma foi. Mais alors les hommes… Ils avaient payé. Alors, ils se sont cru tout permis, et même de ne pas nous écouter. Remarque bien que j'y ai vite mis bon ordre. Je les ai même traités de paysans ! C'est pour dire. Et on est allés au bout de notre spectacle sans trop d'ennuis.

« Mais, tu vois, ils m'ont fait mal, ces gens-là. Ils n'étaient pas venus pour écouter ce qu'on avait à leur dire et tâcher de comprendre, mais pour s'offrir une pinte de rire aux dépens de ceux qu'ils avaient achetés. Pour dire vrai, ils s'en fichaient comme de leur première chemise, de nos histoires. Alors, ça servait à quoi ?

« Déjà, là-haut, le matin même, à la croix, va savoir pourquoi, je m'étais dit comme ça que mon voyage était fini. Sans trop savoir, comme ça. Et puis, le soir, on arrive sur ce grand foirail encore à moitié plein de bêtes. Alors, là, ça m'a fait quelque chose. L'odeur, le bruit, les cris, les meuglements… Est-ce que je sais, moi ? Et puis ces malappris qui sabotent notre spectacle parce qu'ils ont payé. Là, que je me suis dit, mon vieux Lazare, le temps de tes balivernes est passé. Faut pas refuser de tourner les pages. Celle-là, elle est derrière. T'as accepté de mettre les sous là-dedans, c'est fini, t'as plus qu'à en tirer les conséquences. Et, pour de vrai, je serais bien rentré direct.

En haussant les épaules, il parut se moquer de tout cela en même temps que renaissait dans ses yeux ce sourire étonnamment doux qui sidérait tout son auditoire.

– Ça fait près de huit mois de ça, dit-il.

– Et pourquoi donc que t'es pas revenu direct vers nous ? osa la voix de Gaston, au dernier rang de ses auditeurs.

– Gaston, vieux gars, si tu savais ce que c'est que le sourire d'un enfant et le regard d'une femme !

C'était un cri qui avait jailli de son cœur.

Lazare, à nouveau, avait bondi sur la table. Et le violon fit, comme le bouquet d'un feu d'artifice, éclater toute sa joie dans le petit café qu'enserrait peu à peu la nuit morvandelle.

À Laguiole, puis à Espalion, l'accueil avait été triomphal.

Lazare ne parlait plus de partir. Seul le regard de Cécile qu'il rencontrait parfois, posé sur lui avec une étrange insistance, prolongeait encore, de loin en loin, leur conversation de Nasbinals. Mais la jeune femme se gardait bien d'exprimer à haute voix les questions dont il était pourtant évident, en ces moments-là, qu'elles lui brûlaient les lèvres.

Après l'âpreté des monts du Cantal, de la Margeride et de l'Aubrac, la douceur encore verdoyante de la vallée du Lot les tenta. Sans trop penser au lendemain, ils se laissèrent glisser le long de la belle rivière. Ils passèrent ainsi à Entraygues-sur-Truyère et cédèrent à Paul, une fois de plus, lorsqu'il n'eut de cesse qu'ils fassent un petit crochet au sud, vers Conques.

Lazare, pourtant, ne l'accompagna pas dans sa visite de l'abbatiale Sainte-Foy. À ses extases mystiques, il préféra l'émerveillement de Simon à qui, à sa façon, il raconta l'histoire de ces hommes qui nomadisaient d'abbaye en basilique et de basilique en cathédrale, bien moins attachés aux richesses de ce bas monde qu'à la beauté de ce qu'ils bâtissaient. Et comme le gamin, captivé, ne se lassait pas d'écouter, relançant Lazare, de temps à autre, d'une volée de « pourquoi ? » comme seuls les enfants savent en placer, il fit bonne mesure en rajoutant l'histoire plus merveilleuse et plus mystérieuse encore de tous ceux qui prirent le chemin de Saint-Jacques et dont Conques était une étape obligée.

Ils disparurent ainsi tout un après-midi. Et lorsque Cécile les vit revenir, il était difficile de dire lequel des deux était le plus heureux et le plus épanoui. Elle traita Lazare de « grand gosse ». Il en rit. Mais avec retenue, avec, dans la voix, quelque chose qui ressemblait fort à l'émotion que l'on ressent à recevoir un compliment.

Il détourna la conversation en voulant s'inquiéter de Paul. Elle haussa les épaules.

– Il est dans un état second, dit-elle, émerveillé et en même temps furieux de je ne sais quel outrage fait à ce qu'il attendait.

Elle marqua un temps d'arrêt et lança un regard mi-moqueur, mi-grondeur à Lazare.

– Et je crois bien qu'il vous en veut aussi, ajouta-t-elle rapidement.

– Ah bon, fit Lazare que cela ne semblait pas émouvoir outre mesure.

– Ben oui, quoi, insista-t-elle. Avec qui voulez-vous qu'il se chamaille ?

Lazare se contenta de hausser les épaules. On n'en parla plus.

Ils rejoignirent avec plaisir la vallée du Lot au long de laquelle continuait de traîner un air d'été. Dans leur insouciance, il leur évitait de se poser trop de questions quant à l'avenir et encore moins de s'avouer qu'il leur faudrait bien, un jour, assigner un but à leur errance.

Ce fut à Capdenac que les réalités les rattrapèrent. L'étape avait été une véritable promenade dans l'éclatante lumière d'une belle journée de septembre douce comme une caresse. Ils avaient tout de même trouvé que leur habituelle tranquillité était quelque peu perturbée, dans chacun des villages qu'ils traversaient, par les applaudissements des autochtones, leurs félicitations et leurs encouragements. Cela dépassait largement la simple curiosité qu'éveillait ordinairement le passage de leur petite caravane.

Ils s'en étonnèrent bien un peu. Mais, n'ayant pas d'autre explication à donner, ils mirent ça au compte de l'amabilité un peu expansive des gens du cru.

Ce fut Simon qui, à l'entrée du bourg de Capdenac, dénicha la vérité. Trottant avec le chien devant la caravane, il s'arrêta tout à coup devant l'étalage de fruits et légumes d'une petite épicerie qui occupait la moitié du trottoir.

– C'est nous ! Venez voir, c'est nous ! se mit-il à piailler tout à coup, très excité, en dansant sur place et en pointant un doigt fébrile sur le présentoir à journaux suspendu à la porte du magasin.

– Qu'est-ce que tu racontes là ? fit Lazare qui arrivait, la longe de Delphine à la main.

361

– Regarde ! Tu vois bien que c'est nous.

Lazare s'approcha en fronçant les sourcils. Dans l'ombre, sous le store qui abritait l'étalage, il discernait mal ce que l'œil vif du gamin avait tout de suite repéré.

– Regarde ! insistait le gamin. On voit Delphine. On te voit toi. Et puis, derrière, Paul et maman. Et moi, je suis là. Il y a juste Passepoil et le chien qu'on ne voit pas.

– Mais c'est qu'il a raison, le gamin. Ah ben, ça, alors…

Pour le coup, Lazare en roulait des yeux écarquillés. D'un geste rapide, il avait rejeté sa casquette sur le haut de son crâne et se grattait énergiquement le front, comme si cela avait pu l'aider à mieux assimiler ce qu'il voyait.

– Venez donc voir, dit-il à Paul et Cécile qui, encadrant Passepoil, arrivaient sans se presser. On est dans le journal.

Ils faisaient même la une du quotidien local dont un journaliste en mal de reportage avait assisté à leur prestation d'Entraygues-sur-Truyère. Quant à la photo, ils ne purent que se perdre en conjectures sur le moment et l'endroit où elle avait bien pu être prise. Ils en furent un peu vexés.

– Il aurait pu nous le dire, tout de même, qu'il nous tirait le portrait. On ne l'aurait pas mangé, grogna Cécile.

Mais Lazare, lui, restait muet d'admiration devant le titre que le localier avait trouvé à son article et qui s'étalait en lettres grasses sur quatre colonnes de la première page : « Les voisins de l'horizon ».

– « Les voisins de l'horizon », répétait-il en dégustant les mots comme on suce un bonbon, pendant que Cécile et Paul détaillaient l'article. « Les voisins de l'horizon »

Ce que c'est, tout de même, que de savoir écrire. « Les voisins de l'horizon », c'est tout de même joliment trouvé. C'est nous qu'on est les voisins de l'horizon. Tu te rends compte, petit, ajoutait-il en prenant Simon à témoin, voisins de l'horizon… Même que c'est bougrement vrai. Depuis qu'on est partis, qu'est-ce qu'on fait d'autre que de voisiner l'horizon ? Tiens, tu vois, ça me plaît, moi, « les voisins de l'horizon ». Je m'en souviendrai.

L'article souffrait bien un peu des questions dont, curieusement, le plumitif local faisait lui-même les réponses, faute de les avoir posées aux intéressés. Mais son enthousiasme naïf pour le spectacle auquel il avait assisté compensait largement ces quelques lacunes et expliquait amplement l'accueil fait à la caravane des « voisins de l'horizon », depuis le matin.

Ce soir-là, la salle prévue pour leur spectacle fut bien trop petite pour pouvoir accueillir toute l'énorme foule que l'article avait attirée. Et, surtout, ne voulant pas être en reste avec leur collègue d'Entraygues-sur-Truyère, les journalistes de la sous-préfecture toute proche tinrent à ne pas manquer ça. Il fallut, dès le lendemain, prendre le chemin de Figeac. Cette fois, ce furent des haies entières de spectateurs bruyants et chahuteurs qui, bien avant l'entrée de la ville, leur firent un triomphe dont ils se seraient bien passés.

Contrairement à son habitude, Lazare, qui allait toujours en tête, ne répondit à aucun salut. Intimidé, s'était laissé jucher sur le dos de Delphine et jetait un regard morne sur cette foule braillarde qui, dès qu'ils approchaient, quittait les trottoirs et se précipitait pour toucher à tout prix Delphine ou Passepoil.

– Il a quel âge ?

– Comment il s'appelle ?

– C'est un mâle ou une femelle ?

Les mêmes questions, cent fois répétées, les assaillaient à un rythme d'enfer. Lazare semblait ne pas les entendre. Cécile, gênée, s'obligeait à répondre sans parvenir à se dérider. Seul Paul, consciencieusement, distribuait les sourires et cherchait à contenter tout le monde. Quant au chien, il était venu se mettre sur les talons de Lazare et il marchait tête et queue basses, avec un air de profond ennui.

Ils ne trouvèrent de répit que dans la cour de l'hôtel où on les avait hébergés d'office. On avait même cru bien faire en aménageant rapidement un garage en boxes pour la mule et l'âne. On leur affecta des chambres. Seul le cas du chien n'avait pas été prévu. Et lorsqu'il emboîta le pas à Lazare vers l'ascenseur, le réceptionniste pensa pouvoir intervenir.

– Monsieur, je suis désolé, susurra-t-il sur un ton très compassé, les chiens ne sont pas admis dans les chambres.

Cécile, qui suivait le bûcheron morvandiau, crut le voir doubler de volume. Tout à coup immobilisé sur la moquette de la réception, il s'était vigoureusement redressé et avait dû aspirer un grand coup pour retarder autant que possible une explosion de toute façon inévi- able.

Il se retourna d'un bloc et ouvrait déjà la bouche pour dire son fait au loufiat lorsqu'il croisa le regard de la jeune femme. Il baissa les yeux. Simon, au côté de sa mère, levait vers lui un drôle de regard complètement déconfit et des larmes tremblotaient au coin de son nez.

– Bon, fit Lazare après un long moment de réflexion. J'irai dormir avec la mule.

On eut beau faire, il n'en démordit pas. Et Simon, si sa mère ne s'y était pas opposée, en aurait bien fait autant.

Cette fois, le voyage était bien fini.

Avantageusement répandue par les gazettes locales, leur réputation en avait fait une tournée qui aurait pu être triomphale si elle n'était pas devenue, aux yeux de Lazare tout au moins, profondément ennuyeuse.

Pourtant, il s'acharnait et ne parlait plus du tout de renoncer. Cécile, bien sûr, le surveillait. À plusieurs reprises, elle voulut lui en parler. Mais, à chaque fois, comme s'il avait senti que venaient les mots qu'il ne voulait pas entendre, il réussissait à éluder ou à détourner la conversation.

Paul, lui, semblait se trouver fort bien de cette nouvelle situation. Il insinua même une fois ou deux que la mule et l'âne étaient maintenant superflus, du temps perdu, en somme, et qu'on ferait mieux de s'en défaire. Cécile dut lui préciser, en aparté, qu'il y avait des mots à ne pas prononcer devant Lazare. Il n'insista pas.

Le détour par Figeac leur ayant fait quitter la vallée du

Lot, la fantaisie leur prit de gagner celle de la Dordogne. Par Lacapelle-Marival et Saint-Céré, ils l'atteignirent à Beaulieu. Ils avaient vaguement formé le projet de remonter le cours de la rivière sans trop se préoccuper de la saison qui n'allait pas tarder à rendre plus aléatoires leurs conditions de marche.

Mais quelque chose était cassé dans le rythme de leurs étapes. Ils ne pouvaient pas à la fois gérer l'errance, dans laquelle ils avaient vécu des mois durant, et se soucier du véritable programme de représentations qui leur était désormais imposé.

Il aurait fallu qu'ils fassent des choix. Il aurait fallu surtout qu'ils se mettent d'accord sur ce qu'ils voulaient faire. Or il était de plus en plus évident que chacun avait sa conception de leur avenir, que celles-ci divergeaient totalement et que le dialogue était devenu bien trop difficile entre eux pour qu'ils puissent raisonnablement envisager de se mettre d'accord sur une solution unique.

Paul voyait grand. Refusant obstinément d'admettre qu'à trop se couper de ce qui avait fait l'originalité de leur spectacle, ils allaient en perdre tout le sel, il ne jurait plus que par une véritable tournée montant progressivement vers des villes de plus en plus grandes, des publics de plus en plus vastes dont il ne pouvait pas imaginer un seul instant qu'ils puissent ne pas être concernés par leurs balivernes essentiellement paysannes. Il avait fini par oublier complètement ses premières motivations. Et son mépris vaguement hargneux des « sous » s'était mué en un intérêt grandissant pour les recettes de chaque soir.

Lazare, lui, rêvait de retourner à son errance initiale, à ses rencontres, au numéro qu'il servait aux villageois chez qui il faisait étape et qui n'était rien d'autre qu'un grand éclat de rire pour les remercier de leur toit et de leur soupe. La nostalgie lui venait aussi de ses bois et de ses prés vers lesquels l'envie le prenait de se diriger. C'est ainsi qu'il avait proposé de remonter la vallée de la Dordogne, se disant que, à petites journées, ça le rapprocherait bien un peu de son Morvan.

Cécile, qui savait, au fond d'elle-même, que tout cela ne pourrait pas durer indéfiniment, sentait venir avec inquiétude l'inévitable moment de l'éclatement. Elle s'en voulait de ne pas savoir en parler, de ne pas savoir provoquer le dialogue d'où aurait pu sortir une solution raisonnable. Mais elle sentait une telle opposition entre Paul et Lazare qu'elle n'arrivait pas à trouver le biais par lequel aborder le sujet sans provoquer un affrontement. Et elle ne parvenait pas à comprendre, après leur dialogue de Nasbinals, pourquoi Lazare s'entêtait.

Ils atteignirent Argentat. Mais il s'en fallut de peu qu'ils ne soient contraints de renoncer au spectacle qu'ils devaient y donner le soir même. La saison les avait rattrapés. Au cours de la nuit qu'ils passèrent à Beaulieu-sur-Dordogne, le vent, obstinément à l'est depuis des semaines, tourna brutalement à l'ouest. Lorsqu'ils mirent le nez dehors, au petit matin, de lourdes nuées grises s'amoncelaient au-dessus de la ville et de la vallée.

Il faisait froid et un vent violent aggravait la sensation quasi hivernale d'autant plus pénible à supporter qu'elle succédait sans transition à la longue rémission de beau temps doux dont ils avaient bénéficié jusque-là.

Il leur fallait monter sur le plateau de Xaintrie. La pluie les rejoignit avant qu'ils l'atteignent. Une pluie glacée que le même vent, toujours aussi agressif, leur jetait méchamment au visage. Des futaies, hier encore resplendissantes des ors, des fauves et des roux mêlés de leur embrasement automnal, s'arrachaient des paquets entiers de feuilles mortes. Elles venaient parfois les fouetter et se coller à eux, gluantes d'humidité et glacées.

Leur marche devint vite un martyre. Surtout pour Simon qui s'accrocha longtemps, aussi vaillamment qu'il le put. Mais lorsqu'il glissa sur la boue du chemin, déséquilibré par une bourrasque de vent plus violente encore que les autres, aveuglé par des feuilles mortes qui lui cinglaient le visage et qu'il n'arrivait pas à décoller de ses doigts gourds, étalé de tout son long dans une flaque, il éclata en sanglots et attendit qu'on vienne le relever.

Il fallut le changer. Au flanc de Delphine coupant le vent, Lazare fit un abri de son grand manteau et Cécile, vaille que vaille, parvint à sécher son fils. Mais la vaillance du gamin ne pouvait rien contre son découragement. Il marcha encore quelques minutes en serrant les dents. Puis il renonça. Lazare lui fit une niche le plus abritée possible sur le dos de la mule et l'y installa.

La marche put reprendre. Ils refusèrent sèchement à Paul la visite qu'il réclamait à la chapelle de Reygade où est exposée une remarquable mise au tombeau. Ce n'était vraiment pas le moment. D'autant plus que le temps ne s'améliorait pas et qu'il les retardait assez pour que les inquiète leur étape du soir.

Lorsqu'ils atteignirent enfin La Chapelle-Saint-Géraud, ils purent s'arrêter quelques instants à l'abri d'un café pour se réchauffer et manger quelque chose. Simon grelottait. Et pourtant, il fallait bien repartir. Cécile s'activait autour de son fils sans desserrer les dents. Et Lazare, qui l'observait, eut tôt fait de comprendre, au velours absent de son regard, qu'à ses soucis du moment s'ajoutait une bonne dose de résolutions dont ils ne tarderaient pas à voir les effets.

Elle couvrit Simon de tous les lainages qu'elle put rassembler, l'emballa dans un grand ciré dont seule émergeait sa figure rougie de froid, et il leur fallut reprendre les chemins.

Par intermittence, de la neige fondue se mêlait à la pluie. Comme d'habitude, Lazare allait devant. Il marchait tête basse, semblant aussi insensible au froid et à la tourmente que le chien qui continuait à aller et venir devant la caravane. Cécile avait laissé la longe de Passepoil à Paul et elle marchait à côté de Delphine, surveillant sans relâche la petite silhouette de Simon qui, sous ses multiples protections, se laissait ballotter au rythme du pas de la mule.

Parfois le chemin se rétrécissait. La jeune femme devait alors se laisser doubler ou rejoindre Lazare en tête du pauvre cortège. À plusieurs reprises, il l'entendit maugréer. Mais, comme le vent mangeait la moitié de ses paroles, il n'en comprenait pas un traître mot et fit celui qui n'avait rien entendu. Elle insista. Il s'énerva.

– Qu'est-ce que tu dis ? Parle donc plus fort, on n'entend rien.

D'un geste vif, elle se saisit de la manche de son manteau raide de pluie. C'est à peine s'il ralentit. Il tourna vers elle un regard dur, presque hargneux.

– C'est bien la dernière fois, clama-t-elle dans la tourmente.

À sa grande surprise, Lazare se contenta de lui arracher vivement de la main la manche de son manteau à laquelle elle se cramponnait encore.

– Vous avez entendu ? insista-t-elle.

– Et alors ? fit-il en accélérant le pas.

Lorsque le chemin commença enfin à plonger vers la vallée de la Dordogne, la lourde chape de nuages, la brume qui en suintait et la pluie, toujours aussi violente, avaient déjà mangé plus de la moitié du jour, dont l'heure qui passait n'allait pas tarder à éteindre le reste. Ils hâtèrent le pas. En descendant vers la rivière, ils passèrent vite sous le plafond nuageux. Le froid leur parut moins vif et même la pluie consentit à se faire moins drue et moins brutale.

Ils n'en arrivèrent pas moins trempés au gîte d'étape où ils étaient attendus. Il était trop tard pour penser pouvoir dîner. Il leur restait à peine le temps de se changer et de se précipiter à la salle des fêtes où ils devaient donner leur spectacle.

Par chance, le gîte était tenu par une brave femme qui se chargea aussitôt de réchauffer Simon et de l'aider à se changer.

– Allez vite, dit-elle à Cécile en installant confortablement le gamin devant un grand feu de cheminée. Ne vous inquiétez pas pour lui, je m'en charge. Quand il sera réchauffé, il mangera avec moi, et j'irai le coucher.

Cécile, rassurée, consentit enfin à s'éloigner de son fils. Un peu raide, la mine toujours aussi renfrognée, Lazare, l'étui de son violon à la main, l'attendait à la porte du gîte.

– Qu'est-ce que tu as voulu dire, tout à l'heure, là-haut, dans les chemins ? l'attaqua-t-il sans détour.

Elle ne s'y attendait pas.

– C'est pas le moment, dit-elle, courant déjà derrière Paul qui s'éloignait. On verra ça après le spectacle.

– Et moi, je dis que je veux savoir maintenant, gronda Lazare, figé dans la porte du gîte.

Elle s'arrêta net et se tourna vivement vers lui. Dans la demi-obscurité de la rue, ses yeux étaient des braises ardentes.

– J'ai dit que, toute cette comédie, j'en ai par-dessus la tête, hurla-t-elle, hors d'elle. Je n'y laisserai pas ma santé et encore moins celle de mon fils. Ça devait arriver. Mais vous, vous vous obstinez, vous vous acharnez à ne pas savoir ce que vous voulez. Il faudra vous décider. Et pas plus tard que tout à l'heure. Comptez sur moi pour régler ça après le spectacle, avant qu'on se couche.

Et elle s'enfuit en courant vers la salle des fêtes.

Lazare, éberlué, indifférent au retard qu'il prenait, resta un long moment immobile sur les marches du gîte. Il se sentait tout à coup complètement perdu, comme si l'univers entier était en train de s'effondrer autour de lui.

– Et moi, alors, dit-il à haute voix, qu'est-ce que je deviens, là-dedans ?

Elle était déjà bien trop loin pour l'entendre.

– Et voilà, voilà, braves gens, comment va le monde. Le monde tel qu'il est et tel que nous l'avons vu pour vous !

Nul, parmi les spectateurs qui se pressaient dans la salle des fêtes d'Argentat et qui applaudissaient à tout rompre, n'aurait pu imaginer l'angoisse et le profond désarroi qui brûlaient, depuis le début du spectacle, cet étonnant comédien d'occasion, ce bûcheron du Morvan à l'étrange silhouette qu'on eût dite à peine ébauchée, à l'épaisse crinière hirsute et aux mains si épaisses, si fortes que c'était miracle qu'elles puissent tirer si belle musique de son violon.

Lazare n'en pouvait plus. Malgré l'insistance frénétique de la foule qui réclamait un rappel sur l'air des lampions, sans un regard pour Paul et Cécile, il s'éclipsa et rentra directement au gîte.

Lorsqu'ils purent le rejoindre, après avoir sacrifié aux mondanités et aux félicitations d'usage, comme Cécile l'avait fait à Nasbinals, il les attendait dans la salle commune du gîte, debout, adossé à une table.

– Alors, c'est fini ? demanda-t-il d'emblée avant même qu'ils aient refermé la porte.

– Fini ? Qu'est-ce qui est fini ? s'étonna Paul qui n'avait évidemment rien remarqué.

373

Cécile se contenta de lui adresser un bref regard furieux. Prise au dépourvu, ne sachant pas trop quoi répondre pour ne rien céder de ses résolutions mais pour ne pas blesser Lazare, elle prit le temps de se glisser sur un banc, en face de lui. Paul, perplexe, en fit autant mais loin d'eux, dans un coin de la salle, comme si le débat qu'il sentait venir ne le concernait pas.

– C'est fini depuis longtemps. Vous le savez bien, Lazare, dit enfin Cécile en mettant le plus de douceur possible dans sa voix.

– Oh, et puis zut ! Arrête donc de me dire vous. On est depuis assez de temps ensemble, non ?

C'était là la réaction à laquelle elle s'attendait le moins. L'idée, à vrai dire, ne lui était jamais venue qu'elle puisse le tutoyer. Il n'y avait là aucune distance mais bien plutôt une forme de respect autant pour l'âge que pour ce que l'homme représentait à ses yeux.

– Vous… Vous voulez que je vous dise tu ? bredouilla-t-elle.

– Et alors ? Ça t'écorcherait la bouche ?

– Non, bien sûr.

– Alors, arrête avec tes façons. Et qu'on n'en parle plus.

Ils se turent. Il fallait en revenir au vrai sujet du débat. Mais ils ne savaient plus très bien comment s'y prendre. Le silence s'éternisa, total. Cette fois, il n'y avait même pas de musique, dans le lointain, pour capter leur attention. Lazare, par habitude, comme pour se donner une contenance, occupait ses doigts à bourrer sa pipe. Cécile contemplait ses mains, posées bien à plat sur la table. Et Paul, la tête appuyée sur une main, attendait avec l'air de s'ennuyer profondément.

Enfin, Lazare haussa les épaules.

– Bof, fit-il, l'air résigné. C'est peut-être aussi bien comme ça. Fallait bien que ça arrive. Oui mais, maintenant, comment on va faire ?

Elle se méprit.

– Oh ! Lazare, il n'y a aucun problème. J'ai les comptes précis. Quand vous… Quand tu le veux, je te donne ta part.

Il eut un nouveau haussement d'épaules, encore plus énergique.

– Comme si je parlais de ça !

– Alors, de quoi tu parles ? intervint tout à coup Paul, du fond de sa salle.

Cécile ne put réprimer un mouvement d'humeur.

– Écoute, Paul, explosa-t-elle en se tournant vivement vers lui, il faudra peut-être que tu admettes un jour qu'on ne peut pas continuer comme ça. Toi, tu ne vois rien que ce qui t'arrange. Moi, je sais bien que Lazare ne se satisfait pas de ce que nous faisons actuellement. Je ne sais même pas pourquoi il continue. Et puis, la saison avance. Il n'est pas question qu'on recommence un coup comme celui d'aujourd'hui. Pour Simon d'abord, pour nous ensuite. On n'est pas des bêtes, tout de même !

– Eh bien, c'est très simple. On continue par le train ou par l'autocar. Avec ce qu'on a gagné, on pourrait même se payer une voiture.

Seul le regard de Cécile empêcha Lazare de bondir. Il hésita un bref instant. Il fut suffisant pour que, à sa grande surprise, la jeune femme puisse lire dans ses yeux tout le désarroi du monde.

– C'est bon, dit-il enfin d'une voix étonnamment sourde et triste. Si vous faites comme ça, vous continuerez sans moi. Ça vous donnera plus de place dans votre voiture.

Pour le coup, Paul se réveilla. Il se redressa vivement, roulant des yeux sidérés.

– Ben, pourquoi t'abandonnes ? Pourquoi tu ne continues pas avec nous ?

Il n'avait rien compris. Cécile voulut intervenir, temporiser, une fois encore. Mais, cette fois, Lazare fut plus rapide qu'elle.

– Pourquoi ? fit-il en se redressant brutalement. Parce que t'es trop con et que je préfère cent fois coucher dans la paille entre Delphine et le chien plutôt que de continuer à voir ta face de ravi dans vos hôtels pour bourgeois.

Et, ne voulant plus rien entendre, il quitta la pièce en claquant la porte.

– Ben quoi ? Qu'est-ce qui lui prend ?

Paul avait l'air totalement éberlué. Cécile était au bord des larmes.

– Tu ne pouvais pas te taire, non ? Tu ne voudras donc pas comprendre.

– Oh, et puis zut. Si monsieur Lazare fait sa mauvaise tête, on continuera sans lui, voilà tout. Avant qu'il vienne nous enquiquiner, au Sauvage, on ne se débrouillait pas trop mal, tous les deux, pas vrai, ma poule ?

Il fanfaronnait, voulait ramener tout ça à une péripétie sans importance. Il prétendit même étayer ses derniers propos de quelques caresses gaillardes. Mais Cécile n'avait décidément pas l'esprit à la gaudriole. Elle se dégagea vivement.

– T'es vraiment trop bête, siffla-t-elle du plus sèchement qu'elle le put. Tu ne comprends pas que si Lazare nous quitte, si on ne voyage plus avec la mule et l'âne, notre truc, c'est fini ?

– Et pourquoi ce serait fini ? s'obstina-t-il. Tu verras. Ne te fais pas de bile. On se débrouillera bien sans lui. Et on sera plus tranquilles, entre nous.

Et il voulut encore se faire entreprenant. Elle le repoussa plus vivement encore.

– Tu continueras seul si ça te dit. Moi, sans Lazare et son violon, j'arrête.

Cette fois, Paul avait enfin compris que c'était sérieux. Il devint livide.

– Tu veux dire…

– T'as très bien compris. J'arrête. Un point, c'est tout. On s'est bien baladés, tout l'été. C'était chouette, une belle aventure. Mais l'été est fini, Paul. J'ai le gamin, moi. Il faut que j'y pense. Je remonte à Paris.

– Ah… Ben alors…, fit-il, vaincu.

Mais il était évident qu'une autre angoisse commençait à monter en lui. Cécile, qui s'y attendait, le laissait venir. Elle s'était rassise et avait repris sa contemplation inconsciente de ses mains posées bien à plat devant elle.

– Et… Et moi ? Et… nous ? parvint-il enfin à articuler.

Au fond, elle ne savait pas très bien. Elle eut un regard rapide vers cet homme dont elle avait partagé la vie, durant tous ces mois de folle errance, et qui se tenait là debout entre les tables, penaud, l'œil triste, presque implorant. Elle eut pitié de lui. Après tout…

– C'est à toi de voir, dit-elle. Si tu veux remonter à Paris, on peut continuer ensemble. Pour ce que ça changera !

Elle fut sur le point de punir le soupir de soulagement qu'il ne chercha même pas à dissimuler et le sourire béat qui effaça instantanément le regard de chien battu qu'il posait encore sur elle l'instant d'avant. Et puis, à quoi bon ?

– On dira tout ça à Lazare demain matin, décida-t-elle. Pour l'heure, je tombe de sommeil.

– Il y a une gare, dans ce pays ?

Sans un mot, Lazare avait beurré ses tartines et bu son café au lait, en écoutant Cécile lui expliquer la résolution qu'ils avaient prise, la veille au soir.

Une fois de plus, il la prenait à contre-pied. Ce n'était vraiment pas la question qu'elle attendait.

– Non, dit-elle, il n'y en a pas. Mais ça ne fait rien. La plus proche est à Tulle. On ira en autocar.

Il se leva, alla jusqu'à la fenêtre.

– Le temps s'est remis au beau, dit-il. Un peu plus frais, mais qu'est-ce que ça fait ? Si vous voulez, on continue jusqu'à Tulle.

Elle en resta bouche bée. Quelque chose empêchait Lazare de se résoudre à abandonner. Elle s'en voulait de ne pas arriver à comprendre.

– Comme avant ? demanda-t-elle bêtement.

– Bien sûr. Comment tu veux ? Je ne vais pas prendre l'autocar avec vous jusqu'à Tulle. Ça servirait à quoi ?

Ils partirent. La tourmente de la veille avait lavé le ciel que ne traversaient plus que quelques longues escouades de nuages blancs allant paisiblement d'un bord à l'autre de l'horizon. La lumière était superbe. Il faisait frais, mais une de ces fraîcheurs sympathiques, apaisantes, par lesquelles il fait bon marcher sans avoir à tendre le dos et à frissonner au moindre courant d'air.

Les soins de la responsable du gîte d'Argentat et une bonne nuit avaient effacé, chez Simon, jusqu'au souvenir de ses épreuves de la veille. Comme d'habitude, il trottait à l'avant de la caravane, en compagnie de son inséparable copain le chien. Cécile n'avait pas eu le courage de lui avouer que c'était la dernière fois et qu'ils allaient devoir se séparer.

Lazare, comme si de rien n'était, marchait en tête, devant Delphine.

Jusqu'à Saint-Sylvain, par une succession de petits chemins jouant aux montagnes russes entre les bois, les haies et les prés, il leur fallut grimper pour sortir de la vallée de la Dordogne. Celle-ci, au fur et à mesure qu'ils s'élevaient, s'offrait complaisamment à leur vue, alanguie, presque lascive, sans le moindre voile de brume pudique.

Toute la matinée, ils marchèrent en silence, perdus dans leurs pensées et dans la contemplation du paysage. Comme d'habitude, ils mangèrent sur le rebord d'un talus, sur l'ultime rebord de la vallée, face à l'immense décor qui dégringolait, à leurs pieds, jusqu'à la rivière et s'étalait très loin, de l'autre côté, vers le plateau de Xaintrie.

– On tâchera de faire étape dans un pays avant Tulle, décréta tout à coup Lazare. Demain, j'irai avec vous jusqu'à la gare. Et je reviendrai chercher Delphine après.

– Et Passepoil ? demanda Cécile.

– C'est à toi. Tu dois décider. Si tu veux, je le vendrai. Je t'enverrai l'argent.

– Quoi ? Tu veux vendre Passepoil ?

Simon, qui s'était installé entre sa mère et Lazare, le chien couché à ses pieds, avait entendu. C'était prévisible. Cécile eut un regard un peu paniqué à l'adresse de Lazare. Puis, courageusement, elle se jeta à l'eau et entreprit d'expliquer leur décision à son fils.

Il l'écouta sans un mot, sans autre réaction que les larmes qui se mirent à briller au coin de ses yeux et dont Lazare, qui, désolé, l'observait discrètement, vit au tremblement qui s'était saisi de sa lèvre qu'il les retenait de toutes ses forces.

– J'veux pas que vous vendiez Passepoil, dit-il enfin, d'une petite voix implorante, lorsque sa mère en eut fini d'argumenter autour de tous ces « raisonnables » dont un gosse n'a que faire.

– Bien sûr qu'on ne vendra pas Passepoil, lança-t-elle comme une bouée de sauvetage sans trop savoir où elle allait. Il va rester avec Lazare et Delphine. N'est-ce pas, Lazare ?

Il n'eut pas le temps de répondre. Le gamin venait de prendre la mesure du gouffre que les paroles de sa mère ouvraient sous ses pieds. Il bondit comme un ressort et, debout au milieu du chemin, il leur fit face. Les larmes, cette fois, noyaient un pauvre petit visage déformé tout à la fois par une peur panique et une colère noire.

– C'est pas possible, hurla-t-il. Vous ne pouvez pas

faire ça. J'm'en fiche, j'me sauverai. J'veux pas qu'on quitte Lazare. Lazare !

Et, avec toute la force que peut donner le désespoir à un gamin, il se jeta dans le giron du vieux gars du Morvan.

C'est alors seulement que Cécile, stupéfaite, comprit.

Les deux énormes battoirs velus de Lazare s'étaient délicatement refermés sur l'enfant qu'il serrait doucement contre lui. Et, sur sa face rougeaude aux traits épais qu'il penchait sur le gamin, deux grosses larmes coulaient sans retenue.

Tout cela, pourtant, ne dura pas. Il fut le premier à se reprendre. Il se redressa vivement, sans cesser pour autant de serrer Simon contre lui, et Cécile le vit faire un énorme effort sur lui-même pour se ressaisir. Quand il crut y être parvenu, quand il eut, d'un rapide revers de manche, essuyé les deux traînées brillantes que les larmes avaient laissées sur son visage, avec beaucoup de douceur, il écarta de lui le gamin.

– Regarde-moi, Simon, dit-il.

Sa voix était ferme et posée.

– Regarde-moi, répéta-t-il en relevant d'un doigt le menton de l'enfant qui s'obstinait à cacher ses pleurs et son désespoir. Tu sais, continua-t-il, on ne fait pas toujours ce qu'on veut, dans la vie. Mais on peut s'arranger. Il faut bien que tu ailles à l'école. On t'a déjà fait prendre un fameux retard ! Mais il y a les vacances. Et là, tu pourras venir me voir. Tu sais que je serai si heureux de te recevoir.

Le gosse, toujours secoué de violents sanglots, hésitait.

– Tu crois ? demanda-t-il.

– C'est pas que je crois, c'est que je suis sûr. Pas vrai, Cécile, que tu me l'amèneras, ce gamin-là ? Et puis, comme ça, tu pourras retrouver le chien, Delphine et Passepoil.

– Tu vas garder Passepoil ?

– Bien sûr.

– Alors, je ne le verrai plus ?

– Si, aux vacances. Et puis, quand tu retourneras à l'école, tu pourras raconter tout ça à tes copains. Sûr qu'il ne doit pas y en avoir beaucoup qui ont une mule, un âne et un chien pour amis.

– Et Lazare ! compléta le gosse en se blottissant à nouveau contre lui.

– Et Lazare, si tu veux !

Tout devant avoir une fin, même les plus grands désespoirs d'enfant, il se calmait doucement. D'une main, Lazare le serrait contre lui, de l'autre, il lui caressait les cheveux. Les sanglots s'espacèrent, puis disparurent.

– Il dort, dit enfin Lazare.

Ils restèrent un long moment silencieux, laissant à leur propre émoi le temps de s'apaiser.

– Et toi, demanda enfin Paul, qu'est-ce que tu vas faire ?

– Oh, moi… je vais reprendre les chemins. Le mauvais temps ne me fait pas peur. Et puis, je vais remonter tranquillement vers le Morvan. Je marcherai quand il fera beau. S'il fait vraiment trop mauvais, je resterai où je serai le temps qu'il faudra. Rien ne me presse.

– Tu raconteras tes balivernes ?

Leurs regards se croisèrent un instant, comme un affrontement.

– Peut-être, si l'occasion se présente, comme au début.

Ils trouvèrent à s'héberger dans une ferme, sur les hauteurs qui dominent la vallée de la Corrèze.

À la nuit venue, les lumières de Tulle, en dessous d'eux, formaient comme une grande flaque scintillante sur laquelle se découpaient en ombres chinoises les silhouettes des dernières collines avant la ville.

Avant d'aller dormir dans le foin du fenil, ils restèrent longtemps immobiles, côte à côte, silencieux, à contempler ces lueurs vaguement rougeoyantes, comme celles d'un incendie lointain. Mal à l'aise, il leur semblait voir devant eux, à leurs pieds, le gouffre dans lequel il leur faudrait bien se jeter, le lendemain matin, pour que s'accomplisse l'inéluctable.

Simon, lui, dormait déjà. Cécile laissa Lazare s'installer au plus près du gamin.

Le jour gris qui les réveilla était à l'unisson de leur humeur. Une lourde chape de nuages pesait sur la terre et l'enfermait dans la lueur terne d'une triste journée aux senteurs déjà hivernales.

Simon, courageusement et contre la promesse qu'il les retrouverait prochainement, accepta sans drame d'aller dire au revoir à Passepoil et à Delphine. Mais, lorsqu'il dut consentir à leur tourner le dos, il y avait une telle détresse dans son regard, brillant des larmes qu'il retenait vaillamment, que Lazare, aussi perdu que lui, lui posa une grosse main consolatrice sur l'épaule. Le gamin leva les yeux vers son vieil ami et eut encore le courage de lui adresser un pauvre sourire.

Il leur fallut tuer plusieurs heures dans Tulle en attendant le premier train pour Brive-la-Gaillarde où Cécile, Paul et Simon attraperaient une correspondance pour Paris. Suivis du chien, ils allaient au long des rues, serrés les uns contre les autres, indifférents aux regards étonnés que les passants portaient sur ce groupe étrange moins inconvenant que visiblement totalement dépaysé.

Tout leur paraissait sale, étroit, malodorant, trop rapide et bruyant. Les vitrines, les panneaux publicitaires leur semblaient autant d'agressions inutiles. Ils ne savaient plus céder la place aux voitures dont le flot continu les étourdissait.

Ils finirent par se rabattre sur un café, en face de la gare, où, en silence, devant leurs consommations, ils attendirent que vienne l'heure de se quitter.

– Dis, Lazare, finit par demander Simon, tu viendras nous voir, à Paris ?

Que répondre à cela ? Lazare lança un regard en forme d'appel au secours à Cécile.

– Tu sais, tenta la jeune femme, Lazare, il ne connaît pas trop Paris. Il y serait malheureux. Il vaut mieux que ce soit nous qui allions le voir dans le Morvan.

– C'est quand, les prochaines vacances ?

Ils rirent sans joie.

Enfin, l'heure vint.

Le train avait du retard. Il n'était pas encore à quai. Tout de suite, Lazare sentit que sa place n'était déjà plus là. Mal à l'aise, il ne voulut pas attendre. Que faisait-il, planté sur un quai de gare, le chien sur les talons, pendant que Delphine l'attendait dans un pré, là-haut, sur le plateau ?

Il brusqua les adieux. Se saisissant de Simon par la taille, il le souleva de terre et lui déposa deux rudes baisers claquants sur les joues.

– Tu viendras me voir en Morvan, hein ? lui dit-il en le reposant et en lui ébouriffant les cheveux, en un dernier geste de complicité.

Le gamin avait la gorge bien trop serrée pour répondre. Il se contenta d'acquiescer gravement de la tête.

Il serra énergiquement la main de Cécile et fut tout surpris de la vivacité avec laquelle elle lui sauta au cou et l'embrassa aussi vigoureusement qu'il l'avait fait à son fils. Le rouge lui en vint aux joues et il ne sut que bredouiller quelques mots d'adieu inintelligibles.

Avec Paul, il se contenta d'une brève poignée de main. Leurs regards ne se rencontrèrent pas.

– Bon, dit-il en reculant déjà de deux pas. Eh ben voilà, quoi. Faut que j'y aille, maintenant. Il y a Delphine et l'âne… Enfin quoi, vaut mieux comme ça. Je serai heureux de vous voir en Morvan quand j'y serai rentré.

Il fit demi-tour et veilla bien à ne pas se retourner en s'éloignant.

Le chien, étonné, eut un instant d'hésitation qui permit à Simon de lui glisser une dernière caresse tout au long du dos. Puis, en quelques foulées, il rejoignit son maître.

Il lui fallait retraverser toute la ville. Tête basse, sourcils froncés, il filait à grandes enjambées, aspirant déjà à l'espace des chemins.

Vite, il lui fallait repartir, marcher, disparaître. Tout cela n'avait que trop duré. Tourner la page n'était déjà plus suffisant. Il lui tardait d'avoir inscrit suffisamment de lignes sur la suivante pour que puisse lui venir la certitude qu'il vivait encore, malgré tout.

– Lazare !

Le chien vint lui bouler dans les jambes tant il s'arrêta net, au beau milieu du trottoir. Comme si sa peine ne suffisait pas, fallait-il encore qu'il délire ? Il repartit à grandes enjambées rageuses, courant presque.

– Lazare, attends-nous !

Ce n'était pas possible. Qui pouvait bien l'appeler ? Cette voix… On aurait tellement dit… Mais… Mais alors…

C'est à peine si Lazare eut le temps de se retourner et d'ouvrir tout grands les bras. Le choc fut si violent que le vieux gars, tout massif qu'il était, en fit un bond en arrière. Et le chien qui gambadait tout autour en gémissant de joie. Et le gamin qui poussait des hurlements à ne rien y comprendre.

– Simon ! Mon Simon ! Qu'est-ce que tu fais là ? Moi qui te croyais parti. Et ta mère ? Qu'est-ce que tu as fait de Cécile ?

– On va pas à Paris. Avec toi ! On va avec toi ! hurlait le gamin toujours empêtré dans les bras de Lazare dont il ne cherchait nullement à se dégager, bien au contraire, tout en réussissant à continuer de se trémousser et à bondir de joie.

Alors seulement, Lazare eut conscience d'une autre présence, là, sur le trottoir, devant eux. Sans relâcher son étreinte, il leva lentement les yeux. Dans le regard de velours qu'il rencontra, il y avait tout à la fois le partage de la joie de Simon, une grande caresse, mais en même temps quelque chose qui ressemblait fort à de l'inquiétude.

– Vous voulez bien ? demanda Cécile.

– J't'ai déjà dit de me dire tu.

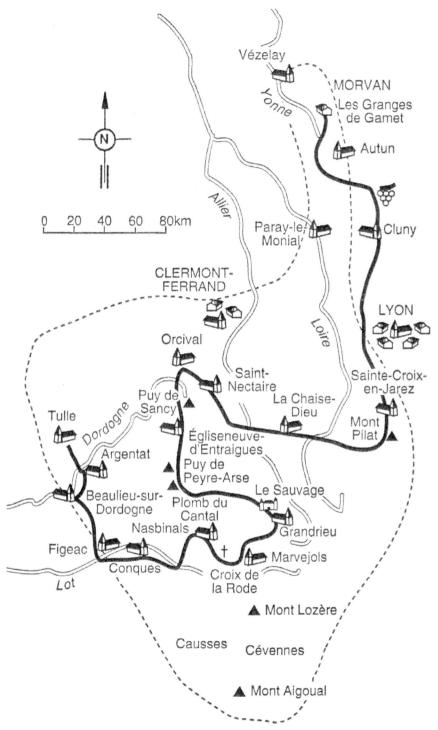

La longue errance de Lazare de Morvandiau

éditions
CORPS 16

Vue sur le port Elizabeth Taylor
Une expérience enrichissante Mary Wesley
Pays, villes, paysages Stefan Zweig

terroirs

La Maison Madeleine Chapsal
Les Loups du paradis Sophie Chérer
À travers champs Georges Clemenceau
L'Apollon de Marsac Louis-Michel Cluzeau
Les Voisins de l'horizon Didier Cornaille
Vigneron du Médoc P. Courrian et M. Creignou
Le Miroir de ma mère Marthe et Philippe Delerm
Bestiaire enchanté Maurice Genevoix
La Loire, Agnès et les garçons Maurice Genevoix
Tendre bestiaire Maurice Genevoix
Au bonheur du pain Robert Griffon
Mireille et Vincent Marcel Jullian
Patron pêcheur Michel Josié et Geneviève Ladouès
Une fille perdue Marcel Lachiver
L'Épée de Rocamadour Colette Laussac
Le Raconteur de monde Patrice Lepage
Le Matelot des fleuves R. Maillet et C. Piat
L'Enfance buissonnière Noëlle Marchand
La Dernière Neige Hubert Mingarelli
Une rivière verte et silencieuse Hubert Mingarelli
Les Amants Liam O'Flaherty
Paludier de Guérande Joseph Péréon
La Cabane aux fées Michel Peyramaure
Soupes d'orties Michel Peyramaure

police

Le Baron les croque Anthony Morton
Le Baron et le receleur Anthony Morton
Le Baron est bon prince Anthony Morton
Noces pour le Baron Anthony Morton
Le Baron se dévoue Anthony Morton
Le Baron et le poignard Anthony Morton
Le Baron et le clochard Anthony Morton
Les Belles Infidèles Hubert Nyssen
Au bout des rues obscures Dorothy Salisbury-Davis
Sans espoir de retour Louis C. Thomas

HISTOIRE

Louis XIV artiste Philippe Beaussant
Le Siècle des Héros Général Bigeard
Lévénez Jeanne Bluteau
Marie et Julie Jeanne Bluteau
Le galant exil du marquis de Boufflers
M.Brantôme
La Marion du Faouët Yvonne Chauffin
Cœur de Roc Olivier Chauvin
Douce et incomparable Joséphine B. Chevallier
Mémoires de Napoléon Robert Colonna d'Istria
Les Jeunes Amours de Louis XV Michel de Decker
Madame de Montespan Michel de Decker
L'Empire des illusions Régis Descott
La Bouche Yves Delaborde
Alexandra, la dernière tsarine C. Durand-Cheynet
Les Tsarines Vladimir Fedorovski
La Comtesse du Barry Christiane Gil

La **Reine Christine** Ivan Gobry
La **Duchesse de Berry** Monique de Huertas
Louis et Maximilien Marcel Jullian
Les Princesses vagabondes Frédéric Lenormand
Bel Ange Mireille Lesage
Sissi, une vie retrouvée Agnès Michaux
Portrait d'un homme heureux, Le Nôtre Érik Orsenna
Les Filles du Roi Colette Piat
L'Impératrice Eugénie Christophe Pincemaille
Elisabeth de Belgique Patrick Weber

latitudes

L'Accompagnatrice Nina Berberova
Le Livre du bonheur Nina Berberova
L'Enfant pied-noir Élie-Georges Berreby
Jonas Élie-Georges Berreby
Les Chiffons du rêve Madeleine Chapsal
Histoire du Mont-de-Piété Éric Deschodt
Le Chat qui désirait la lune Julia Deuley
Au bonheur des grand-mères Geneviève Doucet
Cézanne et Zola se rencontrent Raymond Jean
Du bon usage de la lenteur Pierre Sansot

DOCUMENTS

Mémoire d'un croyant Abbé Pierre
Mon royaume à Moi Stéphane Bern
La Véritable Joséphine Baker Emmanuel Bonini
La Véritable Romy Schneider Emmanuel Bonini
La Chartreuse de Valldemosa – George Sand et

romance

Achevé d'imprimer en janvier 2002